著 阿井りいあ
イラスト にもし

TOブックス

メグ

気付けば美幼女エルフに憑依していた元日本人アラサー社畜の女性。前向きな性格と見た目の愛らしさで周囲を癒す。頑張り屋さん。

ギルナンディオ

特級ギルドオルトゥス内で一、二を争う実力者で影鷲の亜人。寡黙で無表情。仕事中にメグを見つけて保護する。親バカになりがち。

シュリエレツィーノ

穏やかで真面目な男性エルフ。腹黒な一面も。メグの自然魔術の師匠となる。その笑顔でたくさんの人を魅了している。

サウラディーテ

オルトゥスの統括を務めるサバサバした小人族の女性。存在感はピカイチ。えげつないトラップを得意とする。

ユージン

オルトゥスの頭領。仲間を家族のように思い、ギルドを我が家と呼ぶ、変わり者と言われる懐の深い年配の男性。

ザハリアーシュ

魔大陸で実質最強と言われる魔王。まるで彫刻のような美しさを持ち、威圧感を放つが、素直過ぎる性格が故にやや残念な一面も。

キャラクター紹介

リヒト

魔王城に住み込みで修行をする日本人の転移者。人間であるため、周囲の人たちよりも成長が早い。面倒見が良く、目標に向かって真っ直ぐに突き進む性格。

ロナウド

通称ロニー。オルトゥス所属となり、日々鍛錬に勤しんでいる。いつか世界中を自分の足で旅をするのが夢。

リンダ

人間の大陸にある服飾店のオーナー。お洒落のための服を広めるために勉強したいと考えている。服のことになると周りが見えなくなりがち。

マキ

人間の大陸で出会った少女。どこか懐かしさを感じる雰囲気があり、メグとはすぐに仲良くなる。二人の兄と貧しい生活をしている。

セト

メグの天使像を作った職人の弟子。いつか自分も立派な天使像を作りたいという志を持つ少年で、美形を前にすると恥ずかしさですぐ倒れる。

Welcome to the Special Guild

目次

イラスト:にもし Nimoshi デザイン:ヴェイア Veia

第1章 ◆ スカウトの旅

1　初めての勧誘

人間の大陸にて、魔大陸に留学する意思のある者や、将来有望な能力を持つものをスカウトする。それが今の私たち、調査隊の目的だ。
未成年の私はこの調査隊に加わるため、ルーンやグートとともにダンジョン攻略に挑戦、そして見事にクリア！　あの双子と同じチームにはならなかったけど、リヒトとロニーというかつて人間の大陸を共に旅したメンバーとチームになることが出来た。しかも今回はアスカという心強い子ども仲間も一緒である。仕事ではあるものの、正直ワクワクしています。だ、だって！　逃げてばかりで辛い思い出の多いあの頃と違って、今は実力も十分だしずっと安全な旅なんだもん。それに、この人間の大陸で良い職人さんや魔大陸に興味を持ってくれる人たちを探してスカウトだなんて、楽しみに決まってる！　もちろん、そう簡単な仕事じゃないことはわかってる。だから、やる時はやるってメリハリをつけるつもりだよ！

今、私たちは城下町の大通りを歩いている。東の王城で紹介されたアルベルト工房に向かっているのだ。このコルティーガ国の大きな街に建てられているという、その……私の石像を作ったという職人さんのお弟子さんがいるんですって。自分の石像で、しかも「天使様」って呼ばれている辺りがすごく複雑な気持ちだけど、作品としては素晴らしかったからね！　職人さんはもう亡くなっているとのことだったけれど、そのお弟子さんが今も修行をしているということだから、ぜひスカウトさせてもらいたいと思って。

それにしても、さっきからアスカが興奮気味で驚きの喚声をひたすらあげている。隣を歩くリヒトが飛び出していかないように時々腕を引っ張っているんだよね。ちゃんと保護者してるぅ！

「すごい！　広場も人が多いなって思っていたけど、商店街はもっと多いなんてー！　闘技大会の時よりもたくさんいるよね？　しかも、みんなが完璧な人型！　半魔型の人が一人もいないよ！」

「アスカ……人間なんだから当たり前だろ？」

「そうだけどー！」

言いたいことはわかるよ。人間はとても人数が多いって聞いていたとはいえ、実際に見るとやっぱり違うよね。私としてはこのくらいの人混みに懐かしさを覚えたりするんだけども。日本の都心部は人が多かったから……。魔大陸は人が多くても空を飛んでいたり姿を隠蔽していたりする人も一定数いるし、翼や尻尾で場所を取る人もいるから視覚的にも人数が少なく見えるっていうのもありそう。この大陸の方がずっと広い道なのにたくさんの人がいるから余計にそう感じるのだ。

半魔型なんてここにはいないし、興奮するのもわかる。だけど落ち着くんだ、アスカ！　さすがにその発言はさらに人の注目を集めちゃうのでちょっぴり恥ずかしいです！　人の目を気にしなくなってきたとはいえ……！　い、いや。だからこそ発言には気を配ろうよぉ！

「あれ、見えてきた。アルベルト工房」

周囲の視線が気になって俯きかけたその時、隣を歩くロニーがそう告げた。指し示された方向に顔を向けると、大通りに面して一際大きな建物が目に入る。大きな看板には「アルベルト工房」という文字。しかもトンカチをモチーフにしたようなマークも描いてあってとてもわかりやすい。

「本当に探さなくても見つかったねー！　よぉし、早速セトって子を呼んでもらおー！」

「待て、アスカ。まずは店内を見てみようぜ。目当ての人を探すのはそれからでもいいだろ」

キラキラと目を輝かせるアスカの首根っこを摑みつつ、リヒトがそんな提案をしてくれた。突然やってきて例のお弟子さんだというセト少年を呼び出したりしたら、不安にさせてしまうかもしれないもんね。私たちはどうしても目立つメンバーなのだから、ちゃんとその辺りの配慮はしないと。それに、何よりお店の中もじっくり見てみたい。どんなものを扱っているのか気になるし！

　というわけで、私たちは揃ってまずは店内へと歩を進める。相変わらずザワザワとあちこちで噂されている気はするけど、気にしていたらキリがないのでスルーします！　しかし、店内は別だ。室内になるとどうしても声を拾ってしまう。天使様!?　って。確かにその通りではあるんだけど、そうですとは絶対に言いたくないこのジレンマ……！　話しかけられたわけでもないし、答えるわけにもいかない、よねぇ。申し訳ないけど聞こえないフリをさせてもらうことに。でもざわめきは次第に大きくなっていき、なんだか店内をゆっくり見ている場合ではなくなってきた。ど、どうしよう。

「なんだ、なんだ。どうした？　そんなに慌てて揉めごとでも起きたのか？」

　このままじゃまずい、という雰囲気になり始めたところで、店の奥からがっしりとした色黒の男性がやってきた。生成りの半袖シャツを着ていて、その上からカーキ色の作業用エプロンをかけている。ところどころ焦げ跡があったり古いインク汚れのようなものが染みついていたりして、年季の入ったエプロンだ。責任者さんの登場かな？　店員さんが慌てて説明をしているみたいだし。これでちょっとは落ち着くといいんだけど。でも、どう見ても職人さんなんだよね。というか、店員さんの説明がもはや慌てすぎて何を言っているのかわからない状態である。かろうじて天使は聞き取れた。複雑である。

「はぁ、なに言ってんのかわかんねぇな、こりゃ。別にこれといっておかしなこと、は……」

男性が店内をぐるりと見回している途中で、私と目が合った。す、すみません、揉めごとを起こす気はまったくないんです！　ただの観光客みたいなものなんです！　でも、私たちが原因です……！　そんな複雑な気持ちを抱きつつ、とりあえず微笑んでおいた。目が合ったらとりあえず笑う癖は直っていないのである。

「へあっ⁉　天使様っ⁉」

あー、はいはい。そうですよね。もうこれは慣れるしかないんだろうなぁ。ぐぬぬぅ。

「すみません、お騒がせして。あの、でも俺らはこの店を見たかっただけで……」

そこへ、間に立って説明してくれたのはリヒトだった。頼りになるぅ！　落ち着いて丁寧に、自分たちが魔大陸からやってきたこと、危害を加えたり迷惑をかけるようなことはしないことを伝えると、ようやく男性は落ち着きを取り戻したようで数回、深呼吸をしてから口を開いた。

「こ、こちらこそ失礼な態度をとっちまって悪かったなぁ。いやぁ、驚いた」

笑顔でそう言ってはくれたものの、その表情はぎこちない。まだ混乱の最中にいる、って感じかな。いやはや、お店に入る度にこれだとさすがに大変かもしれないなぁ。でも、私たちにとってこれは任務。根気強く毎回丁寧に説明しないとね！

「俺はアルベルト。奥にある工房の責任者だ。つまり、俺ぁ基本的に物作りしかしてねぇ。店には店の責任者がいるんだが、今日はいなくてな。口の悪い俺で勘弁してくれ」

あれ？　アルベルト、って工房の名前にもなっているよね？　まさかこんなにも早く責任者に会えるとは！　騒がせてしまってどうしようかと思ったけど、これでセトくんについて聞けるかも！

でも、どうしてもまだ表情が硬くて緊張したままなのが、なんだか申し訳ないな。萎縮してしまっているというか。本来、接客は得意じゃないのに私たちみたいな特殊な人が来ちゃったもんね。どうしたものかと考えている隙に、リヒトが人好きのする笑顔でアルベルトさんに握手を求めた。

「お！　そんじゃあ、おっちゃん！　俺らも普通に話していいか？　こっちの方が楽だから助かるんだけど」

リヒトの砕けた口調と仕草にアルベルトさんは一瞬、呆気にとられたように目を丸くしたけれど、すぐに豪快に笑い出してリヒトの手を握る。

「なぁんだ、そうかい！　俺ぁてっきりもっとお上品な方々だと思ってたぜ」

「まぁな！　育ちの良さが滲み出てるだろ？」

「お前じゃねぇけどなぁ！」

「言ってくれるじゃん、おっちゃん！」

そしてあっという間に打ち解けてしまった。おぉ、すごく自然だ。もしかしたらリヒトが人間の大陸に住んでいた時、町では日常的にこんなやりとりをしていたのかもしれないな。

「おじさん！　ぼくは確かにカッコいいけど、別にお育ちがいいってわけじゃないよー！　田舎育ちだもん」

「そんなキラキラした姿で田舎モンなのか！　人は見かけによらねぇなぁ！」

続けてアスカもあっさりとアルベルトさんの懐に入り込んでしまった。さすがである。やっぱりアスカは将来、シュリエさんがしているみたいな仕事が向いていそうだな。お客さんの相手とか、取引先との打ち合わせとか、人心掌握が得意そうだもん。キラキラエルフ二人が交渉したら、なんでも通ってしまいそう。将来のオルトゥスも安泰である。

リヒトとアスカはアルベルトさんと談笑しつつも、本来の目的であるセトくんについても聞きだしてくれた。話の流れがスムーズでとても助かるよ！　私は今回、役立たずなので黙って見守ります。

「セトは真面目でいい子だ。将来は腕のいい職人になるだろうよ。そうか、石像の天使様がおいでだもんなぁ。アイツだって天使様に会いたいだろう。ちと呼んでくるから店内でも見て待ってな！」

アルベルトさんは店内にいたお客さんや従業員に向かって、普段通りにしてくれ！　とだけ声をかけると再び店の奥へ去って行く。店内に残された私たちや他のお客さんたちの間にはしばらく困惑したような雰囲気が漂っていたけれど、これまでのやり取りを見て私たちが無害であることがわかったのか、戸惑いつつもそれぞれが買い物や作業に戻っていった。チラチラとこちらを見る視線はあるものの、声をかけてくる人はいない。とりあえずは大きな騒ぎにならなくて良かったよ！

「メグ、あそこに小さい天使像がある、よ」

「え？　あ、本当だ！」

　待っている間、アルベルトさんのお言葉に甘えて店内を見ていると、ロニーが声をかけてきた。

　指し示された棚には手のひらサイズの木で作られた天使像。あの石像をデフォルメしたようなデザインで、なんだか可愛い。これが自分だと思うとちょっと気恥ずかしいけど、これなら持ち歩きたいくらいだ。

「よく見たら、天使像の商品が、色々あるね」

「ははっ、グッズ化されてんじゃん。メグ人気だな」

「どれも可愛いーっ！　ぼく、買っていこうかな」

　確かに、この辺りの棚には天使像の描かれたお皿やカップ、天使の姿が刺繍(ししゅう)されたハンカチなどいろんなグッズが並んでいる。モデルが自分じゃなければ手放しで喜んでいたよ！　可愛いのは完全同意だけど、ものすごく複雑。欲しい、けど買うのはどうだろう？　だって、自分大好きみたいでなんか痛々しくならない？　大丈夫？　買っちゃおうかな？

「待たせたな！　ほら、セト。天使様だぞ」

　商品棚の前で悩んでいる間に、アルベルトさんがセトくんを連れて戻ってきたらしい。慌てて振り返ると、アルベルトさんの後ろからやってきた少年がこちらを驚いたように見つめている姿が目に入る。癖のある短い赤毛に緑の円(つぶ)らな瞳。素朴な顔立ちの少年が、その小さな目をこれでもかと見開いて私たちを凝視していた。いや、私たちではなく、私、かな……？

「て、てっ、て、てててて、てん、てん……！」

「おいおい、落ち着けセト」

もはや言葉にならない声を発しながら私と目を合わせ続けた少年、セトくんは口をパクパクさせ、そして……。

「てん、し……さ、まぁぁぁ……」

「うわーっ！　セト⁉」

身体を硬直させたまま後ろにひっくり返ってしまった。えええええっ⁉　気を失ったぁぁぁぁっ⁉　わ、私のせいかな？　どうしよう！

倒れてしまったセトくんをこのままにはしておけないということで、工房の仮眠室に連れて行くことになった。もちろん、私たちも同行させてもらう。それにしても驚いた。まさか倒れちゃうなんて。

「いやぁ、予想外だったなぁ。すまんなぁ、天使様」

「い、いえ！　むしろこちらこそすみません？」

「ぶはっ、まぁ疑問形にもなるよなぁ。でもメグのせいじゃねーよ。気にすんな」

リヒトはそう言うけど、倒れてしまう原因をつくったのは私だもん。気にはなるよ。どうしようもないけど。

「そうさ、天使様はなんも悪くねぇ。というか誰も悪くねぇな。ま、予想外の出来事すぎて頭がパンクしたんだろ。そのうち気が付くさ」

うん、確かに誰も悪くないっていうのが正解かも。むむ、アルベルトさんにまで気を遣わせちゃったな。過ぎたことは仕方ないんだから、切り替えていこう。目覚めた時に私が浮かない顔をしていたら、セトくんも気にしちゃうだろうし。よし、笑顔、笑顔！

ぞろぞろと連れ立って仮眠室にやってきた私たち。全員が集まるにはちょっと狭い部屋だったけど、元々、彼とは落ち着いて話もしたかったのでその場にいさせてもらうことになった。ベッドに寝かせられたセトくんだったけど、意外とすぐに目を覚ましてくれた。うーん、という呻き声とともにゆっくりと瞼が開いていく。

「んー……はっ！　あ、あれ？　ここは、仮眠室？　ゆ、夢、だったのかな……？」

どうやら混乱しているらしい。ごめん、夢ではないです。上半身を起こして頭を掻くセトくんは周囲を見回し、人の多さに驚いたように目を丸くした。そして、その目が私を認識したところですかさず声をかける。ま、まずは話をー！

「こ、こんにちは！　あの、大丈夫……？」

「っ、て、てんっ……！」

声をかけるのとほぼ同時に、セトくんはさっきと同じように目を見開いて口をパクパクさせ始めた。こ、これはまずいのでは⁉

「あーっ！　待って、待って、気をしっかりー！　また倒れちゃう」

「ひぇ、天使様が、二人……⁉」

慌てて彼の背を支えたのはアスカだった。しかし、至近距離でアスカの顔を見たセトくんは、その美しすぎる姿にさらに身体を硬直させてしまう。しまった、人選ミス！

「はい、落ち着いてー！　ほら、とりあえず深呼吸だ。な？　あ、俺はリヒト。よろしくな！」

「僕は、ロナウド。はい、水も、どうぞ」

「え、あ、え？　は、はい。あの、僕は、セトです……？」

再び倒れそうなところで私とアスカの前にグイッと割って入るリヒトとロニー。まずはセトくんの視界から私たちエルフを消す作戦のようだ。心中はとても複雑である。まだ混乱した様子のセトくんだったけど、リヒトとロニーによる強引な会話に、どうにか意識を保てたようだ。ホッ。ふむ。ここはひとまず、お任せするしかなさそうだね。

「むー。美しすぎるのも問題だねー？」

二人の背後でコソコソと、アスカが顎(あご)に手を当てながら小声で呟(つぶや)く。そうなのかもしれないけど、アスカは本当に直球だなぁ。嫌みがないのがまたすごい。

「確かに天使様で間違いないけどさ、俺達、お前と話したいことがあるんだ。どうにか耐えてもらえねーかな？」

「ぼ、僕にですか？　が、ががががが頑張(がんば)ります……！」

冷静に話をしたことでやっとセトくんの心の準備が出来たっぽい。ちゃんと先に教えてやったのに、とアルベルトさんがぼやいているのを見るに、聞かされた時は冗談か何かだと思って信じていなかったのだろう。まぁ突然、天使様が来たぞ、なんて言われても簡単には信じられないのもわかる。

さて、いつまでもコソコソとはしていられない。私とアスカはそーっとリヒトとロニーの背後から顔を覗(のぞ)かせてみた。私たちに気付いた赤毛の少年は、肩に力が入ったままこちらに目を向けた。

だ、大丈夫、かな？

「あ、あう、あう、ああ……天使……！」

や、やっぱりダメかなぁ？　でも、グッと拳に力を入れて耐えてくれたのが見て取れた。よ、よし！　意識は保てた！　とはいえ、チラチラこちらを見てはブワッと顔が真っ赤になって、言葉にならない声を発するのは変わらない。なんか、だんだん見ていてかわいそうになってきた。それにこれでは話が全く進まない。

「あの、無理させるのもなんだし、私とアスカは部屋の外にいようか？」

「えっ……!?」

話をするだけなら私たちはいなくても大丈夫だもんね。そう思っての提案だったのだけど、それを聞いて真っ先に反応したのもセトくんであった。そ、そんなに絶望的な顔をしなくても……！だって目が合う度に大慌てで、もはや涙目なんだよ？　とはいえ、大丈夫ですからぁ！　と必死で私たちを引き止めてくれているから、退室するのも気が引ける。フードを被ったり口元を隠してみたりもしたけど、目が合うのがダメっぽい。む、難しいな？　どうしたものか。

「あ、そうだ。これならどうだろう」

八方塞がりになりかけた時、私は閃いた。要は、緊張を和らげられればいいんだよね。自分で使うことになるとは思ってなかったけど、これなら笑ってくれるかも。そう思いついて取り出したのは秘密兵器、父様のお忍び変装アイテムでもある鼻眼鏡である！　髭付き！　私はすかさず鼻眼鏡を装着した。スチャッとね！

「ぶっはっ！　め、メグ、おま、お前それぇ！　魔王様のヤツだろ！　何で持ってんだよ！」

「あはははは！　何それぇ！　面白ーい！　ぼくも着ける！」

　厳密に言うと、お父さんが面白がって作らせたものを私が父様にあげたのだけど、まぁいい。欲しがるアスカにも同じ鼻眼鏡を渡すと、アスカも戸惑うことなく装着。

「どお？」

「んふっ、アスカ変な顔ーっ！」

「メグだってかなり変だからね？　あはっ、楽しいっ！」

「や、やめ、二人ともっ、ひー、腹、痛ぇ……ぶはっ！」

　仮眠室には鼻眼鏡を着けたエルフが二人に、お腹を抱えて笑い転げるリヒト、だっはっはっ、と一緒になって笑うアルベルトさんに、静かに肩を震わせて笑うロニー。それから、ぽかんとした様子のセトくん、というカオスな空間が出来上がっていた。笑いたければ笑うがいい！　もはや目的のためなら笑い物になっても構わないという心持ちだぞーっ！　テンションがおかしくなっている自覚はあるけど、気にしたら負けである。さて、これならセトくんはどうかな？　緊張は解けただろうか？　そう思ってドキドキしながら眼鏡越しに目を合わせると、数秒後にセトくんがプッと噴き出した。

「ふ、ふふっ、あはっ！　も、もう、天使様ってば、お茶目なんですね！　あははは っ」

　やったー！　笑ってくれた！　鼻眼鏡作戦成功だー！　絵面に締まりがないけど結果オーライ！　アスカと思わずハイタッチ！　よしよし、これで話も進められるね。そう思って鼻眼鏡を外そうとしたのだけど、ああっ！　というセトくんの叫び声で手が止まる。

「とっ、取らないでくださいっ！　まだご尊顔を見るのは、見、みみみみ」

「わ、わかった！　取らないっ！」

慌てて眼鏡を着け直す私とアスカ。どうやらしばらくはこのままでいなきゃいけないらしい。え、この状態で真剣な話をしなきゃいけないの？　ま、まぁいいけども。ただ、リヒトが笑いのツボから抜け出せるかな？　あ、呼吸困難になってる。無理そうである。そ、そんなに？

「僕が話すから、大丈夫。ふふっ」

戦力にならないリヒトを横目に、自身もまだ少し笑いつつロニーが話を引き継いでくれた。頼りになるぅ！　でもあんまりこっちを見ないで、って言われてしまった。ちょっぴり切ない。アスカと二人、すごすごとロニーの背後に移動した。なにこの状況。いやいや、冷静になっちゃダメだ。私まで笑いのツボにハマりかねない。

「セト。魔大陸では今、人間の大陸から、勉強に来る人を探しているって話、聞いている？」

「は、はい」

「僕達は、天使像を作った人に、声をかけたいって思った。けど、もういないって聞いた。だから、弟子である君の話を、聞きたいんだ」

「ああ、師匠のことですね？　わかりました、なんでも聞いてください！」

セトくんは師匠さんの話になった時切なそうに目を伏せたけれど、とても嬉しそうにも見えた。亡くなってしまったのは悲しくても、本当に尊敬出来る師匠さんだったんだなってそれだけで伝わってくるよ。

「師匠は、よく天使様のことを話して聞かせてくれました。空に浮かんで見えた微笑む天使様は本当に愛らしくて、見ているだけで幸せになったって。だから、石像を作ってほしいと国から依頼があった時は嬉しい気持ちとともに責任の重さを感じたって言っていました」

　師匠さんはそう言いつつも、目に焼き付けた私の姿をなんとか形にしようと何年も時間をかけたのだそう。そして出来上がった石像に本人も誇らしげにしていたという。な、なんだか照れちゃうな。

「僕はその石像を見て、自分もいつか作れるようになりたいって思ったんです。だって、あんなにも美しい像は初めてで……！　でも師匠はいつも、実物はもっと美しく、愛らしかったとも言っていましたね。自分の仕事には誇りを持っていましたし、出来には満足していましたけど」

　セトくんの師匠語りは止まらない。心なしか早口になってきた気もする。

「大げさだって思ってました。絵画や像って、大抵は実物よりも美しく出来るものじゃないですか。だからそんなわけないって。そう、思っていたんですけど……」

　うんうん、そういうものだよね。実物を美化させて作る、なんていうのはよく聞く話だもん。あの像も本当に綺麗だった。すごく恥ずかしかったけど、それは本音だよ？　……ん？　あれ？　セトくんの様子が変だぞ？　顔が青ざめてない？

「じっ、実物の方が美しいなんて、そんなこと、あ、あああああるんですね……！　本当にすみませんっ！　ぼ、僕は、なんて罰当たりなことを考えていたんでしょう！　あぁぁぁ……」

「ま、待って！　石像の方がずっと綺麗だよね⁉」

　そんなわけないのに！　と、とりあえずまた落ち着いてもらわないと。赤くなったり青くなったりで感情がジェットコースターになっているみたいだ。普段からこうなのかな？　こっそりアルベルトさんに聞いてみる。

「ああ、普段も何かと顔に出やすい素直なヤツだが、ここまで激しいのは俺も初めて見たな。こりゃ夜にでも知恵熱出すかもな！　だっはっはっ！」

笑いごとなの!?　本当に知恵熱が出たらどうしよう。よし、こっそり解熱作用のある薬を後で渡しておこうっと。さ、ロニー続きをどうぞ。あっ、こらアスカ？　欠伸しないのっ！

「す、すみません。僕、好きな物の話になると止まらなくて……」

「その気持ちは、わかる。気にしないで」

ロニーに声をかけられたセトくんは、身体を縮こませたまま申し訳なさそうに微笑んだ。私にもその気持ちはわかるからどうかあまり気にしすぎないでね。私が迂闊に声をかけるとまたパニックになってしまいかねないので心の中で念じるだけにしておく。

「師匠さんは、本当に腕のいい職人だったんだね。セトは、自分で弟子入りを頼んだの？」

「そ、そうです！　まだ小さかったんですけど、毎日通って毎日頼み続けていたらついに折れてくれて。嬉しかったなぁ。最初は掃除とか片付けとか、そのくらいしかやらせてもらえなかったけど、工房を見るだけでも新鮮で、毎日がとても楽しくて……。って、ごめんなさい！　またペラペラと僕ばっかり……！」

ふふ、どうしても夢中になっちゃうんだね。ロニーは気にせず好きなだけ話してほしい、と伝えた。うん、私も賛成。中身のない話ってわけじゃないもんね。その中に色んな情報もあるからぜひともたくさん話してもらいたい。オルトゥスのマイユさんの自分大好き語りとはわけが違うのである。

「師匠が亡くなる数年前に、ようやく木彫り細工を見てもらえるようになったんです。これまでも、余った木材で作るのが趣味で、それを見た師匠が口を出してくれるようになって。お前はなかなか筋があるな、って、言ってくれ、て……」

途中まで話して、セトくんは涙ぐんだ。ああ、胸が痛むなぁ。その気持ちはとてもわかるよ。私も、大好きな人を亡くした経験があるもん。

「グスッ。ああ、すみません。えっと、なんでしたっけ。そうだ、僕、師匠の言葉は色々覚えているんですけど、特に好きな言葉があるんですよ」

グイッと腕で涙を拭(ぬぐ)ったセトくんは、すぐに笑顔になって再び話し始めてくれた。特に好きな言葉、か。なんだろう？

「自分の好きを大事にしろ、って。悩むこともあるだろうが、結局は自分の好きがお前の助けになるからって。おかげで迷わずにいられるんです。僕は目で見たものを形として残せる職人になりたい。便利な物作りも大切ですけど……あの石像のように、記憶を形として残せるのはやっぱり憧(あこが)れなんです！」

セトくんも師匠さんも、役に立たない物を作って何になるって散々言われてきたんだって。だけど、師匠さんは好きだから作る、それ以外に理由なんかいらないって笑っていたそうだ。そのうち、理解してくれる人が現れるからその人のために作れ、と。なんだかいいなぁ、そういうの。好きでやることって上達も早いもんね。そういう気持ちが原動力になるんだろうな。

「そういえば、魔大陸にはそういうのないよねー？　人型の石像ってほとんど見たことないや」

「あー、人型は確かに見たことないな。魔王城には動物の像なんかがあるけど。でもあれは魔術でパパッと作ったものだって聞いたことがある。やっぱ、人の手で作りだしたものとは温かみが違う気がする」

確かに、何の役に立つんだろうって思う人はいると思う。魔大陸の人たちなんて余計にそう思う人が多いんじゃないかな？　でもリヒトの言うように温かみがあるから、見ているだけで何かしらを感じ取ってほしい。そういう、芸術を楽しむという文化があってもいいはずだ。まだ人間の大陸にも浸透しているわけではなさそうだけど。

「こういう文化が、魔大陸にもあったら、いいね」

ちょうど、私が思っていたことをロニーが口に出した。

「気に入る人はたくさんいると思うー！　ぼくも好きだし！」

いち早く反応をしたのはアスカ。そっか、アスカもいいな、って思ってくれたんだ。もちろん、私もすかさず賛同をしたよ！　ついでに意見もちょっと添える。

「手作りは一点物だし、アニュラスに見てもらったらその価値もわかるんじゃないかな？」

「お、それはいいな。商業ギルドトップの目利きは確かだし。ただ価値の有無は職人の腕次第になるけど」

こういうのは専門家に任せるのが一番である。ダンジョンの攻略に行った時、お店に並ぶ品物を見るルーンたちの目はすごかったもん。それがアニュラスの大人たちならもっと間違いない。ちゃんと見定めて、商品に見合った価値を付けてくれるだろう。そういう実績と信頼があるのだ。っと、先走って考えてしまったけどその前に大事なことがあったね。まずは職人をスカウトするところから始めなければ。声をかけるのは当然、目の前にいる彼である。

「ね、セト。君は、魔大陸で勉強する気、ない？」

「魔大陸で……。えっ！　ぼ、僕が魔大陸に行くんですか⁉」

ロニーが本題に入ると、セトくんはわかりやすく動揺を見せた。まぁそうだよね。その性格からして、反応は予想出来ていた。たぶん、断るんじゃないかな？　自分には無理だって。

「む、無理無理無理無理ですよぉ！　僕は未熟ですし、アルベルトさんへの恩返しもまだですしっ！」

当たりー。いや、当たってほしかったわけではないよ？　でも、恩返しかぁ。セトくんはしっかりしているな。それならなおさらこのチャンスは摑んでほしいんだけど。というわけで、説得はここから始まるのだ！　ロニー、任せたぁっ！

「未熟だから、勉強、する。魔大陸の技術も取り入れたら、セトはもっと成長できる。その成果を、ここに持って帰ってこられる、よ？」

「え、戻って来られるんですか？」

んん？　あれ？　セトくんってば、ものすごく驚いてない？　しかも予想外のところで。も、もしかして、魔大陸に行ったら帰って来られないと思ってたり……？

「当たり前だろ。もちろん、魔大陸に残りたいってなったらその選択も取れるようにする。故郷のために技術を身につけて、成長してから戻って来たっていい。そこは自由に決めていいんだ」

リヒトが説明を引き継ぐと、セトくんは知らなかった、とさらに驚いたように口の中で呟いた。やっぱりそう思っていたんだ。ええ？　なんでそんな認識になっちゃっているんだろう？　まるで恐怖の大陸じゃないか。良くない、良くないぞー？　魔大陸のイメージが悪くなりかねない。

「ほぉ、そうだったのか。たぶんだが、みんな魔大陸に行ったら戻って来られないと思ってるぞ？」

「な、なんでまたそんな誤解が……」

「未知の大地だからなぁ。不安と恐れがそういう噂になっちまったのかもな」

アルベルトさんまで！　うーむ、よくわからない存在な上、中途半端な情報だけが耳に入るとそんな噂が広まってしまうんだなぁ。うん、直接この大陸に来てよかった……！　他の調査隊も同じことでビックリしてそうだ。

「と、とにかく！　魔大陸はそんなに怖い場所じゃないよ！　魔術は普通に飛び交っているし、魔物もいるけど……人の住む場所は安全なところが多いから！」

「そーそー！　それに引率するぼくたちが絶対に守るしー」

せめて、ここにいるセトくんとアルベルトさんの誤解はしっかり解いておかないとね！　アスカと並んで両拳を握って熱弁すると、ブフッとリヒトが噴き出した。あ、まだ鼻眼鏡を着けたままだったね。締まらない……！

「で、でででも、その、突然すぎて、決められません！　す、すみません……」

セトくんは身体を縮こまらせてペコペコと謝っている。ああ、そんなに頭を下げなくても大丈夫だよー！

「もちろん、すぐに決めてとは言わないよ。アルベルトさんの、許可もいるだろうし」

「おう。返事はまた次の時でいいんだ。行くにしろ、やめておくにしろ、心が決まったらここに連絡してくれ」

震えるセトくんの背に手を回し、ロニーが穏やかに微笑む。落ち着くよねー、ロニーの手って！　おかげでセトくんもほんの少しだけホッとした表情になってくれた。一方でリヒトは収納魔道具から紙を取り出すと、セトくんではなくアルベルトさんに差し出した。セトくんはまだ成人したばかりだというし、ここで働いているわけだから責任者に渡した、ってところだろう。

「これ、って……契約書、か？　こんな大事なもん、管理出来るか自信がねぇぞ？」

「問題ねーっすよ。それは特殊な紙とインクで出来てるんで、関係者以外は内容が読めないし、紛失してもすぐ戻ってくる。当然、燃やしたり破いたりも出来ないぜ！」

「……ちょっとお前さんが何を言ってるのかわかんねぇ」

あー、リヒトもだいぶ染まっているもんね。オルトゥスの技術力が凄すぎて感覚が麻痺しているのだ。思わずクスッと笑ってしまったよ。初めて会った時なんか、収納魔道具の存在だけでものすごく驚いていたのに、懐かしいなぁ。立派に驚かせる側になって……。仲間が増えたなぁ。しみじみ。

「あー、とにかく。色々と心配しなくても大丈夫ってこと！」

「な、なんかよくわかんねーが、大丈夫だってことはわかった」

うん、それだけわかってくれればオーケーである。とはいえ、今日聞いたばかりで色々と混乱もしているだろうから、まずは落ち着いてもらい、魔大陸への留学についてよく考えてもらう。その上で色々と聞きたいことも出てくるだろうから、私たちはひとまず五日後にまたここに来ると伝えた。

「五日後に来た時、質問があったらその時に答えるよ。セトの答えが出てればそれでいいし、まだ考えたかったらそれでもいい」

「焦る必要は、ない、よ。僕たちは、長命だから。いくらでも、待つ」

「そーそー！　行きたくないなら断ったって大丈夫！　ぼくたち、怒ったりしないよー？」

そう。ゆっくりでいいのだ。急ぐ必要はどこにもない。というかたぶん、「大丈夫？」って心配したくなるほど私たちの方がのんびりだと思う。何はともあれ、時間がかかったとしてもセトくんにとっての最良を自分で選んでほしい。私は一歩前に出て、そーっと鼻眼鏡を外した。せめてここを出る前くらいは、ちゃんと顔を見てほしいもん！

「でも、来てくれたら嬉しいって思うよ。きっとすごくいい経験になるから。たくさん考えて、悩んで、自分で道を決めてね」

「ひゃっ⁉　ひゃい……！」

やっぱりセトくんを緊張させることにはなってしまったけど、倒れなかったからちょっとは慣れてくれたのだと思いたい。さて、後はもう立ち去るのみ。いつまでもここにいたら仕事の邪魔になっちゃうからね！　私たちはまた五日後に、と言い残し、ぞろぞろと部屋から出て行った。

2　街の散策

「ふー、緊張したなー」

「え？　リヒト、緊張してたのー？　全然、そんな風には見えなかった」

アルベルト工房を出て大通りを歩いていると、リヒトが軽く深呼吸をしながら両腕を伸ばした。

ふふ、私は気付いていたよ。なんせ魂が繋がっているからね。平気そうな素振りだったけど、内心ではドキドキしていたもん。でも、その気持ちはわかるなー。

「初めての交渉だったもんね。いい人たちで良かったよね！」

「おー、それが何よりの救いだな」

いくら魔大陸で似たような経験をしていたとしても、やっぱり大陸代表で来ている身としては失敗出来ないっていうプレッシャーがあったと思うんだよね。たぶん、リヒトだって自信はあったはず。きっとうまく伝えられるって疑ってはいなかったんじゃないかな。でもそれはそれ、これはこれってことだ。それがあまり理解出来ないのか、アスカは首を傾げている。というか、まだ鼻眼鏡かけていたの？　気に入ったんだね……。

「変なの。もし問題になって荒事になっても、ぼくたちをどうこう出来るわけないじゃん」

「そういうこっちゃねーの。もし問題になったら、魔大陸のヤツらは悪いヤツ、みたいな噂が流れるかもしんねーだろ？　ほら、留学したら帰って来られないって思い込んでいたのがいい例だ。噂なんてどう形を変えていくかわかったもんじゃねーんだから」

　そう、私たちの言動が全て魔大陸のイメージになってしまうのだ。責任重大！　ポン、とアスカの頭に手を置いたリヒトは、見上げてきたアスカの顔を見てまたしても噴き出しているけど。鼻眼鏡はリヒトのツボにハマるようだ。

「知れば知るほど人間って不思議だね。どうして間違った噂が広まるんだろ？　本当のことだけを伝えればいいだけなのにー」

　外してくれ、と頼まれたアスカは仕方なくといった様子で鼻眼鏡を外しながら難しい顔をしている。あー、それは人間だから、としかいいようがないかも。人間は、個が弱い種族だから。身を守るために、まず脅威から逃れることを考える。危険な物には近づかないってやつだね。だから不安や恐怖の感情が大きくなりがちで、よくわからない魔大陸は怖いものとして広まりやすいのだろう。

　一方で魔大陸の住人は個々でそれなりに戦う力を持っているから。もちろん、戦闘に不向きな人もたくさんいるけど、何かあった時は自分たちでどうにかすればいい、って考えなんだよね。なんとかなる、って。そう思えるだけの対策も実力もちゃんと備わっているからこその考えなのだろうけど、やっぱり種族柄って感じだなぁ。私なんかは中途半端なので魔大陸の者にしてはかなりビビりな方になる。リヒトだってそうだ。ちょっと思考が人間寄りっていうか。

「人間ってのは慎重な種族なんだよ。石橋があったらしっかり叩いて壊れないかを確認するような、な」

「何それ！　面白いねー！　ぼくらだったらもし橋が壊れても魔術で何とかするだけだもん」

「けど、慎重だからこそあらゆる事態を想定して準備が出来る。オルトゥスの依頼達成率が高いのも頭領（ドン）が人間で、石橋を叩いた上に確認までするタイプだからだって俺は思ってる」

あ、なーるほど。今リヒトに言われて初めて私も納得したよ。言われてみればそうだ。不測の事態を想定する、自分の弱点を補う術（すべ）を持つ、っていうのはオルトゥス独自のルールだもんね。成長することを忘れない、っていうのも人間らしい考えかもしれない。

「人間って弱いだけだって思っていたけど、実はすごいんだね。ぼく、もっと知りたいかも」

「おう。じゃあ次に工房へ行くまで、この街をもっと見て回ろうな」

「賛成ーっ！」

アスカって本当に素直だなー。感想が正直すぎてヒヤヒヤすることも多いけど、柔軟に色んな意見を吸収していくのは見ていて気分もいい。人や自分の良いところも悪いところも、目を逸（そ）らさず真っ直ぐ見てる。そういうところは見習いたい。私は元人間だからって甘く見ている部分があると思う。新たな発見があるだろうから、ちゃんと気持ちを入れ替えて街の様子を見ていくぞー！

まず、私たちはこのまま大通りを歩きながら、一つ一つのお店を見ていくことにした。ただ、ゆっくり見て回る余裕はない。五日では全てを見て回るのは無理なのでは？　というくらい、この街は広いからね。ただ、この通りは商店街にもなっているメインストリートだ。せめてこの通りに並んでいるお店は全部見ようということになったのである。時々、趣（おもむき）のある小道が見えて入って行きたい衝動に駆られるけど我慢。くっ、ああいう道って冒険心がくすぐられるんだよねー！

「ふふ、全部見回って、時間があったらあっちにも行こう」

「ろ、ロニー！　……バレてた？」

「メグはすぐ、顔に出るから」

つまりバレバレということだね？　ああ、もう。相変わらずすぐ顔に出るなぁ。恥ずかしい。

「ねー、この街の治安ってどうなのかな？　警備隊とかにも話を聞いてみたいなー」

「ああ、それは俺も聞いてみたい。俺がいた頃はああいう小道に行くと必ずスリにやられたんだよ。あんまり治安は良くなかったから。今は改善してるのか気になるな」

なるほど、治安ね。アスカはなかなか目の付け所がいい。人間の大陸は魔大陸よりも貧困層が多いって聞いたことがある。というか、人数が桁違いなのだから当たり前と言えば当たり前なんだけど。そうなるとやっぱり、どうしても治安が悪くなるよね。大きな街であればあるほど、街の中にそういう地区があったりするのだ。人通りが少ない路地を抜けると貧困街に出たりとかね。

もしかすると、私が気になった小道がそういった場所に繋がっていたのかもしれない。普通だったら避けていく場所になるけれど、私たちは今調査のために来ている。だから気になったのなら進んで見に行くことになる。とはいえ、何かあったとしても迂闊に手は出せないんだけどね。だってここは人間の大陸。彼らのルールがあるのだから余計な手は入れない方がいいもん。それに自分達の立場を考えると、後々問題になりかねないのだ。だから私たちがすることといえば現状を知り、その街の責任者に伝えることくらい。必要であればアドバイスもするけど、たぶんそういうのは未熟な私たちがするより人間たちに考えてもらった方がいい案が出るだろうからね。

「ねー、二手に分かれた方が良くない？　これだけ大きい街なんだもん。全部見て回るのは時間がかかって仕方ないよー」

「それも一理あるな……。よし！　そんじゃ二手に分かれて、今日の夜にそれぞれ報告。それを三日くらいやって、残り二日で気になった場所をみんなで見て回る。で、どうだ？」

なるほど、効率は良さそうだね。私たちはもう単独行動をしても問題はないくらいの実力を持っているんだから。もちろん、私とアスカは成人前なので単独行動はしないけど。

「本当はぼく、メグと二人が良かったけどー。さすがにわかってるから文句は言わないよ。ああ、メグぅ！　また今日の夜にね！」

「自分で提案したんじゃねぇか。面白いやつだな、アスカは。とりあえず大通りを抜けたら二手に分かれるか」

確かにアスカったら矛盾したことを……。でも、ちゃんと調査をすることを一番に考えているからえらいっ！　ちなみに、組み合わせはリヒトとアスカ、ロニーと私だ。何かあった時に魂のつながりがあるリヒトの方が早く連絡がつくからね。それに、ロニーの大地の精霊とアスカの土の精霊は属性が同じだから連絡が取り合えるし。アスカの土の精霊は眠っていることが多くてあまり呼び出せないらしいけれど。よろしくね、とロニーに微笑むとこちらこそ、と笑みを返されてほっこりした。ロニーと一緒にいると本当に癒（いや）される。

それから私たちは四人で大通りに並ぶお店を一軒ずつ見て回り、この街に流通している物や物価、人気商品などをザックリ調べていった。やっぱり魔道具がある分、魔大陸の方が便利な生活をしているよね。でも前に旅をした時より、魔道具を見かける気はする。そもそも、前は街にあまり立ち寄らなかったから自信はないんだけど。リヒトも同意見だったからきっと合ってる。これも、少しずつ両大陸が歩み寄っている成果なのかもね。地道にコツコツと進めていくのが大事！　突然、便利な物で溢れても混乱を招くだけだしね。焦る必要はないのだ。

「やっぱり、物作りのレベルが高い、ね。たくさん作る機械も、人間なら作ってしまえる、かも」

「ぼくたちが魔術でやることを、人間は機械で出来るってこと？　それって魔術が使えなくても、訓練を頑張らなくても、誰でも出来ちゃうってことじゃん！　人間ってすごい。ぼくたちも負けてられないや」

本当にいいところに気付くなぁ。アスカは模範生のようだ。そうなんだよ、人間って実はすごいんだよ。

「数十年もしたら、この景色もガラッと変わっているかもな。なんか、心中は複雑だけど」

メグならわかるよな？　とリヒトに小さく声をかけられ、そっと頷く。まるで日本みたいだなって言いたいんだよね。だからこそ、ゆっくり進めていきたいのだ。技術を手に入れたら人間は勝手に急成長していくと思うから。楽しみだけど、あそこまでゴチャゴチャした大陸になるのはちょっと嫌だなぁって気持ちがある。その辺はお父さんも同じ意見だろう。

「その点も踏まえて、調査が終わった後もたまに様子を見に来ないとなぁ」

「ぼくも変わっていく様子、見たーい！　その時はぼくも連れて行ってよ、リヒト！」

「おう、予定が合えばな」

無邪気だなぁ。でも、それでいい。この複雑な感情は元日本人だからこそであって、説明が難しいからね。大陸の未来がどう変わるかはわからないけど、変化のキッカケをつくっていることに変わりはないんだもん。ちゃんとありのままの変化を受け止めて、見守っていこうって改めて思った。やっぱり、責任はあると思うから。

「じゃ、また夜にな！　最初の噴水のとこで待ち合わせにしようぜ」

「ん、わかった。じゃあ後で」

大通りを抜けた私たちは、予定していたように二手に分かれた。リヒトたちは西側に向かったので私たちは東側だ。住宅街かな？　見える建物はこれまでよりも少し簡素な造りにも見える。

「あの造りは、この大陸では一般的。あれを基準にしたら、この街の生活レベルが、わかると思う」

「なるほど。それじゃあ、迷惑にならない程度に生活の様子を見学させてもらおうよ」

「ん、そうしよう」

ということは、この辺りは特別豊かでも貧しくもない、いわゆる一般家庭が住む地区って感じなのかな？　人間の大陸を一人で旅して回っているロニーの言葉は説得力がある。あ、そうだ。ロニーには聞いてみたいことがあったんだった。

「ねぇ、ロニーはずっと人間の大陸を旅していたの？」

オルトゥスを出る時は確か、まず魔大陸を全土見て回るって言っていた気がする。全部を一通り見て回るまでは帰って来ないって。でも、いつの間にか人間の大陸にまで行っていたから、もう魔大陸の旅は終わったのかなって気になって。だって、魔大陸を全土見たんだったらもっと時間がかかっていそうだから。

「ずっとじゃ、ないよ。途中で依頼が入って。それがなかったら、まだ人間の大陸には、行ってなかったと思う」

「こっちに来る必要のある依頼だったの？」

「うん。少しでも、ここを知っている人がいいって。魔大陸の旅は、戻ってからも出来るから、良いかなって思って、引き受けた」

　結局そのまま、人間の大陸での旅を続けていたというロニー。戻るにも鉱山の転移陣を使わないといけないというのと、せっかくだからこのまま見て回るのもいいと思い直したんだって。

　確かに、あの転移陣は起動に結構な魔力を使う。加えて管理をするドワーフは、他の種族と関わるのをあまり得意としていない。それを出来る限り緩和したのが父様やリヒト、そしてオルトゥスの技術だ。転移陣を起動するための魔力に大きな魔石（ませき）を使った装置を使い、ドワーフたちの負担を減らしたのである。時々、リヒトが魔力の補充に行くって話だったかな。それでも使いすぎるとすぐ魔石の魔力がなくなるから、月に一度くらいの頻度で転移陣を起動するって制限がついたんだよね。ドワーフたちの道案内も必要になるんだけど、余所者（よそもの）とあまり関わりたがらない彼らのためにもどのみち頻繁（ひんぱん）には使用出来ないってわけ。まぁ、ロニーに道案内はいらないんだけどね。鉱山は故郷だもん。

「でも、戻ろうと思えばもっと早くに魔大陸に戻れたよね？　そんなにこっちの旅が楽しかったの？」

「あー……。うん、それも、あるけど」

私の質問に、珍しくロニーが言葉を濁した。ん？　それだけじゃない理由があるのかな？

ジッと横目で見つめながら続きの言葉を待っていると、ロニーは気まずそうに頬を掻いた。

「人間の大陸に渡る時、父さんと、話して……」

「ロニーのお父さん……ロドリゴさん？」

ものすごーく息子に対する愛情の向け方が不器用な人だったよね。頭が固いというか、素直じゃなさすぎるというか。アドルさんの話によると、いまだに彼との交渉ではよく揉めるとか。

「成人になったからって、会う度に、その……番を、連れてこいって、言われる、から」

「へ……」

それはつまり、あれですか？　はやく嫁を連れてこい的な？　実家に帰る度に「いい人はいないの？」って聞いてくるあのヤツですか？　……すごく納得した。出来る限り鉱山に寄りたくないその気持ち。お父さんに呼ばれてオルトゥスに戻る時も同じことを言われたのだとロニーは大きなため息を吐いている。お、お察しします……！

「そもそも、番に出会える人の方が、少ないのに」

「やっぱりそうだよね？　そう簡単には出会えないよ、普通」

ほんのわずかに口を尖らせるロニーという貴重な姿を見た。でもものすごく気持ちはわかるよ。記憶自体は薄れているけど、同じ経験をしたことは覚えているもん。余計なお世話！　って叫びたくなるやつ！

「普通は、ね。でも、僕の周りは結構、みんな見つけているからすごいなって、思う」

「あー、リヒトなんて結婚式まで挙げちゃったもんね」

「リヒトもそう、だけど……メグも、でしょ？」

「……へ？」

変な声が出た。え、なんで私⁉　予想外のところからボールが飛んできたから受け取るどころかボールを目で追うことすら出来ていないよ。

「ちょ、ちょっと待って？　どうして私？　番なんて、見つけてないよ？」

「え？　そう、なの？」

困惑気味にそう伝えると、ロニーは心底ビックリしたというように目を丸くしている。勘違いしていたのかな？　とはいえ、どこをどう勘違いしたらそうなってしまったんだろう。謎である。

「僕はもうてっきり、番同士なのかと、思ってた」

「ええっ⁉　ど、どうしてそう思ったの？　ビックリしすぎてついていけないよぉ！」

本当に、謎である。っていうか私と誰が番同士だというのか。みんな家族としか思えないのに。

ふと、脳裏に全身黒ずくめの人物が過りかけたけど、慌ててブンブン顔を横に振った。なんとなく、違う！　って叫びたくなるような、変な気持ちが湧き上がって妙に恥ずかしくなってしまったから。

「それじゃあ、アスカの片思いなのかぁ……」

一人でパニックになっていたから、ロニーが小さく呟いた一言は聞き取れなかった。はー、顔が熱いっ。

さて、東側の住宅地は平和そのものだった。途中に井戸があって、生活用水はそこで汲んで使うのが普通だとロニーが教えてくれた。井戸はこの一帯に住む人たちで共有しているけれど、飲料水だけは魔道具を使う、というご家庭もあるにはあるらしい。というか、井戸端会議している奥様たちに聞いた。

「とはいっても魔道具？　あれは高いからねぇ。そう簡単には手を出せないわ」

「それに魔力ってのがなくなったら使えなくなっちまうんだろ？　そこでまたお金がかかるもんねぇ」

「そうそう！　水だってたくさん出てくるわけでもないって話だから、あたしは井戸水だけで十分だよ」

「そうよねぇ。あっ、でも魔道具から出てくる水はすごく美味しいらしいよ？　一度くらいは試してみたいもんだねぇ」

奥様たちは明るい声でケラケラ笑いながら話をしている。うん、パワフル。そっかぁ、魔道具はやっぱりここでは高価なものなんだ。でも、一般家庭でも頑張れば手に入る値段、って感じかな。ただ、魔力の補充のことについて考えたら、確かに井戸でいいやって思う気持ちもわかる。

「あたしは水の出る道具よりも、火を付ける道具の方がほしいね」

「あー、それはそうよねぇ！　あっという間に火が付くんでしょう？　それに、木切れや薪がなくても火が消えないいんだって」

「まっさかぁ！　そんなことあるわけないじゃない！　ねぇ、天使様？　さすがに薪は必要よねぇ？」

ぼんやり話を聞いていたら急に話を振られたので軽く跳び上がってしまった。奥様たちの視線が一気に集まったことにも内心でドッキドキである。

「え、えっと、薪がなくても、消えないです」

私が戸惑いながら答えると嘘ぉ!? という甲高い声が周囲に響き、再びマシンガントークが始まってしまう。質問しにいったのは私たちの方なので勝手に立ち去るわけにもいかず、チラッとロニーに目を向ける。しかしロニーも苦笑しながら肩をすくめ、軽く首を横に振っていた。なるほど、待つしかないってことね。諦めます。

そこから解放されたのは二十分後くらいだろうか。私とロニーは小さくため息を吐きながら住宅街から出た道を歩いていた。

「す、すごい勢いだったね」

「うん。奥さんたちのお喋りは、どこにいっても、同じ」

全国共通ってことですか。まぁ、あれだけ元気に笑っているってことは、平和な証拠でもあるよね！ でも、魔大陸ではそこまで見ない光景だよねぇ。あ、そもそも井戸のような共有施設みたいなものがないからかも。出会えば普通にお喋りもするし、そういうことなのかもしれない。

「ああいう場があるから情報共有が出来て、いざって時に協力し合えるのが人間の強みかもしれないなぁ」

「ああ、なるほど。個々で対処する、魔大陸の住民とは、違うところだね」

団結力が人間の強さだもん。ただ、私が日本にいた頃はご近所付き合いも年々疎かになっていたな。困った時に助け合うためにも、せめて日頃からきちんと挨拶くらいはしておけばよかった。なんせ、生活リズムが完全に狂っていたからご近所さんに会うこともなかったんだよね。ブラック企業勤めはそういう部分も壊していくんだなって今更気付いたよ……。いやはや、すでに日本にいた頃のことはほとんど忘れているのに、さっきの嫁はまだか案件といい、なんでこんなことだけはいくらでも思い出せるんだろう。闇が深い。

「メグ、この先はちょっと、注意して」

「……うん」

住宅街を出てどのくらい歩いただろうか、だんだんと空気が変わっていくのを感じた。たぶんこの先は治安が悪い。人が少ないのに気配だけはたくさんあるし、時々すれ違う人たちはこちらを見ないようにしながらも意識を向けているのを感じるもん。ふふん、このくらいは私にだってわかるんだよ！　特級ギルドで訓練しているんだからね！　……油断はもちろん、しないけど。やっぱりちょっとだけ怖い。ちょ、ちょっとだけだからね！

とりあえず、私たちは調査を目的として散策しているからこのまま進めるところまで進もうという方針だ。前もってロニーと決めていたから変わらないペースで歩き続けている。そろそろ周囲が動きだしてもおかしくないな、という雰囲気が漂い始めた頃だ。背後から誰かが来る気配を察知したので風の自然魔術で防御の膜を張った。それと同時に斜め前の柱の陰から男の人が三人ほど飛び出してくる。縄やナイフを持っていて、こちらを捕まえようという気満々である。わかりやすい。

「おらあぁぁぁっ!!」

飛び出してきた三人はロニーに向かって一直線。わざわざ叫びながら飛び出してくるなんて。うーん、ご愁傷様です。そして先ほど背後から感じた気配は二人。人間相手だから加減が難しいけど、みんなお願いね、と精霊たちに伝えておいた。頼もしい返事が聞こえてきたので、こんな状況なのにほっこりしちゃう。

「う、お……!?」

「ぐっ!!」

後ろで呻く声が聞こえたのでクルッと振り返ると、見事に風の膜にぶち当たって尻餅をついた二人がちょうど蔦で拘束されているところだった。後ろ手に落とした種をリョクくんが上手く使ってくれたようだ。ありがとうね！　襲撃者が地面で芋虫状態なのを確認して再び前を向くと、ロニーに向かっていた男三人が悶絶しながら倒れているのが見える。おー、さすがー。

「メグ、大丈夫だった？」

「うん、平気だよ」

苦もなく倒してしまったのだろう、いつもの調子でロニーが聞いてきたので笑顔を向けた。ホッとしたように表情を崩した時、ロニーが倒した男たちが呻きながら声をあげる。

「て、てめぇら、絶対にとっ捕まえてやるからな！」

「お、お前らなんか、売り飛ばしてやる……！」

典型的な小悪党の捨て台詞に呆気にとられてしまう。本当にこういう台詞、言うんだ……。そのことにちょっぴり感動していると、男の目の前にロニーがスッと立った。

「妹に指一本でも触れたら、許さない」

「ひっ……！」

ロニーが軽い殺気を当てたことで、三人はあっさりと意識を失う。ロニーったら、そ、そんな低い声とえぐい殺気が放てたんだ……？　新たなロニーの一面を見て驚きはしたけど、私のことを妹と迷いなく言ってくれたことが嬉しくてついついにやけてしまう。もうっ、こんな風に笑うような状況じゃないのにっ！　嬉しいことを言うロニーが悪いっ！　えへへへ。

「な、何？」

「え？　ふふふ、ごめん。だって妹って言ってくれたのが嬉しかったの」

ついにはロニーに変な目で見られてしまった。どうしても我慢が出来なかったんだもん。素直に白状すると、ロニーは少しだけ恥ずかしそうに目を逸らしてから再びこちらを見てふんわりと笑った。

「本当の、妹だって思ってる、から」

「うん！　私もロニーはお兄ちゃんだって思ってるよ！」

ニヘッ、とお互いに笑い合う。この空気感が本当に大好きだー！

「お、おい、俺たちをどうする気だ」

私が捕らえた男の一人が戸惑いがちに口を開いた。おっと、忘れてませんよ、もちろん。心なしかさっきまでより大人しくなったような気がするけど何か心境の変化があったのだろうか。

「別に……。このまま、街の憲兵（りんぺい）に、引き渡すだけ」

人間の大陸の問題にまでは首を突っ込めないもんね。私たちはこちらに害がありそうだったから自衛しただけ。だから後はお任せするのが正解なのだ。

「……襲った理由を聞いたりしねぇんだな」

「聞いてほしいの？」

……なんだか含みのある言い方だな。さっきまではあんなに威勢が良かったのに急に大人しくなったし、目つきも鋭さがない。本当にどうしたというのだろう。というか、よく見たら私を襲ってきた二人はまだ若い。ロニーと話している方は二十代前半って感じだけど、もう一人は十六、七歳くらいに見える。成人したばかりみたいな、まだ子どもっぽさが残っているというか。

「い、いや、そんなことは、ねぇけど……」

男の人はチラチラとロニーが倒した三人組を気にしているみたい。うーん、訳ありっぽい？　なんだか、この二人が悪い人たちには見えなくなってきた。あ、いやいや油断はしないぞっ！

「あっちの三人なら、しばらく、目覚めないよ」

「っ！」

ロニーがそう声をかけると、明らかに動揺したように目を泳がせる二人。そしてついに、年下の方の男が初めて口を開いた。

「あ、兄貴を助けてくれ！」

「お、おい、フィービー！」

「今しかねぇじゃん！　噂は本当だったんだ。この人たち、魔大陸から来たんだろ？　それならなんとかしてくれるかもしれねーじゃん！　兄貴だってこのまま一生を終えるのは嫌だろ!?」

「だからって、なんで俺のことなんだよっ！　お前でいいだろ！」

兄貴……兄弟なんだ。うーむ、これは確実に訳ありだ。どうしたものか。黙ってロニーに目を向けると、小さくこちらに頷いてから兄弟の近くにしゃがみ込んだ。

「話は、聞く。でも君たちは、警備隊に引き渡さなきゃいけない」

「っ、そ、そりゃそう、だよな」

「警備隊に、話を聞いてもらうのは？　ダメなの？」

困っている人を放っておくことは出来ない。でも、解決するのは私たちじゃないもんね。けどこの人は今、魔大陸から来た人だからなんとかしてくれるかも、って言った。警備隊ではダメな理由があるらしいっていうのがその時点でわかったけど、ロニーはあえて本人に説明させようとしている。私だったらうっかりその場で相談を聞いてしまっているところだ。自分でも甘いヤツだという自覚があるので……。

「つ、捕まったら時間がかかるだろ。最悪、出て来られなくなる。弟は身体が弱いんだ。なぁ、俺だけじゃダメか？　弟は無理矢理、手伝わされただけなんだ！」

「おい、兄貴っ！」

うーん、お互いをかばい合っている感じだなぁ。兄弟愛は素晴らしいけど……まぁいい。ひとまずロニーの対応を黙って見守ろう。

「これまでも、同じようなことがあったの？」

ロニーの質問は基本的に確認だ。まず、彼らの事情を聞くべきか否かの判断をしているんだよね。この兄弟の様子を見て、本当に私たちの助けが必要かどうかを。チラッと一瞬ロニーがこちらを見た。なんだろう？　と目をパチクリさせていると、フワリとロニーの周りで大地の精霊、ヒロくんが一周飛ぶ。……なるほど。了解です！

「ああ。弟を巻き込んで悪いって思ってる。でも、全部俺が悪いんだ」

「なっ、俺は……！」

「黙ってろ、フィービー！　なぁ、頼むよ。病気の弟に負担をかけたくねーんだ。罰なら俺一人が受けるからさ！」

病気の弟に、ね。……どうしてそんな嘘を吐くのだろう？　そう、彼の言っていることは嘘だ。ショーちゃんに頼んで心の声を少し聞いてもらったからね。さっきロニーが精霊を使って私に指示した内容はそれである。声の精霊であるショーちゃんは、私の心の声を聞き取るだけでなく、多めの魔力を使えば人の心の声も聞き取れてしまうのだ。改めて考えてみると恐ろしい能力である。

『二人とも、健康なのよー？』

つまり、弟をかばうための嘘ってことだ。ロニーもショーちゃんの声を聞いて小さく頷いた。

「ねぇ。嘘を吐くなら、手助けは出来ないよ」

「なっ……！」

あっさりと嘘を見破ったロニーに驚愕の表情を向ける兄弟。ザッと顔を青ざめさせ、目を見開いてこちらを見ている。その視線はロニーと私を行ったり来たりしていた。いくら弟を助けるためとはいえ、本当のことを言ってもらえないならそれまでになる。

『病気がちなのは、二人の妹みたいなのよー』

「え？　それ、本当？」

残念な気持ちでいると、ショーちゃんからの追加の情報がもたらされてうっかり声に出してしまった。兄弟が不思議そうにこちらに目を向けているけど咳ばらいをして誤魔化す。

『どーするー？　もう少し心の声、聞いちゃう？』

うーん。たぶん、その妹の存在も関係しているっぽいよね。でも、二人は妹の存在を隠したいんだ。それはきっと、妹こそが二人の守りたい人物だからだよね。そういうことなら力にはなりたい。けどそれはこの兄弟次第。

「病気がちなのは、弟さんじゃありませんよね？　……ちゃんと、本当のことを聞かせてもらえませんか？　無理に暴くのは、私もやりたくないので」

あれ、なんだかものすごい脅し文句になった気がしないでもない。これじゃあまるで、吐くまで痛い目みせてやる！　みたいに取られないだろうか。で、でも本当の気持ちだよ!?　もちろん拷問とかをするわけではない。ただショーちゃんに心の声を読んでもらうだけだ。すでに一度読ませてもらっているけど、これ以上踏み込むのはさすがに申し訳ない。だから彼らには正直に話してもらいたいと切に願っている。

「ぜ、絶対に全部バレてるよな、これ……？」

「か、可愛い顔してえげつねぇ……！」

やっぱり勘違いされた！　しかし、ここで違うと言えば話が進まない。思うところはあるけど黙って相手を見つめ続けた。わ、私は悪い女、えげつない女……！

「最後のチャンス。また嘘を吐いたら話も聞かずに二人とも警備隊に引き渡す。その後も、嘘を吐いた時点で協力は終わりにするから」

「わ、わかった！　わかったよ！　ただ、その前に一つだけ聞かせてくれ！」

　焦ったようにお兄さんの方が叫ぶ。聞きたいことってなんだろう。ロニーは黙って先を促している。うーん、いまいち彼らの真意が見えてこない。ただ少しでも罪を軽くしようとしている小悪党なのか、本当に何か事情があるのか。ロニーにはわかっているのかな？

「あ、あんたたちは何者なんだ？　ま、魔族、なんだよな……？　この街に来た、目的はなんなんだよ……！」

　あれ？　彼らの目には恐怖の色が浮かんでいるように見えるんだけど。……これは、彼らの中で魔大陸の人がどういう存在なのか聞いておきたいね。そもそもの認識が間違っている気がする。恐怖の対象、とまでは思っていないんじゃないかな。だってそれなら私たちが魔大陸から来たって察した瞬間に逃げて行くはずだし。襲い掛かろうなんて無謀な真似もしないだろうから。もしかして、私たちが一瞬で嘘を見抜いたからかな？　そ、そんなに怖がらせてしまったのだろうか。魔術に馴染(なじ)みのない人が突然、考えを読まれたら……？　あ、怖いわ。うん、怖いね。ごめん。

「人間の大陸がどんなところなのか、調査に来ただけ。争う気は、まったくないよ。ただ……」

　ロニーはここで一度言葉を切ると、私に手を差し出した。不思議に思いながらもその手を取ると優しく引き寄せられ、兄弟に再び視線を戻す。

「この子は、魔王の娘、だから。何かあったらどうなるかは、責任持てない、よ？」

「ヒッ……！」

「ま、魔王、の……⁉」

二人の顔に絶望が広がった。ロニーの言い方では、まるで父様が怒りの鉄槌を下すみたいに聞こえるもんね。確かにそれに近い勢いで怒る気はするけど、実際はそんなに酷い目には遭わない。両大陸間での約束があるのだから。でも、この人たちはそれを知らない。ロニーもそれをわかってて言っているのだ。利用出来るものはなんでも使う、は鉄則だもんね。心苦しいけど嘘は言ってないぞっ。ものすごく複雑な気持ちではあるけど。というか、震えすぎじゃない？　ものすごく気の毒になってきたんだけど！

ロニーが再び私を見る。その視線だけで最後のひと押しを任されたのがわかった。出来るだけ怖がらせないように気を付けてあげようっと。

「あの、本当のことを話してもらえます？」

ロニーの隣にしゃがみ込み、倒れる兄弟を交互に見つめる。二人は声も出さずに激しく首をブンブン縦に振った。涙目である。……え、今の私はすごく優しかったよね？　もしや余計に怖がらせてたり……？　でも、ロニーは笑顔でよく出来ましたと私の頭を撫でてくれている。あれぇ？　ロニーがだいぶ染まっている気がしないでもないなぁ。頼もしいけど恐ろしい！

「さて、と。それじゃあ、まずは場所を移動、する。落ち着いて話せるところ、知らない？」

「あ、じゃあ……俺らの住んでるとこに」

人通りが少ないとはいえ、道をふさいでしまうのはよくないからね。それに、色んな人が様子を見たり聞き耳を立てたりしているし。

「メグ、拘束、外していいよ」

「うん、わかった」

「えっ、い、いいのかよ？」

ロニーの指示通りリョクくんの蔦を外してあげると、兄弟は戸惑ったようにこちらを見た。まさか自由にしてくれるとは思っていなかったようだ。まぁ、人間基準だとそうだよね。

「問題、ない。逃げてもどうせ、すぐ捕まえられる。ね、メグ」

「うん。魔術ってすごいんですよ？」

精霊たちにも捜すのを手伝ってもらえるし、そもそも彼らの逃げる速度など魔術を使えば余裕で追いつけてしまうからね。運動はあまり自信のない私だって、相手が人間なら簡単に捕まえられるのだ。まぁ、彼らにはこの一言で十分通じるだろう。

「あ、あの三人はどうするんだよ……転がしておくのか？」

弟の方が恐る恐る聞いてきたので、ロニーはそんなわけない、と返事をする。そして徐に男三人を肩にひょいひょいと重ねて担ぎ上げた。それはもう、軽々と。

「ま、魔術ってすげぇ……！」

「あー……あれは魔術を使ってないですよ？」

「はぁっ!?」

信じられない、というように目を見開いて驚く兄弟に苦笑する。まぁ、そうだよね。かなりがっしりとした体付きにはなったけど、大人三人を担げるほど筋肉があるようには見えないもん。でもおかげで、兄弟にも周囲でこちらを見ていた人たちにも良いけん制になったかな。一斉に視線を外されたのが気配でわかる。

「ほら、早く案内、して」

「は、はいぃっ……！」

私たちの周囲数メートルから人が離れていく。今の状況的にはありがたいけど……なんか、魔族のイメージが恐怖に傾いてない？　大丈夫？

3　気になる人間の女の子

兄弟が先頭に立ち、私たちが後に続く。さっきの場所も人が少なかったけど、さらに少なくなってきた気がするな。まぁ、私たちから逃げているっていうのもあるかもしれないけど。この辺りは道幅が狭く、石塀ばかりで小道も多い。裏路地のさらに裏路地、みたいな感じで迷路のようだ。でも、兄弟は迷うことなく進んでいる。鉱山を案内するロニーもこんなだったよね。私だったら一瞬で迷子だ。あ、帰り道は大丈夫だよ。人の気配が多い方に向かえばいいだけだから。

そうして辿（たど）りついたのは石造りの家が並ぶ、少し薄暗い住宅街だった。ドアの代わりに布が使われていたり、隣の家との間隔がほとんどなかったりと、かなり狭い場所だ。だけど、綺麗に掃除などはされているみたい。あちこちが汚れているとか、人が外で寝ているとか、そういったことはなくてちょっとホッとした。どうしても表通りよりも臭くはあるけど。つまり、この辺りはいわゆる貧民街っていう場所なんだと思う。だからどんな状態であっても動揺しないように心構えはしていたんだ。思っていたよりずっと平和そうで良かった。いや、もしかしたらもっと酷いエリアがあるのかもしれないけど。

「ここだ。狭いし汚(きたね)ぇけど、入ってくれよ」

お兄さんの方が道の最奥にある家に入って行く。入り口にかけられた布は他の家よりもボロボロで、彼らが貧しい生活をしているんだなってことがわかる。ロニーは入り口前に捕まえた男三人を下ろし、結界魔道具を置いた。設定によって人の出入りを決められるので、ロニー本人だけが出入り出来るように設定したようだ。そうすれば、彼らが目覚めても逃げられないし、魔道具も盗まれることはない。当然、ちょっとお高めの魔道具です……。開発元がオルトゥスなので割安とはいえお高いです、いつものことです。弟の方が不思議そうにその光景を見つつ、そーっと手を伸ばしている。そして、見えない壁に触れて驚いたように手を引っ込めた。初々(ういうい)しい反応にちょっと頬が緩む。

「あ、おかえりなさーい！　って、あれ？　お客さん？」

家の中から明るい声が聞こえてきた。驚いて前を見ると七、八歳くらいの女の子と目が合う。小さくて線が細く、ちょっと顔色が悪いように見えた。見た目よりも年齢はもっと上の可能性もある。この場所が薄暗いのもあるだろうけど、なんとなく病気の気配を感じた。この子がこの二人の妹、か。

「ひえ、天使様だぁ……」

そんな彼女は私を見てそう呟くと、その場にへナへナと座り込んでしまった。えっ、大丈夫⁉

「マキ！」

「おい、大丈夫か⁉」

そんな彼女に兄弟はすぐに駆け寄る。それだけで、兄弟仲がいいんだなってすぐにわかった。マキと呼ばれた女の子はビックリしただけだよ、とニコニコ笑っている。体調は悪そうだけど、声も表情も明るい可愛らしい子だ。

「あの、驚かせてごめんなさい。本当に大丈夫？」

そんな彼女を見ていたら、なぜだか話しかけたくなってしまった。声をかけると緑の瞳がこちらに向けられてなぜかドキッとする。

「ありがとう。大丈夫ですよ。いらっしゃい、天使様」

照れたように微笑むその表情と、柔らかな声が妙に心を揺さぶった。なんだか、不思議な子だな……。

家の中は寝る場所とご飯を食べる場所が布で仕切られただけの簡素な造りになっていた。小さなテーブルとイスが三つ。どれも、何度も修理したような形跡がある。

「フィービー。マキと一緒にあっちに行っててくれ。イスもねぇし」

「わかった」

お兄さんの方が弟に指示を出し、女の子を連れて布の向こう側へと消えていく。とはいえ、同じ部屋だから話し声は聞こえるだろう。

「あー、すまんがもてなしの茶とかはねぇぞ。うちは見ての通り貧乏だからな」

まぁ座ってくれ、と言われてロニーと私はイスに座る。向かい側のイスにお兄さんが座った。

「俺はルディ。一緒にいたのは弟のフィービーで、出迎えてくれたのが病気がちな妹のマキだ。……三人とも血は繋がってねぇ」

「そうなんですね」

兄弟として一緒に住んでいるってことか。親はいないのかな？　などと考えていたら、ルディさんは驚いたように目を丸くしてこちらを見ていた。え？　何？

「お、驚かないのか。だって、他人同士で一緒に暮らしてるんだぜ？　それなのに兄弟って言うし。これを聞くと街のヤツらはみんなが不思議がるんだけど」

あ、そういうことか。私も随分、魔大陸の常識に染まっているから疑問にも思わなかったよ。ロニーも納得したように軽く頷いている。

「えと、魔に属する人は出生率が低いんです。血の繋がった兄弟っていうと、双子くらいで……。だから、血の繋がりのない兄弟とか、家族みたいに仲がいいのって当たり前なんですよ」

「そうなのか……まぁ、ここらに住むヤツらもこれが当たり前になってるんだけどさ」

簡単に説明すると、文化の違いに驚きながらも納得してくれたようだ。人間と魔族は似ているようで違う種族だからね。というかこの辺りの認識の違いは環境によるものだと思うけど。

「それで、どういう事情があるの？」

ロニーが話を切り出すと、ルディさんはチラチラと部屋の奥を気にするように目を向けた。あぁ、もしかして弟や妹には話を聞かれたくないのかな？　勝手ながらそっと魔術を使って音を遮断する。この手の魔術はあんまり得意じゃないんだけど、相手は魔術の心得のない人間だから大丈夫だろう。

「音が漏れないような魔術をかけたので、好きに話してください」

「そんなことも出来んのかよ……やべぇな、魔族ってやつは」

その辺りの認識、本当にどうなっているんだろうか。や、やばくないもん。たぶん。

「アンタらがさ、明らかに血は繋がってないのに兄妹だって笑い合ってるの見たら……俺、何やってんだろうなって思ってさ」

声が漏れないと知って安心したのか、ルディさんは肩の力を抜いてイスに寄りかかった。それから自嘲気味にそう呟くと、ぽつりぽつりと事情を話し始める。話によると、彼ら三兄弟は物心ついた時から親がおらず、子ども同士で助け合っているうちに一緒に暮らす様になったという。

「子どもだけだから、貧乏なままでよー。真面目に働いたこともあったんだけど、頭も悪いし、特技もないからその日食べる分を稼ぐので精一杯でさ。でも、フィービーもマキもまだ小さかったから、俺が食わせてやらなきゃって思って……こっそり悪いこともしてた。つっても盗みくらいだぜ？　これまで人を傷つけたりまではしなかったかんな！」

うあぁ、難しい問題きたこれ！　これはもう、この兄弟だけの問題じゃないよね。国や街全体の問題だ。上に立つ人たちがこの現状を知っているかどうかも問題になってくる。知っていて放置しているのならタチが悪いし、知らないというのも上に立つ者として問題だ。もちろん、すでに知っていて何か対策をと考えているのかもしれないけど……今の彼らが救われるのには時間がかかる。

世の中とはそういうものだ。ある日突然、生活が改善されるなんてことは滅多に起こらない。

「そのうち、フィービーも一緒になって悪いことするようになってさ。最初は止めたんだけど、聞かなくて。で、二人で話し合った。マキにだけはそんなことさせないようにしようって」

妹だけはいつかちゃんとした仕事をして、結婚して、幸せになってもらいたいんだと語るルディさんの眼差しは真剣で……なんだか胸が詰まった。その想いは本物なんだなってことがすごく伝わる。

「マキにはさ、人とは違う才能ってのがあると思うんだよ」

「才能？」

「ああ。誰にも理解はされねーんだけどな。でも、俺達はそれがいつかマキの力になるって思ってんだ」

だからこそ、自分たちのしていることを妹にだけは知られたくないとルディさんは語った。

「今回アンタらを襲ったのは、悪かったたって思ってる。あの三人に、妹を人質に取られたんだ。言うことを聞かなきゃ、妹がどうなってもいいのかってさ。汚ぇ手を使うだろ？　けど、悪いことをしてきた俺にどうこう言えることじゃねぇし、そういうリスクは常にあった。防げなかった俺が甘かったんだ」

うわぁ、それは酷い。仕方ないとはいえ悪事に手を染めたルディさんも決して褒められはしないけど、力のない女の子を人質にするなんて。

「憲兵に突き出されてもいい。けど、俺だけにしてもらえねぇか……？」

弟を見逃してほしいといったのは、マキちゃんを見る人がいなくなるから、か。全て自分が責任を取るからって、そう言いたいんだね。心がギューッとなる。助けてあげたいなぁ。でも、私たちがどこまで手を出していいのかわからない。何も言葉に出来なくて、私はロニーに助けを求めるように視線を向けた。

「ちなみに、僕たちを襲って、どうするつもりだったの？」

「俺たちは協力を頼まれただけだ。でもたぶん、持ち物を盗むのはもちろん……売ろうと思ってたんじゃねぇか」

売る、ってやっぱり人身売買、だよね？　うーわー、ここに来て父様やお父さんたちが必死になって取り組んできた問題に関わることになろうとは。この大陸も、かなりそういった組織の取り締まりをするようになったって聞いてはいたけど、まだ残ってるよねー。そりゃあ残るよ、裏組織だもん。もしかしたら直面するかもって頭の片隅では思っていたけど、こんなにも早く遭遇するかなぁ!?

なんて、憤っていても仕方ないよね。それに知ったところで結局私たちに出来るのは報告くらいだ。それに彼らは本当に私たちを捕まえる協力しかする気はなかったみたいだし。嘘発見器、ショーちゃんのお墨付きだ。

「メグ、大丈夫？　憲兵に突き出すのは、僕だけでやろうか？　無理、しないで」

「大丈夫だよ！　私だって、協力したいもん」

もう、ロニーは優しいな。自分だってあの事件に巻き込まれた一人じゃないか。水臭いぞ！　私たちはあの頃とは違う。ちゃんと立ち向かえるんだから。たぶん、この件はリヒトたちと合流したら父様にも報告することになるよね。そこまでが私たちの仕事で、後はお任せだ。仕事を増やしてごめんね、父様……！

「ルディ。妹の才能について、聞かせてくれない？」

私たちの間で話がついたところで、ロニーが話題を変えた。動揺したのはルディさんの方である。

「え、え？　待てよ。俺だけが捕まるってことでいいのか？　弟たちは見逃してくれるんだよな？」

戸惑うようなその様子に、私とロニーは顔を見合わせて同時に首を傾げた。

「メグ、僕たち、彼に何かされたっけ？」

「んー、覚えがないなー」

「クスッ、嘘が下手。僕は本当に何もされてないよ」

「うっ、ずるい！　わ、私は、えーっと。そうだ、背後に人がいてビックリしたから、ちょっと魔術を使っちゃっただけ。そう、それだけだもん！」

実際、私たちは無傷だ。何かが起こる直前に返り討ちにしたから、手を出したのは私たちの方なのだ。殺意むき出しだったあの三人と違って、この兄弟は私を捕まえようとしただけだもん。

「えっ、えっ？」

「声をかけただけなのに、拘束しちゃってごめんなさい」

いまだに戸惑うルディさんに、もう一言。つまり、私たちはルディさん兄弟には何もされてないよ、と言いたいのである。

「な、なんだよ……ほんと、なんで、こんな俺たちに……」

俯いて鼻をすするルディさんから、私はそっと目を逸らす。彼らを助けたいけれど、出来ることはこの程度だから。このくらいが限界ともいう。でも、ロニーはもう少し踏み込んでみるようだ。再びさっきの質問をしたから。もしかして何か考えがあるのかな？　ルディさんは気を取り直すと、すぐにロニーの質問に答えてくれた。

「マキは、よく色んなものを拾ってくる。すぐ体調を崩すからあんまり遠くには行けねーのに、どこから見付けてくんのか見たこともないような物を拾うんだ」

それは何かの機械のようだったり、腐った食べ物だったり、素材がわからない紙切れだったり、どうやって仕立てたのかわからないような服だったりと、本当に色んな物があるという。んー？　なんかどこかで聞いたような話だ。

「さすがに腐った食べ物は捨てさせたけどよ、それ以外は大事に取ってあってさ、マキは一人で留守番している時、一日中ずーっとそれを見てあれこれ調べてるみたいなんだ。実際に合ってるかどうかはわかんねーけど、使い方を見付けたりして、結構すごいんだぜ？」

そうして使えそうなものは家でも役に立つ道具として使われているという。すごい、まだ小さいのに手先が器用なのかな。そして、観察眼が鋭いのかも。それは確かに才能だよね。

「もっと色んなことが勉強出来れば、マキの世界は広がっていくって思う。色んな工房に声もかけたんだぜ？　でもこんなガラクタにはなんの価値もないって誰も見向きもしなくてさ」

……これって。私たちが探している人材なのでは？　あ、その可能性があるから、ロニーは妹について詳しく聞いたのかな？　うまくいけば、私たちでこの兄弟を助けてあげられるかもしれない。

「それ、見せてもらえたり、する？」

「マキがいいって言えばな」

ワクワクする気持ちをどうにか落ち着けて、防音の魔術を解除する。ルディさんが立ちあがって布で仕切られた隣のスペースに向かうと、わわっという慌てた声が聞こえてきた。

「……お前ら、聞き耳立ててたのかよ」

「だ、だって気になるじゃねぇか！」

「でもなーんにも聞こえなくてつまんなかった」

どうやら、フィービーくんとマキちゃんがこちらの様子を窺っていたみたいだ。まぁ、気付いていたけども。可愛かったし害はなかったのでそのままにしておいただけである。

「はぁ、別にいいけどよ。マキ、この人たちがお前の宝物、見たいんだってさ」

「え？　でも……」

「宝物がどんなものかも説明してある。それでも見たいんだとよ」

ルディさんの説明に、マキちゃんは驚いたように目をぱちくりさせた。それからどこか遠慮がちというか、申し訳なさそうにこちらをチラチラ見ている。

「ほ、本当にいいの？　あの……あんまり、いいものじゃないん、ですけど」

「うん。マキちゃんが良ければ、ぜひ見せてもらいたいな」

たぶん、これまで色んな人に価値がないって言われ続けてきたからだろうな。自信がないんだ……。この子の才能に気が付かないなんてもったいない。せめてその大人たちが物ではなく、マキちゃん自身の働きを見ていたら何かが違ったかもしれないのに。出来るだけ安心してもらいたくて笑顔を向けながら声をかけると、マキちゃんは頬を赤く染めながらも照れ笑いを浮かべてくれた。

「変わった人たちだねー？　えへへ、でもそう言ってくれる人、お兄ちゃんたち以外では初めて。嬉しいな」

それからマキちゃんは私の手を取ってこっちだよと引っ張ってくれた。テンションが高くなってる！　可愛い！　なんだか、心がフワフワする。なんだろうなぁ、自分よりも小さい子に手を引かれているからかな。というか、マキちゃんが癒し系なのかもしれない。細くて小さな手だけど、なんだかあったかく感じる。

連れてこられたのは布で仕切られた向こう側。寝る場所なのだろう、三つ並んで薄い布が敷かれている場所があった。その一番端に大きな木箱が置いてあり、やけに存在感を主張していた。箱があるせいで寝る場所が狭くなっているけど、三人の誰も気にしていないようなのが愛だなぁ。

「ただのゴミだって思うかもしれないけど……」

恥ずかしそうに俯きつつ、マキちゃんは箱を手で指し示す。好きに見ていいということらしい。それじゃあ見せてもらうね、と一声かけて、私はロニーと一緒に箱の中を見させてもらった。ロニーは色々と手にとっては不思議そうに首を傾げていたけれど、私は思わず動きを止めてしまう。だ、だって、これ……！

「……異世界の落し物だ」

間違いない。どう考えても日本の、私がいた世界の物だよ、これぇ!?　だってこれは画面が割れていて真っ暗になっているけど携帯電話だし、このボロボロな紙きれに書いてある辛うじて読める文字は日本語だ。っていうか某有名スーパーのロゴだよ、これ！　チラシじゃん！　うわ、一気に記憶が戻ってくる。な、懐かしい……！

「異世界の落し物って……オルトゥスで研究してる人が、いたよね？」

「うん、ラーシュさんだよ。すごい、こんなにたくさん……。ねぇ、マキちゃん。これっていつもどこで見つけているの？」

ややや興奮気味に訊ねると、マキちゃんだけでなく兄二人もポカンとしてこちらを見ていた。おっと、置いてけぼりにしちゃったみたい。軽く説明だけでもしておかないとね。

「えっと。これはね、ゴミなんかじゃないよ。ここは違う別の世界で使われている物なの。えーっと、異世界ってわかるかなぁ？　とにかく、私の所属しているギルドではこれの研究をしているんだよ」

「え、えーっと」

うっ、そんなこと急に言われても理解出来ないよね。でもこれ以上簡単な説明は難しい。そもそも、ここことは違う世界があるっていうことを信じてもらわないと始まらないもん。魔大陸の人ならまだ理解してもらいやすいけど、人間は魔術の存在すら馴染みがないからね……。

「なんか、難しいことはわかんねーけど……アンタたちにとっては、これはガラクタじゃねーってことか？」

「！　そう！　今はそれだけわかってもらえれば大丈夫！　とても貴重な物なの！」

ルディさんの言葉に頷くと、兄弟はまだどこか信じられないというような表情だったけど、こちらの話に興味を示したようだ。

「決定、だね。メグ、この子、スカウトしよう」

「うん！　あの、今度は私たちの話を聞いてくれますか？」

それから、私とロニーはこの大陸に来た目的と、マキちゃんの勧誘を話し始めたのだ。

一通りの説明を終えた後、どうにか理解はしてもらえたけれど三人ともまだ難しい顔をしていた。

突然すぎる話だもんね。無理もない。

「え、えと。それって、マキはどうなるんだ？　もう、俺たちには会えないのか？　いや、違うな。戻って来られるって言ってたっけ。けど、技術を磨いたところでマキの場合、ここじゃあ才能を活かせないんじゃねぇか？」

混乱した様子ながらも、ルディさんはしっかり色々と考えられている様子。うん、そうなんだよね。異世界の落し物について研究を進めても、この大陸ではあまり活用出来ない。便利な道具として売り出すことは出来るかもしれないけど、必要な物を集めるためには資金がいる。この大陸でスポンサーになってくれるような奇特な人を探すのはかなり難しいのだ。

「ねぇロニー。ルディさんやフィービーくんも一緒に連れていくことは出来るよね？　スカウトした子が望めば、その家族も面倒を見るって言っていなかったっけ？」

「うん、それは出来る。けど……」

ロニーはそこまで言って言葉を濁した。視線はルディさんに向けられている。……あっ、そうか。ルディさんたちは、罪を犯している。私たちを襲う前も、悪いことをしてきたって言っていたもんね。軽犯罪とはいえ、罪は罪。そういう人に大陸を渡らせるわけにはいかないのだ。

「マキ。一人でも魔大陸に行け」

「えっ、ルディ兄ちゃん……？」

ルディさんもわかっているのだろう、迷うことなくマキちゃんにそう告げた。フィービーくんも察しているのか、軽く頷いている。戸惑っているのはマキちゃんだ。そりゃそうだよね、事情を知らないんだもん。

「俺らはさ、ここでの仕事があるからすぐには一緒に行けねぇんだよ。な、フィービー」

「ああ！　マキがこの人たちと一緒にいるならさ、俺らも安心だし。やりたいことを思いっきりやるチャンスなんだから絶対に行った方がいいって！」

ここでの仕事、か。どうなんだろう。このまま同じようなことして生きていくのか、罪を償う気なのか……。もしかしたら、もうマキちゃんには会えなくなるかもしれないのに、二人ともすごく明るい顔と声だ。やっぱ、無理して笑顔を作っているよね……？

「……ヤダ。お兄ちゃんたちと離れたくないよぅ」

だけど、マキちゃんは目に涙をいっぱい溜めて嫌がった。その気持ちも痛いほどわかって胸が締め付けられる思いだ。こうなると、私たちにはもう何も言えない。あとは本人たちに任せるしかないから。ロニーと目を合わせて、お互いに困ったように肩をすくめる。

「マキ。どのみち、もうすぐお前はしばらくの間一人になるんだ。事情は……言えねーんだけど」

黙って成り行きを見守っていると、ルディさんが決意したようにそう告げた。と、いうことは……罪を償う気、だよね。でも、突然そんな話をして大丈夫かな？　私の心配は的中し、マキちゃんが震えながら立ち上がって叫び出した。

「えっ、な、何それ⁉　そんなの聞いてないよ！　そん、ゲホッ、ゲホゲホッ！」

「マキ‼」

途中で発作も起こしてしまったみたいだ。大変っ！　水を持ってこい、と叫ぶルディさんにすぐ私が、と名乗りを上げる。収納魔道具からコップを出し、シズクちゃんに頼んで水を入れて差し出した。ルディさんはマキちゃんを支えながら背中をさすり、励ましながら咳が落ち着くのを待った。ちょっと落ち着いてきたところでマキちゃんに少しずつ水を飲ませていく。時々、吐き出してしまったけれど、数口飲んだところでようやく息が整ってきたみたいだ。よ、良かった……。

「これ、普通の水、か？」

「いつもより発作が治まるの、早いよな」

ルディさんとフィービーくんが安心しつつも不思議そうに首を傾げている。シズクちゃんによる特別なお水だからね。癒しの効果が付与されているからそのおかげかも。ただ治療出来たわけではなく、一時的に楽になっているだけだ。ゆっくり休むのが一番なのでそう伝えると、フィービーくんがマキちゃんを支えて布の上に横たわらせた。

「興奮させちまったな……。今のは俺が悪い。マキ、ごめんな」

疲れたように目を閉じるマキちゃんを見ながら小さく呟くルディさんの方が、よほど辛そうに見えた。

マキちゃんの具合も心配なので、私たちは一度ここを出ることに決めた。捕まえた三人もそろそろ目覚めるかもしれないしね。その前に警備隊に引き渡したい。

「ルディ。罪を償う気?」

一度外に出て、ロニーが訊ねた。ルディさんは少しだけ間をあけて、ああ、と頷く。

「……四日後、またここに来る」

「え……」

このまま一緒に憲兵の下へ向かいそうなルディさんをロニーは片手で制し、そう言った。驚いたように顔を上げたのはルディさんだ。

「今回のことは、君たちは何もしてない。でも、これまでのことまでは、庇いきれない」

「っ、わかってる」

彼らがこれまでにどれほどの罪を重ねたのかはわからないもんね。人を傷つけるようなことはしていない、と言ってはいたけど、それを判断するのは警備隊やこの国の人たちだから。どのみち、償うとしたらそれなりの時間がかかるはず。それは覚悟の上なのだろう、ルディさんは拳をギュッと握りしめた。

「嘘を吐いたまま、マキは納得する、かな?」

続けて告げられたロニーの言葉に、ルディさんはビクッと肩を揺らす。……それは、私も気になっていたことだ。これまでずっと隠してきたのは、マキちゃんを巻き込んで危ない目に遭わせないためだ。だけど、罪を償うと決めたのならさすがに黙ってはいられないと思う。嘘を吐いてしばらく離れるとだけ伝えたとしても、この近くに住んでいたら遅かれ早かれ耳に入るはずだもん。

「償う気があるなら、本当のことを、言った方がいい。たぶん、あの子は受け入れられる。ううん、家族だから、受け入れなきゃ、いけない」

そうなる前に、ちゃんと本人の口から聞いた方が絶対にいい。マキちゃんはまだ子どもだけど、きっと受け入れられる。というか、信じたい！　出来ることなら少しでも支えになりたい！

「しっかり話し合って。それで、決めて。償うなら、四日後に一緒に行ってあげる。マキのことも、責任を持って預からせてもらう。償わずに、このままの生活を続けるなら、好きにしたらいい。君たちの、人生だから」

悪いことをして生活費を稼ぐことを、私たちは肯定も否定も出来ない。だって生きるためだもん。この国のルールに口出しだって出来ないから、知らないフリをするだけだ。責めるつもりはないけれど……ものすごく心配。ルディさんは俯いたまま黙っている。色々と考えているみたいだな。私たちだって別にこの三人を引き離したいわけじゃない。本音を言えば、マキちゃんは魔大陸で保護したいし、ルディさんたちには罪を償ってもらいたいんだけど。でも、彼らにとってどうするのが一番いいかは、結局のところ本人にしかわからないから。ただ、答えを出すのを待つしかない。

しばらく無言が続く。そろそろ立ち去った方がいいよね、と思いかけた時、ロニーが一つため息を吐いた。

「……もし償うなら。償いが終わった頃、君たちを迎えに来る。マキと、一緒に魔大陸で暮らすといい」

「……え？　え、で、でも、そんなこと出来んの、か？」

驚いた。ロニーが言ったことは私もそうであればいいって思っていることだけど、約束なんて出来ないもん。なぜなら、私たちでは決められないことだからだ。それをロニーだってわかっているはず。……そっか。ロニーも冷静に見えてかなり三人のことを案じているんだね。必ず守るとは言えない約束を、思わず言ってしまうくらいに。

「絶対とは言えないけど……。出来るだけ、そうなるようにする。それは、約束する」

「い、いいのか……？　は、はは、なんでそんなに良くしてくれんだよ……。俺ら、差し出せる物は命くらいしかないんだぞ？」

「それで、いい。魔大陸に来たら、精一杯、働いて」

ロニーはその言葉を最後に、転がっている三人の下へ向かう。これ以上は何も言うつもりはないみたいだ。というか、言いたいことは言ったって感じかな。無言で三人をさっきみたいに担いで視線でもう行くよ、と私を見た。

「あの、もし決めたなら……その日が来るの、魔大陸で待っていますからね！　その未来に向けて、私も協力しますからっ」

私も、言わずにはいられなかった。でも、それを言うだけで精一杯で……。一度ルディさんを振り返ってから、ロニーの後を追った。

「勝手に、決めちゃった。怒られるかも」

来た道を戻りながら、ロニーがバツの悪そうな顔で呟いた。でもさ、それを覚悟の上で言ったんだよね？　私、わかっちゃうんだから。

「じゃあ、私も一緒に怒られるよ。共犯だもん」

「もう……。巻き込んで、ごめん」

「謝らないで？　私たち、チームでしょ？」

しかも、怒られたところで引く気はないんだよね？　なんでわかるかって言ったらそりゃあ、私も同じ気持ちだからである。お互いにそれがわかっているから、苦笑を浮かべ合う。私たちだけは、お互いを責めることは出来ないよね、って。

「でもあの子、マキは、魔大陸に来てもらった方が、絶対にいい。育つ環境もそうだけど……異世界の落し物でしょ？」

そうなんだよね。今回、マキちゃんが魔大陸行きを断ったとしても、その辺りのことはもう少し詳しく調べておきたい。魔大陸でも異世界の落し物を研究している人は少なくて、その内の一人がオルトゥスのミコラーシュさんなのだ。ここのところはこれといった進展もなく、研究が行き詰っているっていうのはオルトゥスの仲間、みんなが知っている。夜の姿であるミコさんが誰彼構わずよく愚痴(ぐち)っているので。

だから、人間の大陸でも異世界の落し物が見つかった、となれば一気に研究が進むかもしれない。もちろん、何もわからない可能性だってある。それでも手がかりには違いないのだから、やっぱりマキちゃんにはぜひ魔大陸に来てもらいたい。存在を知られたら、ミコラーシュさんはあの手この手で勧誘するだろう。怖がらせちゃうからほどほどにしてほしいけど。

「結局、どこで見つけているのかっていうのは聞けなかったね。それだけでも聞けたらいいんだけど」

「うん。出来れば、いい返事も、聞きたいね」

今はここまでだ。とりあえず、すぐにこのことはリヒトたちとも共有しないとね。うーむ、説教は確定かなぁ……？


「なるほどな。それで、罪を償った後の犯罪者を魔大陸に連れて行くって約束しちまったのか」

移動しながらリヒトに連絡をすると、ほんの数十秒後にアスカと二人で私たちの目の前に転移してきた。行動が早すぎるし、つくづく転移ってずるい。やましいことがあった私たちは、揃ってビクッと肩を震わせちゃったよね。そのことで笑いもしたけど。それから四人揃って捕まえた三人を警備隊に引き渡し、軽く事情を説明。おかげですっかり日も暮れたので、今日の調査はおしまいとなった。そして今、宿に二部屋とった内の一部屋に集まり、報告をしているところです。

「ごめん。軽犯罪だから、どうにかならない、かなって」

大きな罪を犯した人は大陸どころか生涯、他の国や街にいくことも出来ない。死刑になることもあるし償いの内容にもよるけど、行動を制限されるのが普通だ。でも軽犯罪なら、きちんと罪を償えば社会復帰が出来る。ただ、大陸を渡るとなると難しいかもだよねぇ。魔大陸での奴隷制度はなくなったから、前科持ちは基本的に人間の大陸からは出られない気がするのだ。

「魔大陸側は話がわかるだろうからいいけど……問題はこの国の判断だ。魔王様が頭を抱えるぞ」

つまり、私たちだけではどうにもならない。必然的に、人間の大陸との交渉を父様に頼まなければならないのだ。頭の痛くなる問題をつくって本当にごめんなさい！

「わ、私も一緒に怒られるよ！　私だって、協力するからって言っちゃったもん！」

ロニーだけの責任にはさせないよ！　私はまだ子どもだけど、ちゃんと一緒に責任を負いたい。出来ることは限られているし、ロニーの方が怒られちゃうのもわかっているけど、それでもだ。

「うわ、それは間違いなく魔王様が折れるヤツじゃーん。娘にそう言われたら断れないでしょー？そんなに怒られないんじゃない？」

そんな私を見て、アスカが軽い調子でそんなことを言った。いやいや……。そう簡単な問題じゃないんだよ、今回ばかりは。

「ううん、仕事に関することだから叱(しか)られると思う。むしろ立場上、叱らなきゃいけないんだよ。お父さんも父様も、私たちを信用してこの大陸に送り込んでくれた。それなのに勝手な口約束をしたんだよ？　信用を裏切るようなことをしちゃったもん」

最悪、ルディさんとした約束は守れない。私たちのワガママで、大陸間の仲を悪くするわけにはいかないから。でも、そうなったらガッカリさせてしまうだろうな。恨まれるかもしれないけど、それはいいんだ。受け入れる。何が心配っていったら、誰よりもマキちゃんが傷ついて、ずっと悲しむことになるってことだ。それが何よりも心苦しい。

「……なんかメグってさ。時々、すっごーく大人みたいなこと言うよね」

「えっ！　そっ、そうかな？　わ、私も成長したってことかなー……？」

難しい顔で俯いていると、アスカが顔を覗き込むようにして核心をつく。し、しまった。かなり成長したとはいえ、達観した物の言い方だったかもしれない。慌ててどうにか誤魔化してはみたけど、アスカはジトッとした目で私を見つめてくる。

「ううん、昔からそう！　メグはもっと小さい頃から、時々大人みたいだったよー」

そんなに前からそう思われていたの⁉　私、どれだけ迂闊なの……。うーん、これはそろそろ誤魔化しがきかなくなってきたかな。もうすぐ成人だし、本当の事情を説明してもいいかもしれない。

でも、今話すと混乱しちゃうよね。この話は、アスカが正式にオルトゥスのメンバーになった後、ゆっくり落ち着いて打ち明けるつもりでいたから。うーん、どうしよう。

「ま、まぁ、さ！　叱るも叱らないも、この問題をどうするかもここで悩んでいたって決まるわけじゃねぇ。まずは一秒でも早く魔王様に報告するのが大事なんじゃねぇの？」

「！　そうだよね！　連絡する！」

助け舟を出してくれたのはリヒトだった。ふぅ、ありがとね。アスカはまだ探るような眼差しでこちらを見ていたけど、今深く追及する気はないようで黙って口を尖らせている。うー、ごめん！ちゃんといつか教えるからね！　さ、さーて。次は父様への報告だ。……うっ、叱られるようなことを伝えるのは初めてだぁ。今更ながらに緊張してきたよぉ！

大きく深呼吸して、覚悟を決める。今回の調査隊は、それぞれが魔大陸に繋がる通信魔道具を持たされていた。距離が距離なので、それぞれの所属ギルドと魔王城にしか繋がらないけど、何かあった時にすぐ連絡するためのものなので十分だ。この大陸には魔素（まそ）が少ないので、こちらからの魔力は多めに必要になる。だから、私やリヒトみたいに馬鹿みたいな魔力持ちがいない場合は、使用回数も制限されているんだよね。というか、そもそもこんな魔道具を開発出来るのがすごすぎるんだけど。これまたオルトゥス開発チームの功績である。素晴らしい仕事だ。

はい、現実逃避はおしまいです。嫌なことは早く終わらせよう。ロニーと顔を見合わせて頷き、私は魔王城の父様へ通信を繋いだ。

4 兄妹の決断

『メグたちか⁉ ど、どうしたのだ？ 何か問題か？ すぐに我が向かおうぞ！』

「待って落ち着いて父様！ まずは話を聞こう？」

叱られることばかり考えて緊張していたところにこの反応。拍子抜けである。いや、わかってた。最初はこうなるってことくらい。でもここからは真剣な話になる。頼むから真面目に聞いてね、父様。

「実は今日……」

ロニーが代表として話し始める。父様はその間、黙って話を聞いてくれた。途中で口を挟むこともなく、きちんと最後まで。あまり仕事モードな父様と話すことはないから、なんだか新鮮だ。これから叱られるわけだけども。ドキドキ。

『ふむ、なるほど。よくわかった。よく知らせてくれたな』

ロニーの説明を最後まで聞いた父様は、柔らかな声でそう言った。うぅ、緊張する。

「あの。勝手なことをして、ごめんなさい。その人間には、期待を持たせるようなこと、軽率に言うべきじゃ、なかった、です」

「わ、私もです。約束も出来ないのに無責任なことを言っちゃったから……。ごめんなさい」

ロニーがしっかりと頭を下げたのに合わせて、私も隣で頭を下げる。通信魔道具は音声しか聞こえないけど、反省の気持ちを込めて。しばらくの間、無言の時間が流れる。そして、魔道具からフッと小さく笑う声が聞こえてきたのでゆっくり顔を上げた。

『二人は反省しているのだな？　ならばそれで良い。メグもロナウドも、我が叱らずとも理解して反省が出来るのだ。十分であろう』

どこまでも優しい父様の声。ほんの僅(わず)かに困ったように微笑む父様の顔が脳裏に浮かんだ。

『それに、その決断は我を信用してくれたからこそ。交渉をうまく運んでくれると信じてくれたのだろう？　ならば我はその信用に応えるだけのこと。むしろ感謝したいぞ。信じてくれてありがとう』

と、と、父様ぁーっ！　感動してうっかり目が潤(うる)む。ロニーも父様の言葉に心打たれたのか言葉に詰まっているみたいだ。

『人間の大陸への遠征は、それぞれの自主性に任せている。各々が判断して最善と思うことをしたのであれば、そのフォローをするのが我らの仕事なのだ。もちろん報告はしてもらいたいが、気に病むことはない。我も、お前たちを信じておるのだから』

普段は残念さが際立つ父様だけど、上司としてはものすごく理想的だよ……！　この人のために、しっかり頑張らなきゃって思わせてくれる。頼もしいなぁ、もう！　それなら、相談してみてもい

いよね？　今日の判断については、まだ思うところがあるのだ。父様はきっと聞いてくれる。私は思い切ってモヤモヤとした気持ちを打ち明けることにした。

「あ、あのね。私、今回のことは本当に反省しているの。実をいうと、今もちょっと迷っていて……」

　聞かせてくれ、という父様の声を聞いてから、ドキドキしながら続きを話す。

「手を差し伸べたことで救えるのは、ほんの一握りでしょ……？　同じように困っている人は他にもきっといて、でもみんな救うことなんて出来ない。だから、困っている人がいるからって手を差し伸べるのは、中途半端なんじゃないかって。それなら、何もしない方が良かったんじゃないかなって……後悔しそうになるの」

　それでも、私はたぶん目の前に困っている人がいたらきっと助けたくなる。自己満足だってわかってるよ。でも、放っておけないんだもん。いつか、その行いが迷惑だと思われる時が来るかもしれない。余計なお世話だって、手を払い除けられることもあるかも。だから、迷うんだ。手を差し伸べるのはいいこと？　悪いこと？　私と出会わなければ、あの人たちの人生はそのまま続いていた。助けを申し出ても、いい方向に向かうかどうかなんてわからないし、もしかしたら辛い思いをさせるだけになるかもしれない。自分だけの問題じゃなくなるんだよね。相手の人生に影響を与えてしまうのが怖いんだ。だから判断しても迷いが残ってしまう。なんか、すごく無責任な思考だけど。

『全てを救うことなど、我にも出来ぬ。きっと、誰にも出来ぬものだ。だが』

　父様の声が聞こえてパッと顔を上げる。どうやら、話している内に下を向いていたらしい。

『目の前で困っている者がいて、救う手立てがあったのなら差し伸べたって良いと我は思うぞ。それによって成功も失敗もするであろうが……結果など、誰にもわからぬ。ならば一つだけを信じて行動すればよい』

「一つだけ……？」

そうだ、という低くて柔らかな声に、ほんの少し肩の力が抜ける。

『心に従うのだ。お前たちなら大丈夫であろう。よく考え、迷ったうえで、最後に心で決めるといい』

心に、従う。そうだ。自然魔術を使う時も、精霊と心を通わせる時も、いつだって私は心に従ってきた。それだけじゃない、他にも選択する時は最終的に心に従ってきた気がする。

それによって失敗も成功もしてきた。そうだよ、怖がっちゃダメだ。ちゃんと向き合わないといけないんだ。失敗しても責任を負わなきゃいけないし、受け止めなきゃ。たとえどんなに怖くても。

『我はお前たちの成功も失敗も、喜びも後悔も全てを受け入れよう。一人で救える数には限界がある。だからこそ仲間がいるのだ。救える者を増やすためにも』

「父様……。うん、ありがとう。私も、ちゃんと自分のしたことに責任を持つようにする！」

そうだよね。いつだって後ろには父様がいるんだもん。お父さんもいるし、オルトゥスの皆さんもいる。近くにはロニーやリヒト、アスカだっているんだ。

『ただ、次に大事な決断をする時は、相手に決定的なことを伝える前に報告をしてもらいたい。責任をお前たちにだけ感じさせたくはないのだ。……ちゃんと頼ってくれ』

「は、はいっ！　本当にごめんなさい！」

「すみません、でした！」

最後にはしっかり謝る機会を与えてくれた。締めるところは締める父様、本当にかっこいい！　進展があったらまた報告をするということで、短いけれどドッキドキの通信はこうして終わった。ロニーとほぼ同時に大きなため息を吐いたので、リヒトとアスカに笑われちゃったけど。だ、だってぇ！

「魔王様、すっごく優しかったね。ほら、やっぱりあんまり怒られなかったじゃーん」

私とロニーの肩に片手ずつポンと置いてアスカがニコニコ笑う。そりゃあ私だってひたすら説教されるとか、怒鳴られるとは思ってなかったよ？　ただ、もっと困らせてしまうかと思っていたから驚いた。いや、実際はすごく困らせているし迷惑をかけたかもしれないけど、それを表に出さないどころか頼ってもらえて嬉しいと言ってくれたことに、器の大きさを思い知らされた。

「それは二人が正直に話して、素直に謝ったからだ。態度が悪い相手だったら魔王様もめちゃくちゃ怖ぇぞ？」

リヒトが腕を組んで苦笑しつつ教えてくれる。え、そうなの？　父様も仕事関係で怖くなる時があるんだね。誰にでも優しく対応してばかりじゃなくてちょっと安心した。やっぱり、すぐに連絡、報告、そして謝罪と反省は大事だね！　今後も気を付けようっと。

「魔王様の怖い姿って想像がつかないけどさぁ。きっと死ぬほど怖いんだろうなぁ……。見たいような、見たくないような」

「怒らせてみたらどうだ？」

「さすがにやだよー！　リヒトが怒られてよ！」

アスカとリヒトの軽いやり取りを聞いていたらついクスッと笑ってしまう。隣を見ると、ロニーも表情が柔らかくなっていた。私たち、二人してかなり緊張していたんだね。

「魔王様が、魔王様で、良かった」

「うん。だからこそ、今後はもっと気を引き締めなきゃって思ったよ」

「ん、僕も。まだまだだって思った。頑張らなきゃ」

目を見合わせて互いに微笑む。今回のことは、勉強になったよね。よし、反省はきちんとしたから、次はこの件についてみんなで話し合おう。ロニーと頷き合ってリヒトたちに声をかける。

「話を戻すね。三兄妹には、四日後にまた来るって言ったんだ」

「四日後か。つまり、セトのとこに行く前日だな？」

「二手に分かれた調査で気になった場所にみんなで行くのが四日後って決めてたよね！？　そういうこと？」

リヒトとアスカの問いにロニーが頷くことで答える。本当はもう少し考える時間をあげたかったんだけど、三兄妹にはあまり時間をとってあげられないからね。なぜなら、遅くなればなるほど警備隊への印象が悪くなってしまうからだ。ルディさんとフィービーくんは、軽犯罪者だから。自首をするなら早いに越したことはない。

「兄二人は、きっと妹を頼みたいって言うと思う」

「問題は妹のマキちゃんだよね……。二人が犯罪を犯していたこと、聞いたかなぁ」

一番の問題は妹マキちゃんのメンタルだ。これまで普通に暮らしていたはずなのに、兄たちが自分のために犯罪を重ねていたことを知らされ、その上一人で未知の世界である魔大陸に行くことになるのだから。改めて考えたらかなりストレスがかかりそうだよね。マキちゃんのメンタルケアがとても大事になってくるなぁ。

「……ねー、それってさぁ。妹、家出とかしちゃわない？　パニックになった子って何するかわかんないよ？　今、行方不明になっていたり暴れていたり、あとは発作だっけ？　起こしていたりしない？　大丈夫？」

　アスカの言葉にハッとなる。そういえばアスカも幼い頃、癇癪（かんしゃく）を起こしてエルフの郷（さと）から森の方に逃げたことがあったっけ。あの時はもっと幼かったし、マキちゃんは癇癪を起こすような年齢ではないとは思うけど……。いや、まだ子どもなんだ。親もいない、貧しい暮らしで身体も弱い。そんなところへ衝撃の事実を告げられたら？

「し、心配になってきた……！」

「そうだな。よし、俺とロニーで様子を見てくる。メグとアスカは精霊に頼んでマキが今どこにいるのか捜してみてくれ。見付けたら俺らに連絡。いいか、お前たち二人は部屋から出るなよ！」

「何かわかったら、こっちからも、連絡する」

「りょーかい！」

「わ、わかった！」

　リヒトとロニーは立ち上がり、私たちに簡単な指示を出してすぐさま部屋から出て行った。うぅ、どうか何ごとも起きていませんように……！　取り残された私とアスカは、急に静かになった部屋でしばし立ち尽くす。っと、そうじゃなかった！　リヒトに指示されていたよね！

「アスカ、精霊に頼もう！」

「あ、そうだね。調査なら風かな。それとも土？　夜ならラーグも活動出来るかな……」

アスカは少し悩んでから土の精霊に頼むことを決めたようだ。アスカの土の精霊、ラーグくんはものすごくたくさん寝る子らしく、あまり活動は出来ないって聞いたことがある。その分、何かを頼む時は少しの魔力でたくさん働いてくれるちょっと変わり者の精霊なのだそう。子どもの頃から契約していた精霊らしいんだけど、私はまだ会ったことがないんだよね。だいたい寝ているみたいだったからタイミングが合わなくて。

「ごめんね、メグ。ぼくはそこまで魔力がないからラーグしか動かせないや」

「ううん、十分だよ！　人間の大陸は魔力の回復も遅いし、無理はしないで？」

こういうのは適材適所！　ダンジョンの攻略で学んだのだ。その時、自分に出来ることをすればいいって。アスカは場の雰囲気を明るく出来るし、体力もあって体術が得意。その長所を活かせる時に活躍してくれればいいのである。

「それじゃ、待っている間はメグの気持ちが明るくなるようにお喋りしてあげる！」

「ふふ、心強いな。ありがとう、アスカ」

気持ちの切り替えも早いところがさすがだよ、アスカ！　私など、頭でわかっていながらウダウダ悩んでしまうというのに。さて！　そうと決まれば、私も精霊に声をかけなきゃ。

「ショーちゃん、フウちゃん、頼めるかな？」

『お任せなのよー！』

『アタシも頑張るよっ！』

調査と言えばこの二人である。意図を正確に読み取ったショーちゃんとフウちゃんは、すぐに窓から飛び立っていく。

「それじゃあ、ラーグもよろしくね。途中で寝ちゃわないでよー？」

『うむ。久しぶりにしっかり働かせてもらうわい』

アスカが精霊を送り出す前に、土の精霊さん？　と名当ての儀式をしてラーグくんの姿が見えるようにさせてもらう。後々、姿を確認出来た方が便利だからね！　そんなラーグくんは茶色いモグラの姿だった。一見すると普通のモグラにも見えるけど、長いヒゲと鼻が金色なのが特徴的だ。どこかおじいちゃんっぽい話し方でちょっと癒される。

『じゃあ向かうとするかの。よっこいせ、と』

のっそりと窓辺に移動したラーグくんは、マイペースに呟きながらスルスルと壁を伝って出発した。その動きから目が離せない、可愛い。

「なんだか癒されちゃう。ずっと見ていられるよ」

「のんびりしすぎな気もするけどねー。でも、あれで結構頼りになるんだよ」

アスカはどことなく困ったように微笑みながらも、誇らしげにラーグくんについて語ってくれた。誰にも見付けられなかった捜し物を見付けたとか、ずっと遠くで起きた土砂崩れを誰よりも早く察知したとか。へぇ、すごい！　そして、自分の契約精霊について嬉しそうに語るアスカの姿にも癒される。うんうん、わかるよ。うちの子が一番可愛いって思っちゃうよね！　親馬鹿になっちゃうよね！　自然魔術の使い手あるあるだ。

「……マキちゃん、無事かな」

精霊たちを見送ったら本格的に私たちにはやることがなくなる。ただひたすら、情報が来るのを待つだけだ。立っていても仕方ないので、椅子を出して二人で座る。しばらく沈黙が続いたけれど、私がマキちゃんを案じる一言を漏らすと、アスカがすぐに笑顔を向けてくれた。

「もし何かがあっても、ぼくらがすぐに動いたんだから絶対に大丈夫だよ」

いなくなってから何日も経っている、というわけでもないし確かに絶対に大丈夫だって思う。それだけの実力が私たちにはあるんだもん。それに、そもそもいなくなっているとも限らないもんね。取り越し苦労だったらそれに越したことはないのだ。そうだったらいいな……。

「アスカはすごいね。マキちゃんがパニックを起こしているかもしれないってすぐに思いつくんだもん」

意外とアスカはそういう判断を冷静に下せているよね。私はすぐ人に感情移入しちゃうから、慌ててばっかりだ。客観的視点っていうのかな、そういう物の見方は見習いたい部分だよ。

「んー、それはぼくにも身に覚えがあるからかな」

すると、アスカは少しだけ恥ずかしそうに頬をかく。身に覚え？

「それって、私と初めて会った時に、嫉妬(しっと)で森に逃げた時のこと？」

「も、もう！　そんなに幼い頃の話持ってこないでよー！　ま、まぁそれもあるけど、別の話！」

恥ずかしそうに少しだけ頬を染めてブンブン両手を振るアスカ、可愛い。

「エルフの郷でさ、手紙を読んだ時。闘技大会でメグが結構大変な状況だったって知った、あの時かな」

「あ……」

それから聞かされたのは意外な話だった。同時に、申し訳ない気持ちになる。結局アスカには直接伝える機会がなくて、手紙で伝えたんだよね。私の魔力が暴走しそうになって危険だったこと、リヒトと魂を分け合ったことで安定したことなどだ。

「一緒にいたのに、なんにも気付かなくってさ。大会が終わった後、メグからの手紙で初めて色々あったんだって知って。複雑な状況だったでしょ？　だからちょっと読んだだけじゃぜーんぜん理解も出来なくってさー。でも、大変だったらしいってのはわかって」

アスカは困ったように笑いながら視線を膝に落とした。そりゃあ……わけわかんないよね。いや、何が起きたのかはわかっても、理解が及ばないのだ。私だって、よくわかんなかったもん。今でも結局何が起きたのかはよくわからないし、うまく説明も出来ない。結果的に私はリヒトと魂を分け合えて、魔力が安定した。ハッキリと説明出来るのはそのくらいなのだ。それを、当事者ではない人に理解しろという方が無理な話だよね。でも、言わないのは仲間外れみたいで嫌だなって思ったんだ。アスカには知っていてほしかったんだもん。同じ年頃のエルフで、いつかオルトゥスの仲間になるのだから。

「不甲斐なさを感じたし、あの場で知っていたかったとも思った。打ち明けなかった理由もわかったんだよ？　でも、さ。手紙を読んでたら、心の中がグチャグチャになって、パニックになって。

それで、郷を飛び出してオルトゥスに行こうかってギリギリまで考えた」

「えっ⁉」

なんでもないというように告げられたアスカの言葉に驚いて顔を上げる。パニックになった？郷を飛び出しそうになった⁉　思わずイスから立ち上がりそうになった私に、アスカは両手を顔の前で振る。

「落ち着いてよ！　考えただけで実際には飛び出してないから！　誰にも迷惑はかけてないからね！」

そ、そっか。それは良かったけど……。でも、そこまで思い詰めるほどアスカにとって衝撃的な内容だったんだってことが予想外で驚いた。そんなにまで心配させてしまったんだってことにも。

「ご、ごめん、アスカ……そこまで思いつめるなんて思わなかったの。あの、手紙で言わない方が良かった……？」

「それぇ、言うと思った！　まったくー。謝らないでよー！　ちゃーんとわかってるし、今はもう受け入れたんだからさ。それに、早く伝えたかったたって言ってくれて嬉しかったんだよ？　これは本当！」

慌てて謝ると、アスカはいたずらっぽく笑って私の頬を人差し指で突く。よ、読まれている。疑ったら怒るよー？　とニコニコ言われてしまったらもう何も言えない。わかったよぅ、早く伝えることが出来て良かったと思いますとも。

「だから、そのマキちゃんって子も同じかなぁって。突然色んなことを知ってしまった時って、いてもたってもいられなくなるんじゃないかなって。そう思ったんだー」

「なるほど……」

思えば、私も衝撃的な事実を突然知らされるって経験を何度もしてきた。最初はお父さんがこの世界にいるって知った時だったかな。あの時は次々と色んなことが判明して、パニックを起こした。幼かったのもあって、過呼吸になったこともあったっけ。ちょっと冷静になって考えてみたらマキちゃんのこと、私も気付けたよね。だから、その可能性を瞬時に思いついたアスカはやっぱりすごいよ。リヒトやロニーだってすぐには思いつかなかったことだもん。考えが柔軟なんだよね。アスカの強みだ。

そうこうしている内に、窓からスイッと黄緑色の光が入ってきた。フウちゃんだ！

『見つけたよーっ！　主様っ！　今日行った東の地区にある小道のー、奥の方に一人でいたのっ』

「本当⁉　やっぱり家を抜け出していたんだ……。大変、すぐに知らせなきゃ」

『ふふーん。すでにショーがドワーフの下に向かったから、今頃はもう見つけてるんじゃないかな？』

さすがはうちの子！　しかも素早く伝えられるショーちゃんがあの二人の所に行ってくれたというのが素晴らしい。自分たちで判断して動いたんだよね？　優秀過ぎて可愛くて辛い！

「すごいなぁ、メグの精霊たちは。見つけたなら、ラーグも呼び戻さなきゃだねー」

アスカがホッとしたように肩の力を抜くと、フウちゃんは違う！　と羽をバタつかせた。

『土のラーグが一番に見付けてくれたんだよっ！　すごいよねぇ。アタシたちはあんなに飛び回っても見つけられなかったのにっ』

「えっ、そうなの？　すっごい！　やるじゃん、ラーグ！　これで普段の眠り癖さえなければなぁ。でも、帰ったらたくさん褒めてあげなきゃ」

本当にすごい、ラーグくん！　聞けば、ラーグくんはここから出て真っ直ぐ迷うことなくマキちゃんの下に行ったという。事前に会ったことがあるわけでもないのに、すごすぎじゃない？　ラーグくんは、一人でいる女の子に絞って捜したのだと言ったらしい。あ、頭がいい！

『ラーグが見つけたのをアタシが見つけたから、アタシもえらい？』

「ふふっ、そうだね。フウちゃんもすごくえらいよ！　捜してくれてありがとう」

『えへへーっ！　褒められたーっ』

もちろん、うちの子がかわいくてすごいのは変わらないよ！　もう、甘え上手ーっ！

その数分後、ショーちゃんとラーグくんも無事に私たちの下に帰って来てくれた。私もアスカも精霊たちを思いっきり褒めてから事情を聞く。ショーちゃんとラーグくんは、リヒトとロニーがちゃんとマキちゃんを保護したのを見届けてから戻ってきたみたい。兄弟に話をしてから戻る、という二人からの伝言も預かってきてくれた。優秀！

それにしても本当に良かった。マキちゃんの心の方は心配だけど……。それは、リヒトたちが戻ってきてから聞けばいい。身の安全が確認出来ただけで充分だ。

「アスカのおかげだね！」

「そ、そうかな？　なんだか照れちゃうなー。でも、役に立てたならぼくも嬉しいや」

顔を見合わせて小さく笑い合う。よし、せっかくだから戻ってきた二人のためにお茶でも用意しようかな！

それから、リヒトとロニーが戻ってきたのは三、四十分後くらいだった。お茶を飲みながら聞いた話によると、アスカの言っていたように急に色んなことを聞いたことでパニックになって家を飛び出したそうだ。ルディさんとフィービーくんがこれまで犯罪をしてきたこと、そして罪を償いたいからその間に魔大陸で勉強してきてくれた方が安心だということを伝えたんだって。話を聞いた直後はとても大人しく、少し考えたいと言って一人で横になったらしいんだけど……。気付けば姿が消えており、兄弟も焦って捜し回っているところだったみたい。

「俺らが駆け付けた時は、周囲にちょっとガラの悪いヤツらがいてさ。何もなかったけど、見つけるのが遅れていたら絡まれていたかもしれない」

「間に合って、良かった。アスカのおかげ。ありがとう」

「だな！　頼りになるじゃん、アスカ！」

リヒトとロニーに褒められて、アスカはほんのりと頬を染めた。そうでしょ、といつもなら胸を張るところだから珍しい反応だね。えへへ、と照れるアスカも可愛らしい。みんなで温かな視線を送っていると、もういいから続きを話してよぉ、と慌てる姿にも癒されちゃった。ふふっ。

「兄弟のとこにマキを連れて行ったらさ、そこで三人とも号泣しちゃって。お互いに謝りあっててさ……なんか、見ていて切なかったな」

それほど、あの三人の仲がいいってことだよね。私が目の前で泣き合う兄妹を見ていたらもらい泣きしていたかもしれないなぁ。想像だけでも切ないもん。と同時に申し訳なくなる。だって、私たちと出会わなければこんな思いもさせずにすんだかもしれないから。それがいいことなのかはわからないけど。

「きっかけをつくったのは、僕だから。謝ろうと思ったんだけど……マキに止められた」

「え、マキちゃんに？」

ロニーも私と同じような考えだったみたいだ。謝るつもりだったんだね。でも、マキちゃんに謝らないでくださいと言われたという。

「本当のことを知らないままでいるところだった、って。だからありがとう、って」

マキちゃん……。すごく冷静だし、優しい子だな。それに心が強い。たくさん話して泣いたことで、少しだけでも心の整理がついたのかもしれない。もちろん全てが解決したわけじゃないし、魔大陸行きをちゃんと決断したわけでもないと思うけど。

「もう落ち着いたし、二度と勝手に出て行かないって約束もしていたからひとまずは大丈夫だろ。あとは約束通り四日後に話を聞きに行くから、ってことで俺らも帰ってきたんだ」

そっか。四日という時間はもしかしたら少ないかもしれないけれど、ゆっくり考えてもらいたいな。そして、三人にとって一番いいと思える答えを出してもらいたい。そう願わずにはいられなかった。

それからの三日間は予定通りの調査を続けた。二手に分かれて得た情報を共有して、それから気になる個所をみんなで見て回って。

ちなみに、マキちゃんたちと出会ったあの地区には無暗に近付かないことにした。四日後にまた行くことになるというのと、今の私たちではあの辺りの問題を全て解決することまでは出来ないからだ。モヤモヤとした気持ちは残るけど、中途半端に手を出すのもよくないからね。ただでさえ目立つ私たちが行くことで余計な火種も増やしたくないから、東の王城へ簡単に報告するだけに止めようと話し合いで決めたのである。たぶん、この街としても問題の一つとしてわかってはいるだろうし。……わかっている、よね？　何も対策を立てていない、なんてことがないように去り際に釘はさすつもりである。

そしていよいよあれから四日後。今日は三兄妹の下に向かう日だ。朝一から行くのも急かしている気がするし、かといって夕方に行くと暗くなって治安が悪くなる。ということで、お昼を食べてからのんびり向かうことになっている。

「あれから、マキちゃんの様子はどうかな？　またパニックになったり泣いたりしていないといいんだけど……」

宿の食堂で昼食をとりながら私が呟くと、リヒトがそれは心配いらないと手を軽く振った。

「あの夜、別れるときにルディに言っておいたんだ。また何かあったら助けになるからすぐ教えてくれって。ここの宿の場所も教えてさ」

なるほど。つまり連絡がないってことは大きな問題はなかったってことでいいのかな？　それならちょっと安心だね。

「あ、だからわざわざぼくたちは街の宿に泊まってたの？　簡易テントの方が快適なのに、不思議だなーって思ってたんだよねー」

今日も山盛りのお皿からすごい勢いで食べ物を減らしていくアスカ。本当に胃袋どうなってるの？

「それもある、けど、街でお金を使うのも、目的の一つ」

「そそ。せっかく調査隊として来ているわけだし、経済を回す手伝いもしておきたいじゃん？　この大陸の施設を利用することで見えてくるものもあるしな」

「なーるほど。これも勉強のうちってことだね！　あ、このパン美味しいなぁ。おかわりしていい？」

この中ではアスカが一番、経済を回すのに貢献している気がする。いいよ、いいよ。たくさんお食べ！　でも、確かにこのパンは美味しい。私の胃袋は並み以下の容量なので味わって食べようっと。

食事を終えたところで、いよいよ三兄妹の下へと向かうことに。あの地区はあれ以来、行ってないからちょっとだけ緊張するなぁ。しかも今回はアスカもいるから前以上に目立つ。でもあの時は人目のある場所で不審者を撃退したから、そうそう絡んでくる人もいないとは思うけどね。ロニーが警備隊に引き渡した首謀者っぽい三人はちゃんと罪を償っているかなぁ。

「うわ、気持ち悪い場所だね？　ここは人が少ないのに視線が多いや」

路地に入ってしばらくすると、アスカが嫌そうな顔をしながら小声で呟いた。そうなんだよね。私も同じことを感じたよ。今も感じている。でも、前の時に感じた獲物を狙うような視線というよりは、やばいヤツらが来たという警戒心の方が強そう。やはり、前の事件がここでは噂になっているのかもしれない。なんにせよ、面倒な事件が起きないなら遠巻きにしてくれていた方がいいね。

入り組んだ小道を、ロニーを先頭に進んでいく。前に通った時も思ったけどまったく覚えられないよ。それなのに迷いなく進んで行くなんて、ロニーはすごい。

「ロニー、もしかして道を覚えているの？」

「？　うん。一度、案内してもらったでしょ？」

「ふ、普通はこんなに複雑な道、一度で覚えられないよ……？」

そうなの？　と首を傾げるロニーにリヒトとアスカからも同時にそうだよ！　とツッコミが入った。魔術を使うのならともかく、ナチュラルに複雑な道を一度で覚えられるっていうのはそれだけで特殊技能だ。ロニーの場合は種族特性も働いていそうだけど。なんたってあの大迷路である鉱山出身なのだから。

「俺はてっきり、精霊に頼んで道案内してもらってんのかと思ってたぜ……」

「あの夜と違って人捜しじゃないし、僕の魔力じゃ、すぐに枯渇する。この大陸では、出来るだけ魔術は、使わない」

そうなのだ。リヒトや私基準で魔術をバカスカ使ってはならないのだ。精霊たちだっていくら対策をしてきているからといって、この大陸では長時間の活動は難しいからね。

『この魔石はとーっても居心地がいいのよー？　中も広いし快適なのよー！』

『うんうん、前の時とはぜーんぜん違うっ』

精霊たちの心配をしていたのを読み取ったのか、魔石の中からショーちゃんたちの声が聞こえてきた。この中なら精霊百人いても大丈夫だと豪語している。いや、さすがにそれはどうだろう。あと、自由に飛び回れる時間が限られているのはしんどいと思うなぁ。

そう。実は今回、精霊が休める特注の魔石を用意してきているのだ！　闘技大会の時に魔王である父様からの景品としてもらった、あの大きな魔石を使っている。さらに、同じく景品だったオルトゥスで開発してもらう権利も使わせてもらった。いつかのために必要だし、人間の大陸へ調査に行く他の自然魔術の使い手が助かると思って。まさか自分が真っ先に使うことになるとは思わなかったけど。仕組みとしては、魔力を溜めることに特化した魔石って感じかな。精霊が内部で休めるように空間魔術も付与されている。私の持つ魔石は中の景色も変えられるという遊び心もあるらしい。人は中に入れないから精霊たちの協力の下、開発を進めていたんだよね。広場や花畑、海の見える砂浜などに景色を変えられるんだって。無駄というなかれ、遊び心こそ研究開発の醍醐味だ。知らないけど。

ちなみに、精霊が休める魔石はロニーもアスカも持っているはずだ。私のよりは魔石も小さいけど五人くらいは余裕で寛げると精霊たちから聞いている。でも時々、ロニーやアスカの精霊たちが私の魔石の方に遊びに来たりしているようだ。キャッキャと楽しそうなので主人としても癒されています。修学旅行に来た生徒たちを見守る教員の気持ちはこんな感じだろうか。

「そろそろ、着くよ」

ロニーの声にハッと顔を上げる。精霊たちが可愛いのはひとまず置いておいて、しっかり頭を切り替えよう。だって、今日は三兄妹にとっては大事な決断の日。人生が変わるかもしれない日なんだから。どんな結論を出されても受け止めたい。だって、たくさん考えてくれたはずだもん。

「ルディ、フィービー、マキ、いるか？」

彼らの住処に向かってリヒトが声をかけると、おう、という返事が真っ先に聞こえてきた。ルディさんの声かな？　声色は沈んでもいなければ明るくもない、自然体。ひとまず、どんよりと落ち込んではいないみたいなので安心した。それからしばらくして、三人揃って外に出てくる。その表情はどこか吹っ切れたような清々しさがあって、何かを決断したんだとすぐにわかった。

「その表情、決めたんだね？」

ロニーがそう告げると、三人はそれぞれ目配せし合ってはにかみながら頷いた。迷惑をかけたことに対する負い目が少しあるのと、考える機会をくれて感謝しているということを先にルディさんが口にする。思っていた以上に冷静だし、とても素直だ。その後マキちゃんが一歩、前に出る。緊張した様子の彼女を見ながら、心の中で頑張れ、と応援した。

「わ、私、決めました。お兄ちゃんたちのためにも、私はもっと勉強したい、です。罪を償う間、少しも時間を無駄にしたくないから……」

マキちゃんは顔を上げて、私たちの顔を順に見つめる。それから飛び切りの笑顔を見せてくれた。

「だから、私を魔大陸に連れて行ってください！　勉強、させてくださいっ！」

お願いします、と勢いよく頭を下げたマキちゃんを見て、私たちも自然と顔が綻ぶ。つまり、スカウト成功ってこと、だよね？　や、や、やったーっ!!

5　お姉さんメグ

マキちゃんの決意を聞いた後、私たちはもう少し詳しい話を落ち着いて聞くために彼らの住処に簡易テントを広げた。何を言っているのかって？　仕方ないのだ。彼らの住処に全員が入ると定員オーバーなんだもん。その点、簡易テントはこの部屋にも広げられるし内部はかなり広い。盗聴防止の魔道具を使わなくてもこの中でなら気兼ねなく話も出来るしね。ちなみに、このテントや内部を見た時の三兄妹の反応はお察しのとおりである。でも、意外と順応性は高かったな。こういうものなんだ、と深く考えずに受け入れてくれたからね。ただ、落ち着かないみたいでソワソワしていたけれど。

「俺とフィービーはこれから、警備隊のところに向かうつもりなんだ。ちゃんと罪を償おうって。マキにもすげぇ叱られたしな」

「マキがあんなに怒ったの、初めてだったよ……めちゃくちゃ怖ぇ」

「ちょ、それは言わないでっ」

なるほどなるほど。マキちゃんはかなりしっかり者だね。おっとりとしているように見えて、いざという時は頼もしいなんて素晴らしいよ。

「だ、だって、被害に遭った人のことを考えたら、このまま知らんぷりなんて絶対にダメだもの。

お兄ちゃんたちに会えないのは寂しいけど、罪をなかったことにするような人がお兄ちゃんなんてもっと嫌だから」

断言された兄二人はそれぞれうっ、と呻く。正論って刺さるんだよねぇ。しかしマキちゃんはいい子すぎて眩しいな。そして健気。みんなで拍手していたら兄二人はバツの悪そうな様子でマキちゃんから顔を逸らした。彼らにとっても眩しいんだろうな。それに、ルディさんたちが犯罪に手を出したのは生きるためでもあったから、何とも言えない心苦しさが残る。

「実はさ、この結論が出たのはすぐだったんだ。具体的に言うと、あの夜にはすでに」

本当は、もっと早くに私たちに報告しに行こうと思ったのだそう。でも、せっかく四日という猶予をもらったのだから、三人でのんびり過ごしたいと思ったんだって。

「償うなら早い方がいいと思ったんだけど。こういう時間の稼ぎ方は姑息だったか？」

「悪ぃな、俺たちは本来、日陰で暮らす人間。使えるものは最大限使いつくさなきゃもったいねぇし、悪知恵も働いちまうんだ」

兄弟はニヤリとイタズラっ子のように笑う。もー、しょうがないなぁ。

「そ、それに関しては私も……ズルいかなって思ったんだけど、やっぱり寂しかったから、つい。ご、ごめんなさい！」

焦ったように身を縮こませるマキちゃんは可愛い。とても素直に育ったよね。兄二人が眩しそうにマキちゃんを見ているけど、そんな風に育てたのは君たちなんだよ、って言いたい。それはつまり、この二人だって根はすごくいい子たちなんだってことだ。

「そーいうのー、言わなきゃぼくたちだって知らないままだったのに。ギリギリまで悩んでましたーとか適当に言えばいいのに素直すぎー」

「だな！　お前ら、悪人には向いてねぇよ！」

ほらね、そう思ったのは私だけじゃなかった。本当に悪人だったら、それさえも黙っているもん。なんだかおかしくなって、みんなで声を上げて笑ってしまう。

一頻（ひとしき）り笑い合った後、リヒトが再び真面目な話を始めた。罪を償い次第、魔大陸に二人を迎えたい気持ちはあるけれど約束までは出来ないこと、でも出来ることはするということ。私とロニーが、あの時は勢いだけで勝手な約束をしてごめんなさいと謝ると、兄弟からは考えてくれるだけで十分だという答えが返ってきた。妹を保護して、勉強をさせてもらえるだけでありがたすぎるから、って。妹思いすぎて泣けてくる……！　父様には私にも出来ることがあったら協力させてって伝えておこう。絶対に再会させてあげたいもん！

さらに、今後はマキちゃんを魔大陸からお迎えが来るまで私たちが責任を持って預かること、迎えに来るのは信頼出来る人物であることなどを説明した。文化も常識も違うから全てを理解出来たわけではないと思うけど、身の安全の保証やマキちゃんの病状の改善を保証すると兄二人は心底ホッとしたように笑顔を見せてくれた。まだ不安は残るだろうけど、少しでも安心してもらえていたらいいな。

一通りの説明を終えたところで簡易テントを出る。荷物は？　と聞くと、すでに準備は終えているとのこと。

「さすがに、これを全部持って行くのは無理ですよね。だからすっごく悩んでどうしても譲れない物だけを選びました！」

　マキちゃんは集めたコレクションの箱を前に苦悶（くもん）の表情を浮かべつつ明るく告げる。あ、それなら問題ないです。

「全部、持って行けるよ？　収納魔道具があるから、それに入れて行こう！」

「え、ええっ⁉　そ、そんなことまで……⁉」

　目がひっくり返らんばかりに驚くマキちゃんを見ていたら、なんだか懐かしくなった。魔術になれていない頃の私も、いちいち驚いたよねって。新鮮で初々しくて癒される。これからしばらくはこんな風にほっこり出来るのは嬉しい。と、いうわけで。持ち物に制限がなくなったので遠慮なく荷物を収納魔道具にまとめると、彼らが住んでいた場所は机と椅子、そして使い古された布が畳（たた）んで置かれているだけの状態となった。これを残しておくことで、誰かが住処としてまた使ってくれるかもしれないから、だそう。住む場所にも困る人たちがまだたくさんいることには心が痛んだけれど、私たちに出来ることはせめてこの場所を綺麗にすることくらい。こっそり清浄の魔術もかけておいたので、病気にもなりにくいと思う。自己満足でしかないけど、このくらいは許されたい。

「じゃあ……そろそろ、行こうか」

「はい。よろしくお願いします」

「い、色々とありがとうございました！」

　住処を出て、ロニーがルディさんとフィービーくんの兄弟を連れて前を歩く。私とマキちゃんはその後ろを並んで歩き、最後尾にリヒトとアスカがついて来てくれた。道中は、誰も何も話さなかった。マキちゃんはじっと兄二人の背中を見つめて唇を引き結んでいる。この四日間で色々と話も出来ただろうし、別れもすませたのだろうけど……。いざ、お別れってなるとやっぱり寂しいよね。きっと、心細いよね。ギュッと胸が締め付けられる思いがして、私は無意識にマキちゃんの手を握っていた。驚いたようにこちらを向いたマキちゃんの顔で気付いたほどだ。無意識の行動、怖い。

「ご、ごめんね！　ただ、なんとなく心細いのかなぁという気がして……。よ、余計なお世話だったかな」

慌てて言い訳をしつつ手を離そうとすると、マキちゃんが手を握り返してくれる。

「ううん。あの、ありがとうございます、天使様。よかったら、その……このままで」

「マキちゃん……うん、わかったよ。それと、私のことはメグって呼んで？　天使様だなんて、照れちゃうから」

さすがにこれからもずっと天使様なんて呼ばれるのは精神的にもよろしくない。初対面で、私を知らないならともかく！

「えへへ、わかりました。じゃあ、メグちゃん？」

ドキッと胸が大きく音を立てた。なんだろう。マキちゃんに「メグちゃん」って呼ばれるこの感じがどことなく懐かしいというか、妙に胸が騒ぐというか。嫌な感じではないんだけど、フワフワするっていうか。

「あっ、い、嫌だったかな？」

「ううん！　そんなことないよ！　そう呼んでもらえて嬉しい」

ほのぼのとした雰囲気と、優しい声色がそんな気持ちにさせたのかな。不思議な感覚ではあるけど嫌じゃないし、むしろ心地好さを感じる。不思議な子だな、マキちゃん。これからもっと仲良くなりたいな。

そのまま警備隊の詰所に着き、憲兵に連れられて行くルディさんとフィービーくんの姿が見えなくなるまでマキちゃんと一緒に見送った。二人もこちらに振り向くことなくまっすぐ詰所の中に向かって行く。それを薄情だとは思わない。マキちゃんだってわかっているはずだ。だけど、姿が見えなくなっても瞬き(まばた)を忘れてジッと見つめる姿には切なさを感じた。

「よし。それじゃあ宿に戻るか！　簡単に健康診断しような」

「え？　え？」

ロニーが一人で戻ってきたところで、リヒトがニッと笑いながらマキちゃんの頭を撫でる。そうだね、これから引き渡し場所に行くまで一緒にスカウトの旅に同行してもらうことになるんだもん。次の街に移動する体力がどの程度あるのか、身体への負担は大丈夫なのかを知っておかないと辛い思いをさせちゃう。

「あ、あの！　私はお世話になる側なので！　へ、平気です、頑張れます！」

「あー、ぼく知ってるよ。その考え方って、ダメなんだよぉ」

恐縮しきり、とばかりに慌てるマキちゃんに声をかけたのはアスカ。真剣そうな表情を作ってズイッと顔を近付けると、マキちゃんの顔がポッとピンクに染まる。わかる、美形を間近で見るとそうなるよね。美形じゃなくても急に顔を近付けられたら驚くんだから自重してほしい。

「頑張れることと、身体に負担がかからないことは同じじゃないってことー！　このくらいなら大丈夫って無理するとー、あとで大変なんだよ！」

「そーそー。休み過ぎじゃないかってくらいがちょうどいいぞ。栄養状態も気になるし、美味しい物を食べて多めに休むってのが当分の間マキの仕事になるからな！」

リヒトも加わって言い聞かせられたマキちゃんは目を白黒させている。これまでは咳が酷いとか熱が出るとかではない限り、一日中歩き回って街のお掃除をする仕事をしていたんだって。え、すごい。貰えるお金は少なかったけど、三日働いて一食分を買えるようにはなるから、って。本当にあの場所での暮らしは大変だったんだな。特に親のいない子どもにとってはかなり過酷な環境だ。仕事があるだけまだマシなのかもしれないけれど。

「ちゃんと休んで元気になったら、これまでよりもしっかり働けるし、いい仕事が出来るようになるんだよ。もう大丈夫って思っても、周りの人が休みなさいって言ったらちゃんと休まなきゃダメだよ？」

「う、うん、わかりました」

私も参戦してお姉さんぶりながら注意をすると、リヒトとロニーが揃って噴き出す。む、なんだよぅ。

「お前が言うか！　この働き魔！」

「メグは、無理をする、常習犯」

うっ、言い返せない！　で、でも今では自分の限界は把握しているし、自分にも甘く出来ているはずだもん！　そんなに笑わなくてもー！

「じゃあ、メグちゃんのことは私が見ているね」

「ま、マキちゃんまでぇ……」

「あはは！　仕方ないねー」

「アスカも⁉」

せっかく先輩っぽいことが言えたのに台無しじゃないか！　悲しい！　でも、まぁ……。マキちゃんが兄弟とのお別れで沈み込まなくてすんだのなら、笑われてもいっかぁ。

予定通り宿に戻った後、リヒトによる簡単な健康診断が行われた。さすがに医療チームや父様たちのように細かくは診られない、とリヒトは言うけど、十分すごいことをしているからね？　普通は出来ない。

「目立った病気はなさそうだな。ただ、呼吸器系がちょっと荒れていると思う。激しい運動とか長時間の移動はやめとこう。身体も出来るだけ温めるか」

喘息を持っている可能性もあるけど、さすがに判断までは出来ないとのこと。そういう不安があるってわかるだけ助かるよね。予防出来ることはやって損はないもん。お薬までは出せないけど、栄養のある物をしっかり食べてもらうとか、シズクちゃんのお水を飲んでもらうだけでもだいぶ身体は楽になるはず。

「オルトゥス……えっと、私たちが所属するギルドに行けば、すごーく腕のいいお医者さんがちゃんと診てくれるからね」

「うあ、ありがとうございます。なんだか、あれもこれもやってもらっているから申し訳なくなっちゃう……お返し出来るものもないし」

マキちゃんの気持ち、わかるなー！　自分に返せるものがないから与えられてばかりだと気になっちゃうんだよね。そして今はそんなマキちゃんに遠慮しなくていいんだよ、って言いたくなる方の気持ちもわかる。でもなぁ、この程度で慌てていると魔大陸に行った時にもっと縮こまっちゃうと思うんだよねぇ。

「マキちゃん。あのね、魔大陸って子どもにめちゃくちゃ甘いの。みんなで子どもを守ろうとするし、全力で甘やかそうとしてくる。私たちなんてまだまだだよ。これでもかっていうくらいあれこれ世話を焼いてくれるから、覚悟がいるのはこれからなんだよ……！」

「ひぇぇ……」

案の定、ぶるりと身体を震わせるマキちゃん。わかる、わかるよ……！　これは魔大陸に渡る前に、甘やかされることにちょっとずつ慣れてもらわねば。

「なんか、メグが言うとすげぇ説得力あるよな」

「悪いことじゃ、ないはず、なんだけどね」

リヒトとロニーが複雑な顔で微笑んでいる。気持ちはわかる、というところだろうか。だけど、この二人もかなり過保護になってきているからね？　まぁ、私もそうなる気がするからなんとも言えないけど！　小さい子には笑っていてほしいもんねー！　私も早くそっち側に行きたい。まだ甘やかされる側だもんなぁ……。ありがたいけども。そんな中、アスカだけがよくわからない、といった顔で首を傾げている。

「王様になった気分ですっごく楽しいのに。大きくなったらそうもいかないんだからさー、今のうちにたっくさんワガママ言っておいた方がいいよー？」

まぁ、アスカはそうだろうね。その考え方がほんの少しでも出来たら私もマキちゃんも苦労しないのです。でも、アスカみたいに喜んで受け入れてもらえると、与える側も嬉しかったりするんだけどね。遠慮する子にも喜ぶ子にも等しく甘やかす、それが魔大陸の子育てである。

さて、健康診断と対策決めが終わったところで本日の予定はここでおしまい。もう夕方だもんね。明日は最初にスカウトをしたアルベルト工房のセトくんのところに行かなきゃいけないし、マキちゃんのこともあるしでのんびりすることに決まった。

「ぼく、お腹空いちゃった」

「燃費悪(わり)ぃな……」

夕飯にはまだ少し早い時間なのに、さすがのアスカである。でもご飯をどうするかを決めておくのはいいよね。収納魔道具にある食事を出してもいいんだけど、また屋台で買ってもいいしどこかのお店に食べに行ってもいい。出来るだけ街でお金を使いたいし、体力的にも余裕はあるからと再び私たちは街へ向かうことにした。

「マキちゃんは行きたいところあるかな？　食べたいものとか」

もしセトくんの答えが決まっていたのなら、明日はもうこの街を出ることになる。そうなると、マキちゃんは当分この街には戻ってこない。もしかすると、戻ってくることはないかもしれないのだ。もちろん、希望すればまた連れて行きたいとは思っているけど。そのことも含めて伝えると、マキちゃんは恥ずかしそうにもじもじとし始めた。これは何か食べたいものがあるに違いない。

「遠慮なく言ってみて？」

「え、えっと、その。ご馳走になる身で本当に図々しいかもしれないんですけど……」

そう前置きをしてマキちゃんが望んだのは、この街で最も人気のある屋台の骨付き肉だった。がっつりお肉だけを食べられるのと、濃いめの甘辛タレが恐ろしく食欲をそそる香りを漂わせているから特に外で働く人たちに人気なんだよね。いつも人だかりが出来る人気の商品で、値段も決して高い金額というわけではない。ただ、ボリュームがある分、他の屋台の商品より少しだけ高いけれど。

「……時々、本当に時々なんですけど、お金がたくさん入った、っていう時にあれを一本買って、みんなで分け合って食べていたんです。それが、すごく美味しくて……」

そっかぁ。マキちゃんにとっては思い出の食べ物なんだね。そういうことなら当然、夕飯は骨付き肉にしましょう！　もう少し見て回ってからとも思ったんだけど、思いの外早く決まったことと、アスカのお腹の虫がものすごく抗議してくるのでまだ明るい時間だけど食べることにした。そんな日があってもいいよね！　他にも別のお店でサラダを買ってきたり、パンや飲み物を分担して買ったところで空いているスペースにみんなで座って食べ始める。せっかくなので、マキちゃんの思い出の骨付き肉からいただきます！

「んんっ、焦げ目がついてて香ばしくておいひぃ……！」

こういうのはナイフとフォークでお上品にいただくものではない気がしたので思い切ってかぶりつくと、頬と鼻の頭にタレがつく。でもそんなものは後で拭けばいいのです。溢れんばかりの肉汁と甘いタレが合わさって口の中が肉パーティーである！　美味しいーっ！　隣を見ると、マキちゃんも私と同じような状態で骨付き肉を頬張っていた。ふふっ、後で一緒に顔を拭こうね……。幸せそうに食べているマキちゃんを見つつ、私も食べ進めていたんだけど……。途中から、マキちゃんの頬を涙がぽろぽろと伝っては落ちていくことに気付いた。

「……おいしー、ぐすっ、おいしい、ね。ぅぐっ……」

涙はどんどん溢れているけど、食べるのを止めないマキちゃん。きっと、お兄ちゃんたちとのことを思い出しているんだろうな。一人で丸ごと食べるよりも、三人で分け合って食べた時の方が美味しかったかもしれない。今、かなり良くしてもらっていても家族と離れる寂しさっていうのはそんなことでは簡単に埋まらないのだ。

私も、もちろんリヒトやロニー、アスカだってマキちゃんの様子には気付いていたけれど、誰もそのことには触れなかった。いつも通り食事を楽しんで、いつも通り他愛のない話をして。そうしていたら、マキちゃんも時々クスクス笑ってくれて。顔は涙とお肉のタレでぐっちゃぐちゃだったけど、その笑顔はこれまで見た中で一番尊いものだった。

食事を終える頃、マキちゃんの瞼が重くなってきているのがわかった。今日は心も疲れただろうし、たくさん泣いたもんね。

「マキ、寝ても、いい。ちゃんと運ぶから」

「で、でもぉ……」

「無理しちゃダメだよ。マキちゃんは今、身体を休めることが仕事なんだから」

「休むのが、しごと……」

カクンカクンと頭が落ちそうで危なっかしい。マキちゃんの頭をソッと引き寄せて自分の肩に寄りかからせてあげた。

「大丈夫だよ。みんな、マキちゃんの側にいるからね」

そのままゆっくりと頭を撫でると、マキちゃんはあっという間に眠ってしまった。わ、私、今お姉さんみたいじゃない!? えへへ、これまで私が色んな人にされてきたことをこうして誰かにお返し出来るのが嬉しいな。

「アスカも食い終わったことだし、宿に戻るか」

リヒトの言葉に小さく頷く。マキちゃんのことはロニーが軽々と抱き上げてくれた。私も運ぼうと思えば運べた、と思うんだけど……。たぶん途中で力尽きるし安定感もダメダメだから大人しくロニーに頼みます。

休む場所は私と同じ部屋。男三人が同じ部屋で私だけ一人部屋だったからね。正直、ちょっと寂しかったからマキちゃんが一緒で嬉しい。

「うーん、宿の人に頼んで二人部屋にしてもらうか？」

当然、私は一人部屋だったからベッドは一つだ。マキちゃんをベッドに寝かせてもらったから、私はこのベッドでは寝れなくなる。二人で寝るには狭いしね。

「私は床で寝るから大丈夫だよ。フカフカマットも毛布もあるし、へっちゃら！」

「そんなんでちゃんと休めるのか？　いっそのことマキと一緒に簡易テントの部屋で寝てもいいんだぞ」

リヒトもロニーもアスカも心配そうな顔になってる。やっぱり過保護だよねぇ。床に布団を敷いて寝るようなものだから問題ないのに。

「マキちゃんが目覚めた時、良く知らない場所だーってビックリさせたくないもん」

「そか。わかったよ。でも、なんかあったらすぐに言えよ？　寝ているだろうからって変な気を遣ったりもするな」

「わかった！　約束する」

本当に約束を守るよ？　そうすることがどれほど大事か、よく知ってるもん。逆に言わないと信用されてないんだってショックを受けるんだ。相手の気持ちになればわかる。ふふん、私だって失敗から学んでいるのだ。遠慮する癖はなかなか直らなかったけど、今はかなり改善されたはず。

「じゃ、ゆっくり休めよ」

「メグ、また明日ねー！」

「おやすみ、メグ」

自分たちの部屋へと向かう三人を見送り、そっとドアを閉める。鍵もちゃんとかけて、ドアと窓の前には結界魔道具も置いて、と。何か不穏な気配を感じれば気付くし、精霊たちも知らせてくれるから大丈夫なんだけど、今はマキちゃんもいるから念のためね！

「ふふ、ぐっすり眠ってる」

寝支度をする前にベッドで眠るマキちゃんの顔を眺める。泣いたからか、目が腫れているな。洗浄魔術をかけて、少し目元を冷やしてあげよう。あんまり冷たいと起きちゃうから、ほどほどの温度で、とシズクちゃんに頼む。出してもらった水をきれいなタオルにしみ込ませて軽く絞り、そっと目元に乗せてあげる。少し身じろぎしたけど、気持ちがいいのかマキちゃんの口元に笑みが浮かんだ。

「よし、私も寝る準備しようっと」

少しでも、マキちゃんの寂しさが和らぐといいな。それに、セトくんも。明日もどうか、いい日になりますように。


次の日の朝はマキちゃんのピャッ⁉　という小さな悲鳴で目を覚ました。何かあったのかと思って跳び起きると、慌てたようになんでもないんですぅ、とマキちゃんが手をブンブン振っている。あー、なるほど。まぁまぁ、落ち着いて。

「き、昨日はあのまま寝ちゃったんだ、って気付いて……！　しかもたくさん泣いちゃったし、それで、変な声が出ちゃって、その！」

時間を置いて我に返ると恥ずかしくなったりするんだよね、わかる。すっごくわかる。大丈夫だよ、と微笑むと、マキちゃんは顔を真っ赤にして膝を抱えて縮こまった。

「わ、私、パニックになって家を飛び出したり、食べながら大泣きしたり、迷惑をかけてばっかり……！」

「無理もないよ。気にしないで、って言っても気になるだろうけど……。だからね、いつか自分に出来ることが増えた時に、今度はマキちゃんが誰かの助けになってあげて？」

私はこの考え方でだいぶ気にすることが減ったからね。親切の輪はこうして広がっていくのだ！

マキちゃんはまだ戸惑った様子だったけど、一応は納得したようで小さく頷いている。うんうん、今はそれでいいよ。

「というわけで、今日も朝から私に甘やかされてね！　私の服があるからそれに着替えよー！」

「えっ、えーっ！　そ、そんなに綺麗な服……！」

「諦めて！　大人しく親切にされなさーい！」

「あわわわわ！」

ふふふ、なんだか楽しいな。自分がこうして誰かのお世話をするようになるなんて。皆さんが困惑する私に対して嬉しそうにあれこれ手を出していた気持ちがよくわかる。あの時の自分は本心から困惑していたけど、結果的にありがたかったからね。こうして手の出し方も次の代へと同じように伝わっていくのだ。強引？　わかっています！　親切は押し売りします！

とはいえ、あんまり装飾の多い服はマキちゃんも落ち着かないだろうからシンプルなデザインのものを選んだよ。持っている服は大体サイズ調整機能が魔術で付与されているので、私よりもずっと小さくて細いマキちゃんが着ても困ることはない。それにしても、本当に細いな。まずはしっかり食べてもう少し太ってもらわないと。保護されたばかりの私も、こんな感じだったのかなぁ。

「わ、ぁ。すごく、着心地がいいです」

「よかった！　マキちゃん、すごく似合ってるよー！」

褒め言葉も忘れません。似合っているのは本当だしね！　フワッとしたマキちゃんのショートカットは首筋が見えるから、襟付きのワンピースにして正解だ。目の色と同じ緑系統の色を選んだのも我ながらなかなかのセンスではなかろうか。

「じゃあ、リヒトたちの部屋に行こうか」

「は、はい！」

さて、今日は約束があるからね。私もササッと身支度を済ませると、マキちゃんと手を繋いで部屋を出た。リヒトたちの部屋に向かうため通路を歩いていると、ちょうど部屋のドアがあいて三人が出てくるのが見えた。おぉ、同じタイミングだったね。最初に部屋を出てきたアスカがすぐに私たちに気付き、駆け寄ってくる。ものすごくニコニコしているなぁ。

「二人とも、おはよう！」

「おはよう、アスカ。リヒトとロニーも！」

「ねぇねぇ、マキ。それってメグの服でしょ？　似合ってるよー！　可愛い！」

「ぴゃっ!?　あ、あああありがとうございますぅ……」

思ったことをそのまま言っちゃう王子様なアスカはマキちゃんには刺激が強かったようだ。顔が真っ赤で倒れてしまわないか心配になっちゃう。倒れると言えば、セトくんは大丈夫だろうか。今日これから会いに行くけど、また倒れられたら困るなぁ。

「倒れないだけえらいぞ、マキ」

「さ、さすがに倒れたりはしませんよぅ」

どうやらリヒトもちょうど同じことを考えていたらしい。マキちゃん、これがねぇ、初見で卒倒した人がいるんですよ。別れるころにはだいぶ耐えてくれるようにはなったけど。でも会うのは五日ぶりだし、リセットされてまた卒倒しちゃったりして。それは困るなぁ。話が進まないし、何よりセトくんが心配になる。やっぱりアレの出番だろうか。アレとはもちろん鼻眼鏡のことである。

「一応、かけてもらった方がいいかも、ね。緊張も、解れるかも」

「えぇ、やっぱり着けなきゃだめ？　せ、せめてセトくんのいる工房で着けさせて……！」

ロニーが楽しそうにクスクス笑う。言っていることは一理あるしそれは構わないけど、着けたまま街を歩くのは遠慮したい！　というか、ロニーも楽しんでるでしょ⁉

「ぼくは面白いから、今から着けてもいいよ？」

「変な目立ち方をしちゃうからやめて……！」

魔族が怖いという印象はなくせるかもしれないけれど、変な人たちと思われるのは嫌だ。外国人が変な漢字のプリントされたTシャツを着ていたりするあれみたいで微笑ましく思われるかもしれないけど。どのみち余計に変な目立ち方をしてしまう。とにかく私は恥ずかしいので嫌です！　あの時はなんとかしなきゃと思っていたし、人の目もたくさんあったわけじゃないから躊躇せず着けられただけだもん！　羞恥心は人並みにあるもん！

「あの、アレってなんですか？」

首を傾げるのはマキちゃん。あ、そうだよね。せっかくだから見せてあげようと収納魔道具から出そうとした時、先にアスカがトントンとマキちゃんの肩を叩いた。

「これだよー！」

「ぶはっ、アスカ、不意打ちは卑怯だぞっ」

鼻眼鏡を装着した状態で両手をパッと顔の横で広げたアスカはノリノリである。しかしリヒト、まだ慣れないのね。飽きもせず笑いのツボにハマってお腹を抱えている。

「ふ、ふふっ、あははっ！　何それぇ！　面白い！」

「あ、笑ってくれたねー！　どう？　マキも着ける？」

「いいの⁉」

「いいよー、ほら！」

着けるんだ？　意外とマキちゃんってばおちゃめさん。アスカと二人でキャッキャと盛り上がっている。王子様なアスカのイケメン力で大慌てだったマキちゃんも、鼻眼鏡のおかげであっという間に仲良しになってくれたみたい。大活躍だね、鼻眼鏡。使いどころなんかないと思っていたけれど。

「んんっ、と、とりあえず朝飯食いに行こうぜ。マキは特にしっかり食わねーとな！　ぶふっ」

咳ばらいをして仕切り直したリヒトだけど、やっぱり噴き出している。勇者の弱点は鼻眼鏡……！　とにかく、この場で騒いでしまっては他のお客さんに迷惑がかかる。ロニーと私がアスカとマキちゃんの背を押して、一階の食堂へと下りていった。ささ、マキちゃん、少しずつ食べる量を増やしていこうね！

6　セト少年の決意

「お、おっきいお店……」

朝食をゆっくり摂った後は、すぐにアルベルト工房へ向かった。マキちゃんは大通りには初めて来たらしく、ずっとキョロキョロ辺りを見回していたな。時々、目が二つじゃ足りないって言いながら興奮気味に観察する様子に微笑ましくなる。魔大陸に行ったらもっと驚きそう。知恵熱を出してしまわないか今から心配である。

「この街で一番大きなお店なんだってー。奥に工房もあるんだよ！」

すでに内部を知っているアスカが自慢げに紹介している。それに目を丸くして何度も頷くマキちゃん。二人とも可愛い。

「お店、見たい？」

「えっ⁉　で、でも、今日はこのお店の人に大事な用があるんじゃ……あの、私と同じように勉強したい人がいるんですよね？」

店内に入ってからはもう、目が棚の商品に釘付けだもん。きっとゆっくり見たいはず。私としても見てもらいたいなぁ。

「答えを聞きに行くだけだから、みんなで行かなくても大丈夫だよね？　店内で待っていたらダメかな？」

　決して鼻眼鏡をかけたくないからではない。いや、ちょっとだけある。あの時のテンションにはなかなかなれないんだよ！　ごめんね！　そ、それに、工房は物がたくさんあるから、あんまり人数が多いと邪魔になっちゃうし。ね、ね？

「ま、それもそうだな。俺とアスカで行ってくるか。マキの時はロニーとメグだったし」

「任せて！　ばっちり話を聞いてくるよー」

　お、意見が通った！　言われてみれば確かにマキちゃんの時は私とロニーが中心だったかも。アスカも乗り気だし、せっかくなので頼みます！

「本当にいいんですか？」

「いいよ。周りのことは、気にしないで。自由に見て？　メグも」

「うっ、バレてる⁉」

　ロニーがニヤリと笑いながら私に流し目を向けてくる。だ、だって結局まだ全部は見ていなかったから……！　そんなにソワソワしていたかな、私？

「ご、ごめんね？」

「ははっ、いいって。じゃ、行くぞーアスカ」

「はーい！　メグ、待っててね？」

　さすがに仕事を忘れて浮かれすぎだよね。反省。でも、スチャッと鼻眼鏡を装着したアスカにリヒトと同じタイミングで笑っちゃった。リヒト、笑わないで話が出来るかなぁ？

「私の他に、一緒に魔大陸に行くかもしれない人、ですよね」

そんなリヒトとアスカの背を見ながら、マキちゃんがポツリと呟く。私はすぐにそうだよ、と答えてマキちゃんの肩に手を置く。

「もしセトくんが魔大陸に行くって決めてくれたとしたら、マキちゃんとは仲間になるね。一緒に魔大陸で頑張る仲間」

「仲間……」

マキちゃんは何度か「仲間」という単語を繰り返し呟き、勢いよく顔を上げた。わっ、ビックリした。

「仲間が増えたら、嬉しいです！」

そして、目をキラキラさせながらそう言った。うん、そうだよね。マキちゃんも一人より仲間がいた方が心強いよね。私たちとは途中で別れて知らない人と魔大陸に向かうことになるんだもん。当然、迎えにきてくれる人たちはみんな優しくしてくれるはずだよ？　でも、また一から関係をつくっていかなきゃいけない。見知らぬ土地で。

「一緒に魔大陸で頑張る仲間がもっと増やせるように、私たちも頑張るね」

不安な気持ちはきっと、みんな同じだ。それなら、一緒に頑張れる仲間が多ければ不安も少しは解消出来るかな？　ということは私たちがスカウトを頑張ればいいということである。そのための旅なのだから。

「ありがとう、メグちゃん」

マキちゃんはフワッと嬉しそうに笑う。あ、まただ。また、どこか懐かしいような不思議な感覚。なんだろう、この気持ち。嬉しいような悲しいような、なんとも言葉にしにくい感情。懐かしい、のかな。でもマキちゃんとは今回、初めて出会った。それなのに懐かしいなんて。デジャビュ？

もしかしたら、どこかで似た人と会っているのかもしれない。前世含めて出会った人はたくさんいるからね。夢中になって商品を見るマキちゃんを見ながら、私はそんなことを考えていた。

「あの、あっちの棚を見て来てもいいですか？」

目を輝かせながらそう言ってきたマキちゃんを見てハッと我に返る。やっぱりなんか気になるんだよねぇ。誰に似ていたのか、マキちゃんの何がそう思わせるのか知りたくてウズウズしちゃう。

「……うん！　じゃあ、一緒に行こうか」

「はい！」

でも今は、嬉しそうに商品を眺めるマキちゃんと一緒に私も楽しむことにしよう。嫌な予感がするわけでもないんだから後回し、後回し！　ただ気になるというだけだし。何かの拍子に思い出せたらいいな。

こうしてしばらく商品を眺めつつ、いくつかお土産に買いたいものを選んでいると、工房の方からリヒトたちが戻ってきた。背後にはアルベルトさんとセトくんの姿。結果はどうなったのかな？

ドキドキ。

「ほら、セト。自分で言うんだろ？」

「は、はははい！」

リヒトに軽く背を押されて前に出てきたセトくんは、相変わらず私を見ると顔を真っ赤にしたけれど意識は保っている。良かった、鼻眼鏡は必要なさそう。

「あ、ああああの！　僕、決めました。その、ま、魔大陸で！　アスカはかけたままだけど。勉強させてくださいっ！」

「本当⁉」

そうしてセトくんから聞かされた報告に、思わずちょっと大きい声を出してしまう。おっと、ここはお店の中。静かにしないとね。でもそっか。もう決めてくれたんだね。もう少し悩むかなって思っていたから嬉しい誤算だ。

「は、はぃ。あの、技術を磨いて、いつかまたこの店に戻ってきます。恩返しを、するために……！　それと」

「それと？」

セトくんは一度そこで言葉を切り、何度か深呼吸を繰り返してから顔を上げ、私を真っ直ぐ見つめた。は、初めて目が合ったかもしれない。ちょっと感動。

「天使様の素晴らしさを、この大陸中にもっともっと広めたいんですっ！」

いや、それはやめて⁉　なんで⁉　なんか妙な目標になってない⁉　ちょ、リヒトもアスカもなんで笑ってるの。さては知っていたなー？

「ごめん、ごめん。でもさ、具体的な目標がある方が、セトも頑張れるからいいじゃん？」

「そーそー。本人の熱意を止めることなんて出来ねーしさ。な？」

「それはそうだけどぉ……」

チラッとセトくんを見ると、もはや恍惚とした表情をこちらに向けてくるのでなんともいえない微妙な心境になる。うぅ、そんなに曇りなき眼で見ないでぇ……。

「え、えっと。私のことはともかく。魔大陸に行くことを決めてくれたのは嬉しい！　困ったことがあったらサポートもするから、色んなことを吸収してきてくださいね」

「は、はひぃ……」

笑顔が引きつらないように気を付けながら声をかけると、セトくんは電池が切れたようにフラァッと後ろに倒れていく。え、今⁉　慌てて手を伸ばしたけれど、セトくんの後ろにいたアルベルトさんが難なくセトくんを受け止めてくれていた。よ、よかった。

「ごめんなぁ、天使様。こいつ、ちゃんと自分で言うって覚悟決めててよぉ。でも結局このザマだ。こんなんでやっていけんのか心配になるぜ」

軽々とセトくんを抱き上げ、苦笑しながらアルベルトさんが言う。そっか、頑張ってくれたんだ。

私はゆるりと首を横に振った。

「ちゃんと最後まで伝えてくれたじゃないですか。セトくんなら大丈夫です！」

「ははっ、そっか。良かったなぁ、セト。天使様が認めてくださったぞー」

意識を失ったセトくんだったけど、眠るその表情はどこか安心しきったようにも見える。よっぽど緊張していたんだな。これからも、緊張しっぱなしかもしれない。だって、未知の土地に行くわけだし、魔大陸には美形さんがわんさかいる。きっと心臓も鍛えられるよね、うん。ところでいい加減、天使様は止めてほしい。セトくんが起きたらちゃんと言わなきゃ。

「この子も、一緒に……？　あの、私の仲間？」

ロニーの後ろから様子を見ていたマキちゃんが、そーっと顔を出してセトくんを観察している。

そうだね、マキちゃんの仲間になったよ！

「んん？　この子は？」

「ああ、この子はマキ。偶然、出会ったんだけどさ。色々あって、この子も魔大陸で勉強することになったんだ」

「なるほどなぁ。それならセトもいくらか心強いな。しかし、こんなに小さな子が一人で決めたってのに、セトはずっと悩んでいて情けねぇなぁ」

その辺りは性格にもよると思うからあんまり言わないであげて、アルベルトさん。それに女の子の方が度胸があるっていうのはよく聞く話だし。すると、話を聞いていたマキちゃんが少しだけムッとしたように抗議の声を上げた。

「ち、小さくないですよ！　私、これでも十歳ですからね！」

「そうなのか？　にしては小さいなぁ。しっかり食べて大きくなれよ！」

マキちゃんは十歳だったんだ。栄養状態があんまりよくなかったし、見た目よりも年齢は上かも、とは思っていたけどね。だから、アルベルトさんの気持ちもちょっとわかる。

「……その様子だと、みなさんも私がもっと小さい子だって思ってた？」

マキちゃんがジトッとした目で私たちを見回す。ああ、ごめんね。そんなつもりはなかったの。っていうかその気持ちの方がもっともーっとわかるよ。悔しいよね……！

「僕たちは、人間の年齢については、よくわからない」

「だよねー？　魔族の十歳なんてまだ言葉も喋らない赤ちゃんだし」

ロニーとアスカはフイッと目線を逸らしてうまいこと逃げた。魔大陸の常識しか知りませんよー、という体ですね？　いや、知っているでしょ？　二人とも？　目を逸らしてるしっ。

「へ、へぇ、そうなのか。魔族っていうのはやっぱり不思議なもんだなぁ、ははは……」

そしてアルベルトさんはその話に乗っかり、話題を変えようとしている。みんなズルい。

「まぁ、なんだ。マキ。あんまり気にすんな。メグだって年齢よりも成長がすげぇ遅いし。人それぞれだ」

リヒトは開き直った上に私のことまで引き合いに出している。酷い。私もマキちゃんと一緒になってプクッと頬を膨らませた。

「みんな酷いよね。私たち、ちゃんと年相応なレディーなのに」

「そうですよねっ！　失礼しちゃいます！」

私はマキちゃんの味方になることにした。年齢よりも幼く見られがち同盟だ。ぐぬぬ。いつか絶対に見返してやるんだから。私とマキちゃんは決意を込めて頷き合った。女子同士の結束ーっ！

なにはともあれ、これで魔大陸に行く人を二人もスカウトすることに成功した。人間の大陸に来たのはつい最近だから、なかなかの成果ではなかろうか。

「あとはアルベルトさんには、セトが魔大陸に勉強しに行ったってことを宣伝してもらいたいんすけど……」

「ああ、そのくらい構わねぇ。得意先や常連にも盛大に知らせておいてやる」

おぉ、それはかなり助かります！　ここは街で一番のお店だっていうし、宣伝力は確かだ。この街だけでなく、他の街にも情報が行き渡りそうだね。

「あ、ついでにー、ぼくたち魔大陸からの人が悪いヤツじゃないってことも言っておいてよね！なーんか、魔族は何をするかわかんない、みたいに怖がられている気がするんだよねー」

「あー、そりゃ耳が痛ぇ話だな。恥ずかしながら、俺も少しその噂を聞いて身構えていたとこはあるからな。ま、実際には気のいいヤツらだってわかったわけだが！」

アスカが人差し指を立てて軽く頬を膨らませる。鼻眼鏡のせいで可愛さと真面目さが半減されているけれど、大事な主張ではある。けど、こうしてアルベルトさんにはわかってもらえたみたいだし、それだけでも良かったよね。魔大陸行きの話とともに、認識が広がるとありがたいな。

「実際に話して、関わってみないとわからない、から。人間にも魔族にも、良い人と悪い人が、いる」

「そうだなぁ。俺たちだって、人間だから卑怯者、なんて一括りにされたら嫌だもんな。当たり前のことを忘れちゃなんねぇよな」

ロニーの言う通りだ。種族関係なく、良い人も悪い人もいるし、嫌なことをされたら怒る。文化の違いで失礼だと感じることも違うかもしれないけれど、対話が出来るのだからしっかり話し合いを重ねて関係を築いていきたいよね。

「うし、それじゃあ王様んとこに報告入れとくか。手紙でいいよな」

リヒトはそういうと、収納魔道具から特殊な紙を取り出して空中でサラサラと字を書いていく。

ペン？　指先に込めた魔力で文字を入れていくからいらないのです。アルベルトさんとマキちゃんは目を真ん丸にしてその様子を眺めている。まぁ、不思議だよね。けどマキちゃん、魔大陸ではこんな風に当たり前のように魔術が飛び交うからね！

「あとは、出発する日、だけど。セトの準備が整ったら、すぐ次の場所に向かいたい」

そうだね。まだ最初の街だから、次々に移動していかないと何年もかかっちゃう。少なくとも、東の王様が教えてくれた人たちには声をかけにいきたいし。いつまでもこの大陸にいるわけにもいかないし。

「準備はさほど時間はかからねぇが、こんな状態だからな。悪いが明日の朝まで待ってくれねぇか」

「え、そんなにすぐでいいんですか？」

「この五日間でしっかり話し合ったし、別れも済ませた。十分だよ、ありがとうな」

なんでも、散々悩みはしたけどセトくんも二日前には決断していたのだそう。だから今日までにあれこれ準備は進めていたんだって。

「わかりました。それじゃ、明日の朝一で迎えに来るからさ。セトには、明日は倒れたら引き摺って行くって言っといてよ」

「わはは！　おう、しっかり伝えておくぜ！」

さすがに冗談だろうけど、旅の間にもう少し私に慣れてもらえたらいいなぁ。倒れられると私もいちいち心臓に悪いもん。それから、マキちゃんのことも紹介しないとね！　よーし、それなら私たちも今日は明日からの旅の準備を始めましょー！

翌朝、かなり早く起きた私たちは身支度をすませてお店が開くよりもずっと早くにアルベルト工房に来ていた。昨日の内にこれから通るルートや移動手段について話し合い、マキちゃんの旅支度も少し整えた。ほとんどは私たちが持っている物でどうにかなるけど、靴だけはしっかり本人に合った物を用意しないといけなかったんだよね。マキちゃんが履いていたものはすでにボロボロで、長旅には耐えられなさそうだったから新調したのだ。その度にまた身体を縮こまらせて謝り倒していたので、出世払いすればいいんだよ、と励ました。ええ、そうです。私はそれで申し訳なさを乗り越えました。

「お、おはようございます！　昨日は、すみません」

「いいって！　予想はしてたしな。けど、これからは倒れた場合……」

リヒトがニヤッと冗談めかして笑うと、セトくんは真面目に頷きながら食い気味に答えた。

「はい！　引き摺ってください！　なんなら蹴飛ばしてもいいです!!」

「いや、本気にしないで？　そんなことはさすがにしねぇからな？　俺らが鬼畜みたいだろ……」

ほ、本気で蹴飛ばされてもいいと思っていそうなくらい目がキラキラしている。リヒトはたじたじだ。きっと、セトくんは冗談を冗談とは受け取れないタイプだよね。素直すぎる！

「セト、この子はマキ。一緒に魔大陸へ勉強しに行く、仲間」

そんなセトくんにロニーがマキちゃんを紹介してくれた。そうだったね。せっかく一緒に魔大陸に行くんだもん。学ぶ分野が違っても少しでも仲良くなってもらえたらいいな。

「仲間……？　わ、わ、えっと、初めまして！　セトって言います」

「は、初めまして、マキ、です」

二人の挨拶は初々しい。緊張感がこっちにも伝わってくるよ。

「セトは年上なんでしょー？　もっと気楽に話せばいいのに」

「アスカは年齢関係なく気さくだけどな」

「えへへ、だってその方が仲良くなれそうじゃーん」

モジモジするセトくんとマキちゃんを見て、頭の後ろで手を組みながらアスカが口を挟む。リヒトの言う通り、アスカは年齢性別など関係なく話せるけど、そうじゃない人は多いからね？

「焦らなくていいよ。ゆっくり、お互いを知っていこう？」

戸惑う二人にフォローを入れると、ホッとしたように二人は頷いてくれた。なんにせよ、人との距離の縮め方にはそれぞれのペースというものがある。相性だってあるだろうしね。この二人は優しいから、きっとうまくやれると思う。だから実はあんまり心配はしていないんだよね。とはいえ、これからは見るもの全てが初めての大陸に向かうのだから、ストレスは少ない方がいい。出来るだけそういう心のケアを周囲にいる私たちがしていきたい。

「それじゃ、街を出たことだし移動の準備すっか」

門兵さんに挨拶をし、街道を歩くこと数分。人通りがまばらになってきたところでリヒトが切り出した。その言葉を聞いてマキちゃんが首を傾げている。

「？　このまま歩いていくんじゃ……？」

あ、そっか。移動について話していた時、マキちゃんはもう寝ていたっけ。セトくんにもまだ説明していなかったよね。二人して疑問符を浮かべているみたい。きっと驚くだろうなぁ。驚きすぎて気を失ったりしないといいけど。

「それじゃあ時間がもったいない。俺らの全力疾走で次の街に向かう！」

「え。……え⁉ 走って行くんですか⁉」

「まぁな。ああ、セトとマキは走らないぞ？」

ビックリするセトくんにリヒトは簡潔に説明をし始める。そう、結局はこの街に着いた時と同じだ。魔術で力を底上げしつつ走る、という原始的な移動である。もっと人数が増えれば乗り物を考えるけれど、二人なのでロニーとアスカで背負ってしまえ、という結論に達したのだ。私たちの中に亜人はいないからねー。獣型になって荷台を牽くってことが出来ないので仕方ない。空を飛ぶ、という案もあったけどさすがに怖がらせちゃうかなって。

それに、いくら膨大な魔力があっても消費が半端じゃなくなってしまう。たくさんあっても限界というものはあるのです。回復に時間がかかるこの大陸では、あまり考えなしに使っちゃダメなのだ。考えなしに使わされている気もするけど。回復薬に頼りすぎるのもよくないし。

「ものすごくスピードが出るけど、影響が出ないように魔術で保護するから。えーっと、つまり安全だから心配しないでね」

「え？」

「そうそう、ぼくらも絶対に落としたりしないしー」

「え？　え？」

「うん。大丈夫。任せて」

　ロニーの背にマキちゃんを乗せながら私が声をかけると、セトくんを背負いながらアスカも笑顔でそれに続く。もちろん、ロニーも頼もしい発言だ。背負われた二人は何が何やらわかっていない様子だけど。でも、必要な説明はきちんとした。魔術に馴染みがないから理解しきれていないというだけで。こればかりは体験してみないとわからないだろうからね。

　ただ、怖くて気を失ったりするかもしれないから、少しずつ速度を上げていこうという対策はしている。魔大陸に住む者たちのような強靭な身体や魔力耐性、魔術への慣れが一切ないのだ。普段以上に丁重に扱わないと。

「魔術の分担は前と一緒な、メグ」

「りょーかい！」

　百聞は一見に如かず。魔大陸に向かうのだから少しずつ慣れてもらいましょう！　リヒトの指示で全員に魔術をかけていく。今回は補助の他に、セトくんとマキちゃんへの保護魔術もかけておく。この程度なら魔力消費もそこまで激しくない。たぶん。だって、魔力が多すぎてあまり細かい魔力量まで覚えていられないんだもん。父様が大雑把な魔術を使うのもそのためである。け、けど！油断は大敵だから出来る範囲で把握するようにはしているよ！　私は父様とは違って、細かい魔力操作が得意だからね！　本当だよっ！

「い、今、魔術をかけたんですか？」

おそるおそるセトくんが聞いてきたので肯定すると、セトくんはマキちゃんと目を合わせて一緒に不思議そうな顔をしている。

「何かが変わったような感じは、しない、ですけど……」

「魔力がないと感知も出来ないんじゃないかなー。ちゃんと保護されてるよー。大丈夫！」

「そ、そうなんですね。不思議だなぁ……」

マキちゃんの質問にアスカが明るく答えると、実感がないからやはりよくわからないのかセトくんはまだ首を傾げていた。

「実際に走り出せば嫌でも体感すると思うぞ。めちゃくちゃ速いのに強い風を感じないし、飛んできた小石なんかも当たらないしな」

リヒトの言う通り、実際に走り出せば嫌でもわかるだろう。というわけで！　リヒトを先頭にしていざ、次の街へと出発進行ーっ！

移動すること三十分ほど。小さな町が近付いて来たので二人を背中から下ろすと、それぞれ違った感想を聞くことが出来た。

「あーっ、楽しかったっ！」

「それなら、よかった」

マキちゃんは途中からキャッキャと楽しそうに声を上げていたよね。強心臓である。

「す、すごかったです……！　こ、怖かったですけど」

「絶対に落とさないって言ってるのにぃ。しがみつくからぼくの方がビックリしちゃった」

「うぅん、平気だよ。そうじゃなくてー。セト、まだ慣れない？　怖かったら移動方法を考え直すよ？」
「す、すみません！」

一方、セトくんはやっぱり怖かったみたいだ。それも仕方ないよね。スピードはそこまで出していなかったと思うけど、この大陸で生活していたら体験することのない速さではあるもん。アスカの言う通り、無理はさせない方針だからきついのであればちゃんと考える必要があるのだ。けど、セトくんは首を横に振って笑顔でそれを否定した。

「怖かったのは確かですけど、だいぶ慣れてきましたから大丈夫です！」
「えー、本当に？　無理だけは絶対にしちゃダメだよ？　ぼくたち、別に急いでいるわけじゃないんだからー」
「本当に本当です！　アスカさんが途中で色々話しかけてくれたおかげで、最後の方は景色も楽しめましたから！」

どうやら嘘ではなさそう。それなら、引き続きこの移動方法で良さそうだ。そっか、アスカってば気を遣ってセトくんに話しかけてくれていたんだね。さすがである。

「そう？　それなら良かった。でも！　移動だけじゃなくて何か不安があったり辛かったりしたらぜーったいにすぐに言ってよね！　我慢はしない！　約束！」
「わ、わかりました！　アスカさんは、優しいですね……。いつか、アスカさんの像も作りたいなぁ」
「えっ、本当!?　それは嬉しいかもー！　ぼく、メグの像の隣に飾ってほしいー！」

アスカの像か。それはかなり美しいものが出来上がりそう！　しかも私の石像を作った人の弟子が作るだなんてロマンがあるよね。私がモデルでなければもっと素直に喜べたんだけど……。いや、言っても仕方ないことをいつまでも考えるのはやめよう。あの像は本当に素敵な仕上がりだったんだから！

「ぼ、僕にそこまでの腕はまだないので……！　それに、石では作品を作ったことがなくて……！」

「そーんなの簡単だよ。魔大陸で修行してさ、いつか作ってくれればいいんだよー！」

自分はまだまだです、と両手を振るセトくんに対し、アスカはどこまでも前向きな答えだ。上達することを疑ってもいないその様子に、セトくんはじわじわと頬を赤く染めていく。

「え、えっと。その、も、目標に！　目標にさせてください！」

「え？　うん。そういう話を今ずっとしてたよね？　ぼく、待ってるね！　セトがおじいちゃんになったとしても待ってるから」

「はい！　必ず！」

案外、目標っていうのはこういうなんてことのない会話から生まれるものなのかもしれないな。少なくとも、今セトくんには明確な目標が出来たのだ。師匠のような作品を作りたい、というものからアスカの石像を作りたいっていう明確な目標に。早速、具体的な目標が出来たみたいで私も嬉しくなっちゃう。

「私も、いつか目標が出来るかな……」

ポツリ、と呟いたのはマキちゃんだ。おぉ、影響を受けてマキちゃんの刺激にもなったみたいだ。

「出来るといいね。ゆっくり探してみよう？」

「ゆっくり……。はい！　これから、ですもんね」

でも、焦りは禁物。よく焦る私が言うのだから間違いない。情けないけどね！　だってなんとなくマキちゃんと私はタイプが似ている気がするのだ。遠慮しがちなところとか、それでいて周囲に置いて行かれないかって焦りを感じるところとか。もしかしたら、一人でなんとかしようって溜め込むタイプだったり？　無きにしも非ずだ。ちゃんと魔大陸に渡る時、引継ぎで言っておかないと。まぁ、オルトゥスの人たちならその点も抜かりなく気付いてフォローしてくれるだろうからあんまり心配はしていないけど！　ワクワクするなぁ。まだスカウトは二人しかいないけど、こうして少しずつ増えていくのかなって考えると嬉しくなる。もちろん、全てがうまくいくわけじゃないってわかってはいるけど。この調子で、他の街でもいい出会いがありますように！

東の王城からいくつかの街を経由して、私たちは中央の都へと到着した。途中で立ち寄った町でも魔大陸は怖くないよ、学ぶ意欲のある人を募集しているよ、など抜かりなく宣伝もしましたとも。でも、今一緒についていくという人はセトくんとマキちゃん以外には見つけられなかった。まぁ、すぐには決められないよね。でも、前向きに考えたいって人は結構な数がいたと思う。今の仕事や生活をすぐには放っていけない、っていう理由で断る人が多かったからね。なので、収穫としては上々である。心を決めたらいつでも連絡してもらえるように手配はしたので、今後少しずつ増えていくかもしれない。

「ぼ、僕みたいにすぐに出発する人の方が少ないんですね……」

「セトの場合はアルベルトさんの理解があったからな。学ぶなら出来るだけ早い方がいいって考えだったし」

それも理由の一つではあると思うけど、一番は……身寄りがなかった、というのが大きいと思う。あまりいい理由とは言えないけど、事実これは本当に大きい。それはマキちゃんの場合も同じだ。家族や今の安定した仕事を、一時的にとはいえ投げ出して他の地へ行くというのは、なかなか即決出来ることではないから。

「さて、と。魔大陸からの迎えは今日の夕方頃に到着するっていうからさ、ひとまず俺らの宿を探そうぜ」

中央の都はコルティーガ国の首都のような場所。だからこの国でスカウトした人たちは一度ここに集まることになっている。こまめに往復するのは時間のロスになるし、スカウトした人たちをいつまでも連れ回すわけにもいかないしね。対策として、鉱山の転移陣を起動するひと月を目安に、集まった人たちの大陸間移動をするんだって。というわけで、この都で人材を一時的に預かる人が魔大陸から派遣されることになっているのだ。

他の調査隊も拠点をつくって人材を一度集める、という同じやり方をとっている。私たちの場合はリヒトがいるので、一度この都に魔力の印をつけてしまえばあとはリヒトが転移で連れて行ってくれるんだけどね。いやはや、まさしくチートだ。でも他の調査隊はその都度、移動することになるだろうから大変そうだなぁ。スカウトした人たちを各自で向かわせることも出来るけど、何かあった時にフォロー出来ないもんねぇ。

「たぶん、だからこそ最も大きな国を、リヒトのいるこのチームが、任されたんだと、思う」

「え？　あ、そっか！」

ロニーの説明にポンと手を打つ。なるほど、転移出来るリヒトがいれば広いこの国の移動も一瞬だ。他にも、移動手段があるチームほど広い国を任されているんだって。実はしっかり考えられていたんだね。てっきり、一度この国を旅したことがあるから選ばれたんだと思っていたよ。それも理由の一つだったとは思うけど。

「ねぇ、この都には皇帝がいるんでしょ？　東の王城の時みたいに挨拶に行かなくていいの？」

「あ、それがあったね！」

アスカが思い出したように言ってくれたおかげで私もハッとする。というか、これ各王城で挨拶しなきゃダメってことかなぁ。ということは、皇帝への挨拶も入れて北、南、西とあと四回もお城に行かなきゃいけないってこと？　こ、これは必要なことだ。うん。頑張れ私。

「それなら、俺だけ一緒に行けばいいよな。ロニーとアスカはオルトゥスから来た人と合流するまでセトとマキのこと頼むよ。街歩きしてもいいし、休んでもいいし」

さすがにセトくんとマキちゃんを連れては行けないもんね。なぜって、たぶんこの二人の方が緊張で倒れてしまいかねないもん。現に、皇帝の名前が出ただけで硬直しているし。普通はこうである。無理もない。

「都についたばかり、だから。少し、休もうか？」

「そうしよー！　ぼく、お腹空いちゃった」

彼らの緊張を解すためか、ロニーとアスカがにこやかに提案してくれた。ありがたいね！　二人もホッとしたように肩の力を抜いているし。

「あ、あの、メグちゃん」

「ん、なぁに？　マキちゃん」

そうと決まれば早速お城に向かおう、と決めたところでマキちゃんに呼び止められる。やっぱりこの子にメグちゃんって呼ばれるとほんわかした気持ちになるなぁ。でも今のマキちゃんはどことなく緊張しているように見える。チラッと見てみればセトくんも。どうしたのかな？

「メグちゃんは、皇帝様に挨拶するほど、すごい人だったんです、か……？」

あ、そういうことか。あれ、言ってなかったっけ？　ルディさんたちには言ったけど、マキちゃんは知らなかったかも。セトくんにも説明はまだだったか。

「私自身はなにもすごくはないんだけど……」

なんか、自分で言うのは恥ずかしいな。二人の反応が予想出来るだけになかなか言い出せない。すると、その気持ちを酌んだのかむしろ逆に空気を無視したのか、アスカがヒョイッと間に入ってきた。

「あははっ、メグだって十分すごい人だよー！　あのね、二人とも。メグはねー、魔王様の娘なんだよ！」

「えっ、魔王様の⁉」

「あ、そういえば、師匠が言っていたっけ。あの石像の天使様は魔王様の娘だって！　あああっ、なんで忘れていたんだろう、僕の馬鹿‼」

「ちょ、ちょっと待って！　落ち着いて！　興奮しないで、大声出さないでぇぇぇ!!」

案の定、特にセトくんが大騒ぎしてしまいましたとさ。は、恥ずかしいからお願い、落ち着いてーっ!!　コルティーガの中央の都にて、ひときわ目立つ集団が楽しそうに騒いでいた、という噂はこの後すぐに街全体に広がることとなるのでした。どうしてこうなった？

第2章・スカウトの成果

1　オルトゥスからの派遣

ロニーたちと別れ、私とリヒトは中央の王城前にやって来た。先ほどの騒ぎのせいでまだ私の顔は赤い。

「あー、恥ずかしかった」

「メグの大騒ぎでも注目集まってたからな？」

「うっ、それを言わないでぇ」

ちょっと取り乱しただけでこれである。私はただ、マキちゃんやセトくんに落ち着いてもらいたかっただけなのにっ。さて、いい加減さっきのことは忘れて切り替えないとね。お城の周辺はほとんど人がいないからちょうどいいや。普通はお城の前の方が緊張するんだろうけど。

「お、お待たせいたしました！　あの、騎士団長が確認をしたい、と」

「ああ、構いません」

城門前に立つ騎士さんに声をかけると、すぐに城内から騎士団長と呼ばれた大柄な男性がやってきた。緊張でソワソワしていた騎士さんと違って、ピリッとした雰囲気を纏っている。強そうだなぁ……。魔術有りで戦えばたぶん勝てる相手だとは思うけど、こういう気迫みたいなものは私には出せないから少し憧れる。

「申し訳ない。規則なので合言葉を頼みたい」

「合言葉？」

　リヒトがその言葉に首を傾げている。合言葉、か……。あ、お父さんが教えてくれたっけ。リヒトに頷いて見せてから私が一歩前に出る。

「では。『コルティーガは闇の中』？」

「『民の道標となる光であれ』。合っていますか？」

　確か、他の王様たちと違って皇帝に会うには絶対に必要なやり取りなんだって言っていた。ここで間違えたら別の場所に案内されるとかなんとか。だから間違えてないよね、って心配になる。ドキドキ。

「はい、確かに。魔王様のご息女メグ様、そしてリヒト様。ようこそおいでくださいました。皇帝陛下の下へご案内いたします」

　はぁ、良かったぁ。安堵のため息を吐くと、リヒトにも騎士団長さんにも小さく笑われてしまった。だ、だってぇ！

「失礼いたしました。メグ様は天使像とそっくりでしたし、一目瞭然だったのですがね。これも決まりですから」

「い、いえ！　気にしないでください！」

　実は顔パスでした、っていうのもそれはそれで微妙な心境だよぉ。はぁ、天使像はここでもやっぱり有名なんだね。当然、この街にも飾られているのだろう。まだ見てないけど見に行くべきか否か悩むところである。

皇帝に会うのだから謁見の間に通されるものだと思っていたけれど、案内されたのは客室だった。東の王城と同じような理由かなぁ。気遣いはいいのにと思う半面、堅苦しいのは苦手だから正直なところ助かる。ありがたや。

「ああ、中央の都へようこそ。私が現在の皇帝カーチスだ」

皇帝さんは四十代前半くらいの男性で、とても穏やかな印象だ。私が会ったことのある皇帝さんではない。確か、当時はルーカスさんって名前だったような。まだ若かった気がしたけど、年数も経過しているからもしかして……。そんな私の表情を酌み取ったのか、皇帝カーチスさんはふわりと微笑んで先代は隠居生活をしている、と教えてくれた。うっ、顔に出るタイプですみません。でもご存命で良かった！

「今、先代にも伝わるよう使いを走らせているのだ。きっとあなた方に会いたがる。どうか会ってもらいたい」

「それは、もちろんです！」

ルーカスさんは今、六十代か七十代くらいかな？　各地の王城で挨拶をするのは緊張するけど、やっぱり知り合いに会えるのは嬉しい。特に皇帝さんには、あの時はお世話になりましたって言いたいもん。

「それともう一人、会いたいと言っている者がいるのだが……」

「もう一人、ですか？」

皇帝さんの他に思い当たる人なんていたかな、と考えかけてすぐに思い至る。

「ライガーさん！」

「あ、ライガーさんか。俺も会うのはちょっと久しぶりだな」

東の騎士団ライガーさんだ。あの事件の時、ちょっとお世話になったしお世話をした人である。

事件の後は、ラビィさんとリヒトの面会時に立ち会ってくれた人でもあるんだよね。私とロニーがラビィさん宛てに書いた手紙も届けてくれて、とても感謝しているのだ。当時、三十代半ばくらいだったから、今は先代皇帝さんよりもお年を召されているだろう。こちらもご存命で本当に嬉しい！

しばらくの間、皇帝さんと旅やスカウトについて話をしていると、部屋のドアがノックされる。

どうやら先代皇帝ルーカスさんとライガーさんが来たようだ。ドキドキ。

「失礼します！」

案内の人がドアを開けると、ドアの向こう側から二人のご老人がゆっくりと室内に入ってきた。

……ああ、懐かしい。年は取っているけれど、面影が残っていてすぐにわかった。

「おぉ……素敵なレディーになられたな。こうしてみると、本当に我々とは流れている時が違うのだと実感する」

先代皇帝ルーカスさんが、とても嬉しそうに顔を綻ばせてそう言った。

「……お久しぶりです。覚えていらっしゃいますか？　貴女（あなた）に怪我を治してもらったこと、自分は今も覚えていますよ」

それからライガーさんも目を細めて胸に手を当てている。年はとっているけれど、相変わらず筋肉質でたくましい体型だ。背筋も伸びていてとてもご老人とは思えない。胸がいっぱいになりながらも、私は収納魔道具からハンカチを一枚取り出した。それから、ライガーさんに差し出す。

「もちろん覚えています。ほら、いただいたハンカチは今も大事に持っていますよ！」

「ああ……っ」

ライガーさんは震える手でハンカチを手に取ると、感極まったように涙を流す。その姿を見ていたら、私も色々と思い出して鼻の奥がツンと痛くなるのを感じた。ああ、年月が過ぎたんだなぁって。客室には現皇帝と先代皇帝が集まるすごい場所になっていたけれど、室内の雰囲気はとても穏やかで優しいものだった。


「今回の挨拶は、なんかこう……色々と懐かしかったよな」

「うん、そうだね。先代の皇帝さんにも、ライガーさんにも、会えて良かった」

中央の王城から出た後、リヒトと並んでそんなことを話しながら宿に向かう。あの後は昔話に花を咲かせてしまったから、ちょっと遅くなっちゃったんだよね。すでに陽が傾きかけている。

「現皇帝が言っていたけど……どうする？」

「うーん……出来れば行きたい、かな」

チラッと視線だけを寄越してリヒトが言ったのは、先ほど提案された話だ。その話とは。

「でも、ラビィさんのお墓参りに行ったら、嫌でももういないんだって実感しちゃいそうで……ちょっと怖くもあるんだよね」

ラビィさんのお墓に案内する、というものだった。ライガーさんは最後までラビィさんとの面会を担当してくれていたから、今でも時々お墓に行くのだそう。それだけでものすごく救われた気持ちになったよ。

「その気持ちはわかるけどさ。あれ以来、メグもロニーも会ってないだろ？　これを逃したら次、いつになるかわかんねーぜ？　ライガーに案内してもらえるのは今がラストチャンスかもしれねーし」

それはそうだ。ライガーさんだってまだまだお元気そうだったけど、もう結構な歳だもん。人間と私たちでは寿命が違うのだから、うかうかなんてしていられない。後になって後悔だけはしたくないし。

「アスカにとってはちょっと退屈かもしれないね」

「だな。うまい飯でもたくさん食わせてやるからって頼みこもうぜ」

「ふふっ、それは名案だね！」

本当は、気が進まない。だけどきっと後悔するし、行けば行ってよかったって思う気がするんだよね。気が進まないのは、私の心の弱さだ。ラビィさんの死を認めたくないっていう、子どもみたいなワガママ。いつまでも、そんなことは言っていられないね。きちんと挨拶をしにいかないと。

ロニーと合流したら、まずはその話をしよう。きっとロニーも首を縦に振ってくれるはずだ。

「もー、遅いよー！」

少しだけしんみりとした雰囲気でリヒトと二人、宿に向かっているとアスカが小走りでこちらにやってきた。あれ？　どこかに出かけるところだったのかな？

「がはは！　随分と長いことつかまってたなぁ、メグにリヒトよ」

「ニカさん⁉」

小さく首を捻ったところで久しぶりに聞く豪快な笑い声に目を丸くする。な、なんでこの国にニカさんが⁉　そういえば、妙に人が多いな？　きっと、身体も大きいニカさんが目立っているから様子を見に来た人がたくさんいるのだろう。

「人だかりが出来てるわけだ。ニカさんがこの街にいてくれるんすか？」

「おう、そうだぞ。お前たちがスカウトしてきた人間をここで一時的に保護し、定期的に魔大陸へ連れて行くのが俺の任務だ」

リヒトの納得したような言葉に、ニカさんは朗らかに答えてくれた。つまり、ニカさんは私たちが魔大陸へ帰るまでの間、ずっとこの都に滞在してくれるってことか。まさかこの役目をニカさんが担当してくれるとは！　ものすごく頼もしいよ！　ただ、周囲の人たちはニカさんのあまりにも良すぎる体格と存在感に戦々恐々としているみたいだけど。

「ニカさん相手なら、変に絡んでくる人もいなそうですもんね」

「がはは、図体だけはデカいからなぁ！」

ニカさんがそう言ってまた笑うと、周囲の人たちはまたしてもビクッと身体を震わせている。周囲に顔を向けると、少しだけ離れた位置にロニー、その後ろに隠れるようにセトくんとマキちゃんがいるのが見えた。ああ、怯えている……！

「そんなことないです！　ニカさんは身体だけじゃなくて、器も大きいですよ！　心も広いです

し！」

なんだか、こうしてニカさんが人々に怖がられるのを見るのは嫌だった。だって、本当はものすごく優しいのに！　ニカさんのことだからそんなに気にしていないだろうし、たぶん滞在している間にその人柄が少しずつ理解されていくのだろうけど、それでも！

「ニカさんは、すっごく常識人なんですよっ！　相手の気持ちに立って考えてくれる優しい人なんです！　あんなに個性的な人たちの中にいて振り回されているのに、本気で怒ったのなんか見たことないんですよ？　オルトゥスの良心といっても過言ではないですからねっ」

つい、力を込めて力説してしまった。周囲の人だけでなく、ニカさん本人も呆気にとられたように目を丸くしている。うっ、注目を集めてしまった！　そんな中、隣にいたリヒトが口元を引きつらせながら話しかけてくる。

「お、おいメグ。それじゃまるで他の魔大陸のヤツらがとんでもなく面倒な人たちだって言ってるみたいだぞ……」

「はっ！」

あ、いやでも、あながち間違いでもない気がする……。う、ううん、間違えるなメグ！　オルトゥスに変な人たちが集まっているだけで、魔大陸の人がみんな変だってわけじゃない。……よね？　たぶん。

「がははは！　やっぱり面白いなぁ、メグよ。ありがとうなぁ、なんだか照れちまうぜ」

「わわっ、もうニカさん！　髪が崩れるよー！」

照れ隠しなのか、ニカさんが頭をグリグリと撫でてきた。ニカさんの手は大きいから、片手で私の頭がすっぽりと収まっちゃうなぁ。ものすごく力を加減してくれているから、痛くもなければジュマ兄のように荒々しくもないけれど。本当に、ジュマ兄はニカさんを見習えばいいと思う。

……なんだか、久しぶりにこうして大人に頭を撫でられた気がする。嫌だとは思わなかった。少し恥ずかしいけどね。ニカさんの人柄がそうさせるのかなぁ？　リヒトやロニーとのスキンシップに抵抗がないのと同じようなものかも？　いやでも、ニカさんと関わる機会はそんなに多くない。

それなのに、こうして受け入れられたのはなんでだろう。あ、れ？　ちょっと待って。恥ずかしくはあるけど、お父さんや父様に撫でられるのも別に嫌じゃないな……？　もうやめてよー、って言いはするけどあからさまに避けないようにはしているのだ。だって悲しませたくはないもん。それは、相手が誰であっても同じなのに。それならなんで……？　なぜ、私はあの時、伸ばされたギルさんの手が怖いだなんて思ったのだろうか。

「メグー？　どうしたの？」

「え？　あ、ごめん。ちょっと考えごとしてただけ」

アスカに顔を覗き込まれてハッとする。いけない、つい考え込んじゃった。へらっと笑って誤魔化したけど、アスカは不満そうだ。何かあるなら言え、って顔に書いてある。

「あー、もしかしたら墓参りの話か？」

「お墓参り？」

どうやって誤魔化そうかと悩んでいた時、リヒトが苦笑しながら間に入ってくれた。あ、それもあったね。考え込んでいたのは別のことだけど、せっかくなのでそういうことにさせてもらおう。

だって、ギルさんを少し怖いと思ったなんてそう簡単に言えないよ……。

「ああ。城でさ、お世話になった元騎士に会ったんだ。その人がラビィの墓に案内してくれるって言うから。お言葉に甘えようかと思って」

「あー……お世話になったっていう人間の？　そっかぁ。それなら気持ちが落ち込んじゃうのも仕方ないね」

アスカはすぐにラビィさんのことを察したようだった。さすがである。でもちょっと嘘を吐いているみたいで胸が痛む。も、もちろんお墓参りのことで落ち込んでいた部分はあるけども！

「それならさ、三人で行ってきなよ！　ニカも来たことだし、ぼくは待ってるから」

「え、いいのか？」

「いいよー！　あ、一緒に行った方がいいなら行くけど。でもそうじゃないなら待ってるよ。だってセトとマキも、まだニカに慣れてないだろうしー」

ぼくがいればちょっとは安心してもらえるでしょ？　と屈託(くったく)なく笑うアスカは天使だと思います。本当に人のことを見ているよねぇ。気の回し方がもはや大人だよ。大人でも出来る人は少ないというのに。私よりもずっとずっと天使のようだよ、アスカ！

「ありがとな、アスカ。それじゃ、そうさせてもらう」

行くにせよ、行かないにせよ、明日は一度お城の前でライガーさんと待ち合わせをし、そこで返事をする予定だった。行く場合はそのまま案内してもらうっていう約束で。だから、お墓参りは明日の午前中。まだほんの少し怖がっているセトくんとマキちゃんには、そこでニカさんの人柄に触れてもらいたいところである。アスカというワンクッションが入るからきっと大丈夫だろう。

「ロニー、ごめんね？　勝手に行くことを決めちゃったけど……」

「ん。大丈夫。僕も行きたいって、思ってた、から」

話がまとまってしまったから、ロニーには事後報告みたいになっちゃったな。そのことを謝るとゆるりと首を横に振られた。

「そっか。私はね、実はちょっと怖いんだ。ラビィさんがもういないって実感するのが、ね」

軽く目を伏せつつ、ロニーにも本音を伝えておく。もしかしたらお墓の前で泣いてしまうかもしれないなぁ。ポン、と頭に手が置かれる。さっきのニカさんの手よりも小さくて、それでいてがっしりとした手。

「それは、僕も同じ。大丈夫、リヒトも、僕もいるから。一人じゃ、ない」

「……うん。そうだよね。ありがと」

顔を上げると、柔らかく微笑むロニーと目が合った。うん、ロニーが相手なら頭を撫でられても怖くないし、恥ずかしくもない。むしろ癒される。兄パワー恐るべしだ。

「ねー、ニカ！　せっかくだから一緒にご飯食べようよー。セトとマキと交流してもらいたいしさー」

「おー、もちろん俺はいいぞぉ。そこの二人、怖いかもしれねぇが魔大陸に行くまでの少しの期間だ。ちと我慢してくれなぁ」

「はっ、はいぃ！」

「だ、だだだ大丈夫、ですぅ……！」

ニカさんの困ったような笑顔に、セトくんとマキちゃんが頑張って返事をしている。どうしてもその迫力に気圧（けお）されてしまうみたいだけど、歩み寄ろうという姿勢があるし、たぶんすぐに打ち解けられるだろう。二人とも、魔大陸に行くことを決めただけあって根性があるよね！　そもそも、好きなことを勉強し続けているくらいなのだ。根性はある方なのだろうな。

「そうと決まれば俺らも行こうぜ！　今日はこれで仕事は終わりってことでさ！」

「随分早い、けどね」

「いーじゃん。この大陸にいる間ずーっと仕事モードじゃ疲れるだろー？」

リヒトにガシッと肩を組まれ、引き寄せられる。反対の腕ではロニーのことも同じように引き寄せているようだ。当然ながら、恥ずかしさも怖さも感じない。その事実が、余計に私を不安にさせる。頭の中ではなぜ？　どうして？　という疑問符がグルグルと回っている。

私、ギルさんが怖いのかな？　ううん、あの時はただ緊張していただけだ。でも、なぜ？　どうして私はギルさん相手に緊張なんかしたの？　それに、ただ頭を撫でられそうになっただけで、どうして心臓が破裂しそうなくらいドキドキしてしまったのだろうか。わかりそうで、わからない。なんだか胸の中がモヤモヤして仕方なかった。


「お昼までには戻りますから」

「ああ、気にせんで行ってこい。アスカのこともセトとマキのことも、しっかり見てるからなぁ」

「ちょっとぉ、ニカ！　ぼくも見守られる側なのぉ？　あーあ、早く大人になりたいなぁ」

翌朝、セトくんとマキちゃんがまだ起きてこない内に私たちは出発することにした。見送りにきてくれたニカさんとアスカが軽口を叩き合っている。

「アスカには期待してるぞぉ？　お前さんがいなきゃ、あの二人はずーっとビクビクして過ごすことになっちまう。それはかわいそうだからなぁ」

「ふふーん、そうでしょ？　ぼくにまかせてよ！」

相変わらずの自信家だ。でも、それが出来てしまうところがカッコいいぞ、アスカ！　ニカさんといい、この二人なら安心してセトくんとマキちゃんを頼めるね。

「それじゃあ、行ってきます。よろしくね、アスカ」

「おっけー！　メグに頼まれたらぼく、張り切っちゃうぞー！」

アスカに声をかけると、嬉しそうに笑ってくれる。それだけで、お墓参りに行く不安が少し解れたよ。ありがたい。お昼ご飯はアスカが食べたいものを選ぼう、そうしよう。

早朝の道は人通りも少ない。そんな中で歩く私もやはり目立つようで、道行く人には軽く会釈されている。ずっと注目されたり変に声をかけられることはないので、東の王様が広めてくれた注意点が民たちにも伝わっているのかもしれない。仕事も早いし広まるのも早いなぁ。助かります！

「ライガーさん、おはようございます」

私たちがお城の前に着くと、そこにはすでにライガーさんの姿があった。ご年配だというのに凛々しい立ち姿に惚れ惚れするね！　素敵な歳の取り方だ。

「おはようございます、メグ様、リヒトさん。そこの貴方は、昨日はいませんでしたな？　ですが、覚えていますよ。確かドワーフの……」

「はい。ロナウド、です」

ロニーのこともちゃんと覚えてくれていたんだね。そのことに嬉しくなる。ライガーさんはロニーの名を聞いて嬉しそうにそうでしたね、と笑った。

「ということは、今日は墓参りに行く、ということでいいんですね？」

「はい。よろしくお願いします」

昨日はいなかったロニーが今日は来た、ということで返事を察したらしい。リヒトが挨拶をすると、ライガーさんはさらに笑みを深めた。

「喜んでご案内いたしましょう。馬車を呼ぶので、少しお待ちを。まだまだ元気ではあるんですがね、老体に山道は少々厳しくなっていましてな」

そう言って片手を上げると、近くに控えていた騎士の一人が走り去っていく。すぐに出られるように馬車の準備はしておいたのだそう。手際の良さに、有能さが窺い知れる。というか、たぶんライガーさんの言ったことは半分以上、冗談なんだろうな。聞けばそこまで遠いわけではないみたいだし、今もしっかりとした足取りのライガーさんが山道は厳しいと言うとは思えない。きっと、私たちのために馬車を用意し、気兼ねなく乗ってもらえるようにとの心遣いだよね。優しい。

ライガーさんの言った通り、馬車はすぐに私たちの前にやってきた。きちんと人が乗れる箱形の立派な馬車だ。幌付きの荷馬車ではない。魔大陸にある獣車は荷馬車タイプなので、こんなにお上品な馬車は初めてだ。ちょっと緊張する。それはリヒトやロニーも同じだったようで、三人で顔を見合わせて笑ってしまった。事情を聞いたライガーさんも、それは意外だと微笑んでいた。

四人で乗り込むと、馬車はゆっくりと動き始める。ここから街を出てすぐの位置に共同墓地があるんだって。

「てっきり、お墓は東の王城近くにあるんだと思ってました」

いや、ただなんとなくそう思い込んでいただけなんだけど。だって、ラビィさんは東の王城で捕らえられていたから。でも、考えてみればそれはたまたまだ。リヒトとの面会がしやすいようにという配慮もあったのだろう。収容所は東の王城だけではないのだから、普通に考えて共同墓地は中央にあるよね。自分で質問しておいて自分で答えるという恥ずかしさ。す、すみません。

「ははは、もちろんそれも理由の一つではありますから。一番の問題は土地の広さなんですよ。囚人は身寄りのない者が多いですからね。そういった者たちを埋葬する広い場所の確保が出来るのはこの付近しかないということです」

ああ、なるほど。場所の確保かぁ。身寄りがあるなら囚人でも引き取ってもらうらしいけど、その逆で身寄りがなければ囚人じゃなくても共同墓地に埋葬されるという。きちんと弔ってもらえると聞いて、少しホッとした。リヒトはお墓の場所を魔力登録しておくという。そうすればいつでもお参りに来られるもんね。また来る時は、一緒に連れて行ってもらおう。これからは怖がってないで定期的にお花を供えたい。

「あれ？　でも、リヒトはまだ行ってなかったの……？」

「実はそうなんだ。行こうと思えば行けたんだけどさ。なんつーか……お前らよりも頻繁に会っていた癖に、訃報を聞いたらどうしても行く気になれなくてさ。親不孝者だよなぁ？　本当の親でもねーんだけどさ」

んー？　リヒトがやけに明るく、早口になった。こういう時のリヒトは、不安だったり悲しかったり、とにかく心細いと感じているんだよね。それなりに長い付き合いになってきたからわかるよ。それに、魂の繋がりをなめてはいけない。私は身を乗り出して対面に座るリヒトの膝の上に両手を置いた。驚いたリヒトがやや後ろに仰け反る。

「な、なんだよ、メグ」

「大丈夫、私もロニーもいるんだからね！」

きっとリヒトや私だけじゃなくて、ロニーだって同じような気持ちになっているよね。だからリヒトをジッと見つめてそう言った後、チラッと振り返って私の隣に座るロニーにも強く頷いて見せた。リヒトもロニーも呆気にとられたように目を丸くしていたけど、すぐにふにゃりと表情を崩して苦笑を浮かべる。

「……ああ、ありがとな。くくっ、なんだよメグ。昨日ロニーに同じこと言われてたくせに。頼もしいぞ、こんにゃろー」

「そ、それは言わないでよーっ！　あ、ちょっともう少し優しく撫でてー！」

見透かされた、とすぐに理解したのだろう。リヒトは私の頭を乱暴に撫でながら朗らかに笑った。照れ隠しですか？　そうですか。まぁ、許してあげるよ。ライガーさんも見ていることだし、ね！

体感で三十分くらいだろうか。馬車が減速していき、停車する。どうやら着いたみたいだ。ライガーさんが最初に降りて手を差し出してくれている。

「メグ様、よければこの老いぼれにエスコートさせてください」

「ライガーさん……！　ふふっ、ありがとうございます」

ちょっぴり照れ臭かったけど、ここで断るのは逆にライガーさんに失礼だよね。お礼を言いながら手を取ると、流れるような所作で馬車から降ろしてくれた。慣れていらっしゃる。ライガーさんにとってはこれが当たり前のことなのかもしれない。そのままライガーさんにエスコートされながら墓所を歩く。共同墓地っていうから少し雑多なイメージがあったけど、管理者がいるからか意外と綺麗だ。ただ、墓石が本当に多い。それだけたくさんの人が埋葬されているってことなのだろうけど。

「こんなにたくさん、墓石が並んでいるの、初めて、見た」

「ああ、ロニーは初めてか。人間は出生率も多いけどその分魔大陸のヤツらより短命だからな。これくらいが普通だ。共同墓地だから余計に多いってのもあるけど」

そっか、ロニーは初めて見たのか。私やリヒトは前世での知識もあるからさほど驚かなかったけど、魔大陸の人が初めて見たら驚きもするよね。

「魔大陸の墓所は、やはりここととは違うのですか？」

今度はライガーさんが訊ねてくる。曰く、大きさの規模は違えど人間の大陸の墓所は大体こんなものだという。えーっと、魔大陸のお墓のことだよね。亡くなった人の魂の美しさに比例して墓石が白くなるんだっけ。そうじゃないのもあるみたいだけど、それが主流なんだよね。

「それはまた不思議ですな……。魂の綺麗な者、ですか。この大陸では白い墓石の方が珍しくなりそうですなぁ」

遠い目をしながらライガーさんが口にした言葉は、否定も肯定も出来なかった。人間って、醜い生き物だから。悪口じゃないよ？　そういうものだって話。もちろん私だって魂は人間なのだから、自分の墓石が白いとはとても思えないし。何千年先かはわからないけど、いつか私のお墓を建てた人は白くなくてもあまり驚かないでもらいたいものだ。

「ここですよ。小さな石しか置けなくて申し訳ないのですが……。私が責任をもって埋葬させていただきました。心は込めましたよ」

「ライガーさん、自ら……？」

まさかの事実に三人揃って目を見開く。そっか、そこまでしてくれていたんだ。感謝してもしきれないよ。

「……ありがとうございます、ライガーさん。本当に」

リヒトが頭を深々と下げ、それに続いて私とロニーも頭を下げた。ライガーさんは慌てて手を振ったけれど、これだけではお礼が足りないくらいだ。本当に、本当にありがとうございます……！

「さぁ、私のことはいいから。ラビィにも挨拶をしてやってくだされ」

「……はい」

ラビィって呼んでくれていたんだ、とリヒトが呟くと、ライガーさんは照れたように笑う。本当は立場上「セラビス」という本名を呼ばなければならなかったけど、自分の名前はラビィだからと本人に言われたんだって。だから、周囲に人がいない時だけはラビィと呼ぶようにしてくれたのだそう。そっか。……そっかぁ。嬉しくて、鼻の奥がツンとする。

リヒトが前に出て、ラビィさんの墓石の前に立つ。それから膝をついて真っ直ぐ墓石を見つめた。

私は収納ブレスレットから花束を取り出した。昨日の内にお花屋さんで用意させてもらったよ。魔大陸で摘んだ花や、買った花束もあったんだけど……。馴染みのあるこの大陸で用意したものの方がいい気がしたから。

「……よぉ、ラビィ。遅くなって、ごめん」

私がそっと花束を墓石の前に置くと、リヒトが掠(かす)れた声で話しかける。少しだけ二人にしてあげよう。そう思った私はロニーと目配せをしてリヒトから少しだけ距離を取った。離れた位置で見るリヒトは、なんだか迷子の子どもみたいな目をしていた。

リヒトは墓石に向かって話しかけ続けている。内容はあえて聞かないようにした。聞いていてもいいって本人は言うだろうけど、なんとなく、ね。あんまり邪魔をしたくないなって思ったんだもん。しばらくして、納得したのかリヒトは立ち上がり、私たちの前に戻ってくる。お前らも挨拶してやってよ、と笑うリヒトはやっぱりどことなく辛そうだった。

「メグ、先に行っていいよ」

「うん、わかった。ありがと、ロニー」

ロニーにそっと背中を押されて、今度は私がラビィさんの墓石の前に立つ。ああ、なんだかこの前に立つと一気に込み上げてくるものがあるな。リヒトもこんな感覚だったんだ。そりゃあ辛くもなる。涙がこぼれそうになるのをグッと堪えて私もその場に膝をつく。それから手を組んで目を閉じた。

ラビィさん、覚えているかな？　私のこと。私はずっと覚えていたよ。忘れたことなんかなかった。一度も会いに行かなかったくせにとか、薄情者だって言うかな？　それについてはごめんなさい。ラビィさんが会いたくないだろうからとか、リヒトと二人の時間を邪魔したくないだとか、そういうのは私の言い訳だったと思う。ただ、私が怖かったんだ。どんな顔して会えばいいのかわからなかったから。

「……っ。一度くらい、会いに行けば、良かった」

ごめんなさい。ごめんなさい、ラビィさん。やっぱり私は薄情者だ。弱虫の怖がりだ。今更、後悔したって遅いのに。でも、お墓参りはこうして来ることが出来て良かった。行動に移すのが遅いって言うかもしれないけど、もう逃げないよ。また絶対にお参りにくるから。嫌だって言われたって行くんだから。

「ラビィさんに教えてもらったことは、今もずっと私の胸の中にあるよ。これからも、ずっと。本当にありがとう、ラビィさん。ゆっくり、休んでね」

前を向こう。後悔を忘れないように。痛みを抱えながら、私はこれからも生きていく。長く生きるから、もしかしたら生まれ変わったラビィさんと会うことがあるかもしれないよね。気付くことは出来ないかもしれないけれど。次に生まれ変わった時は、どうかラビィさんにとって幸せな人生を歩めますように。

私が立ち上がってリヒトとロニーの方を向くと、二人とも少しだけ悲しそうに微笑んでいた。たぶん、私も同じような顔をしているのだろう。ゆっくり歩み寄って、ロニーと交代。ロニーがお参りしている間は、リヒトも私も何も言わなかった。ただ黙って、ロニーがラビィさんと語り合うのを待つ。隣に立つリヒトに何か声をかけようとしたけど、止めた。だって、言葉なんていらないよね。そう思ったから。

「ありがとうございました、ライガーさん」

「いいや。力になれて何よりですよ」

帰りもお城の前まで馬車で送ってもらい、降りたところでリヒトがライガーさんに改めてお礼を言う。もちろん、ロニーも私もそれに続いてお礼を言ったよ！

「あ、あの！　ライガーさん、これ……」

ここまで色々とお世話になったんだもん。それに、この先また会えるとは限らない。だからどうしても何かお礼がしたかった。とはいえ、渡せる物があんまりなかったから魔大陸で摘んだお花を花束にして魔術でドライフラワーを作ったのだ。即席で申し訳ないし、大したものではないんだけど、どうしても気持ちを伝えたかったんだもん！

「これは……」

「魔大陸で摘んだお花なんです。香りも長く楽しめるように魔術をかけました。その、少しでもお礼になっていたらいいんですけど……」

ライガーさんは少し手を震わせながらドライフラワーを受け取ってくれた。目元にうっすらと涙が光って見える。

「こんなに素敵な贈り物は初めてです。大切に……大切にします」

「……はい。私もハンカチ、これからもずーっと大切にしますからね」

良かった。喜んでもらえたみたい。お城の前で私たちは穏やかな気持ちで笑い合う。それは悲しくて、寂しくて、それ以上に幸せな時間だった。

2　旅の終盤

「あ！　メグちゃん！　おかえりなさい！」

宿に戻ると、真っ先にマキちゃんが出迎えてくれた。部屋にはセトくんとアスカ、ニカさんもいたからなんだか狭く感じる。四人部屋だから人数的には普通なんだけど、ニカさんが大きいからね……！

「おかえり、みんな！　うーん、なんだかいい顔してるね、三人ともー」

「ははっ、そうかもな！　うん、行ってよかったよ。留守番ありがとな」

続いてアスカが私たちを順番に見つめながらそう言って出迎えてくれる。本当によく見ているんだな。

「んじゃ、みんなが揃ったところで拠点に向かおうと思うんだが。少し休憩してから行くかぁ？」

「拠点、ですか?」

ニカさんに聞き返すと、ここは俺には狭いからなぁと豪快に笑う。確かに、ニカさんがイスから立ち上がるとギシッと床が軋む音がするもんね。本当に窮屈そうだ。

「長期滞在になるだろぉ? それに人数も増えていく。街の宿屋に負担がかかるからなぁ。だから街の外に簡易テントを張る許可を貰ってんだ」

なーるほど。確かにこのまま宿に泊まり続けるのは双方にとって負担だよね。街にお金を落としたいのは山々だけど、時と場合によるということだ。簡易テントならもっと広いし、人数が増えてもテントを増やせばどうにかなる。オルトゥス特製のテントだろうから部屋も分けられているし、場所さえ貸してもらえれば森の中でも問題ないもんね! 話を聞いてリヒトがよしっ、と声をあげる。

「じゃあ、まずは拠点に移ろう。場所の確認をしてから飯にしようぜ! アスカじゃないけど、腹減ったー!」

「ちょっとー、ぼくがいつでも腹ペコみたいじゃない。その通りだけどっ」

ふふ、アスカは本当にいつでもお腹を空かせているイメージがあるもんね。小さな室内で賑やかな笑い声が響く。そうと決まればみんなで移動しよー!

拠点の場所は街を出て本当にすぐの場所だった。街を囲む塀のすぐ近く。門兵さんの目もちゃんと届く場所だからこの街としても安心だろうし、テントの存在を不審に思った人たちが質問してきてもすぐに対応が出来る。さすがはニカさん。しっかり考えられているよね! これからはスカウトした人材をこのテントまで連れて行けばいいってことか。転移で。リヒトが。

「ど、どうなってるんですか、これ……」

「わぁ、やっぱりすごぉい！」

簡易テントの中に入ったセトくんとマキちゃんは、予想通りの反応を見せてくれた。驚きを通り越してもはや呆れ半分なセトくんに、目をキラキラさせて喜ぶマキちゃん。まぁ、マキちゃんは簡易テントを見るの、二回目だもんね。

「あはは！　魔大陸の中でもオルトゥスのこの技術は頭おかしいから！　たぶん、その内慣れるよー」

「頭おかしいは、言い過ぎ。その通りだけど」

「ロニーだって思ってるんじゃないー」

二人の反応を明るく笑い飛ばすアスカの言い方は確かにアレだけど、言いたいことはわかる。こんなにすごすぎる物を作るのだから、おかしいって言いたくもなる。もちろん、褒め言葉だ。セトくんやマキちゃんもいずれ慣れるだろうけど、これが当たり前ではないからね、と念を押す。私のように常識に偏(かたよ)りが出ちゃうからね！　一般的っていう基準がわからなくなって苦労するんだから！

「セト、マキ。今日からこっちに泊まるか？　俺たちは宿を使うけど」

軽く内部を見て回ったところでリヒトが提案する。確かにもうこの二人は宿に泊まる必要はないもんね。

「えっと、その方が宿代も浮きますし、そうさせてもらいます」

セトくんはしっかりしているなぁ。もちろん宿代のことは気にしなくていいんだけど、そういう考え方が出来るってところが大切なんだよね。お金も物も、出来る限り無駄にしないという心構えは大事である。私たちはあえて使うという目的があるから別だけど。

「あ、あの。メグちゃんたちはもう次の場所に行くんですか……？」

一方マキちゃんは楽しそうだった雰囲気から一変、心細そうに聞いてきた。うっ、答えにくい！

でも、ちゃんと言わないとね。私はマキちゃんの両手をそっと取って目を合わせた。

「すぐには行かないよ。まだこの街でもスカウトしたいからね。でもそれが終わったら出発する。マキちゃんたちと一緒に勉強したいっていう人を他の場所でも探さないと」

「そ、そうですよね……」

すぐには行かないと聞いてホッとしたように微笑んだマキちゃんだったけど、ウルッと瞳が揺れてドキッとする。ああっ、心が痛む！　泣かないように、って我慢している姿もまたグッとくるなぁ。健気……。

「不安だと思う。寂しいって思うかもしれない。でも、ニカさんはすっごく優しいから心配しなくて大丈夫だよ。また新しい仲間をここに連れてくるから。ね？」

「は、はいっ。あの、ニカさんが優しい人なのは、もうわかります！　でも、やっぱり仲良くなった人と離れるのは寂しいなって。ちょっとだけ、そう思っただけなんです！」

天使かーっ！　私などよりマキちゃんの方がずっと天使だよー！　離れがたい。私もここで待っていたい。しかし仕事を忘れてはならないーっ！　ぐぬぬ、と唸(うな)っているとついに堪え切れなくなったというようにニカさんが豪快に笑いだした。この場にいた全員がその声にビクッと肩を揺らす。

だって声が大きいんだもん！

「がははは！　ああ、ごめんなぁ。つい！　だってよぉ、マキの姿はまるで、昔のメグみたいでなぁ」

「え？　私？」

「そうだぁ。それで、今のメグは当時の俺たちだ。メグがあの時の俺たちの立場に立ったんだと思うとおかしくってなぁ！」

幼い時の私ってこんな感じだったんだ⁉　いや、自覚はないんだけど。だってこんなに天使だったとは思えないし……。あ、でも。中身が大人だから理性の方が強く働いていたし、幼い子にしてはかなり我慢強かったかもしれない。困らせないようにって寂しいのを堪えたこともあったっけ。

そして私はすぐ顔に出る女。……なるほど。今のマキちゃんと同じように見えていたのも納得だ！健気でいい子だったんだね、私。当たり前に過ごしていたことが大人目線だとこう見えていたってことか。今になって初めて知ったよ。

「メグとマキは、なんとなく、似てる」

「あー、それは俺も思った。見た目とかじゃなくて、雰囲気みたいなのが似てるよな」

「ぼくも！　ぼくも思ったー！」

ロニーが言ったのを皮切りに、リヒトやアスカが口々に似ていると言う。私とマキちゃんは思わず目を合わせた。雰囲気が似てる、か。マキちゃんは穏やかでふんわりだ。私の場合はぼんやりしているだけだと思うけど。ちょっぴり恥ずかしくてえへへ、と笑うとマキちゃんも頬を少し赤くしてはにかんだ。

「メグちゃんに似てるだなんて、照れちゃう……」

「ふふっ、私も照れちゃうな。でも、マキちゃんと似ているって言われて嬉しいよ！」

「わ、私の方が嬉しいですよっ⁉　天使様に似ているだなんてっ！」

いや、実際には天使じゃないからね？　種族柄、見た目が整っているだけだからねっ！

結局、セトくんとマキちゃんは今日からこの簡易テントで過ごすことになった。安全面からいってもその方が安心だしね。私たちがお墓参りに行っている午前中の間に、二人ともだいぶニカさんには慣れてきたみたいだし、この調子なら大丈夫そうだ。まだ緊張はしているみたいだけど、時間の問題だろう。昼食を食べ終えたら、また私たちとは別行動だ。ニカさんが二人を連れて街を歩いてくれるらしい。しばらく滞在するから、何がどこにあるかを覚えておいてもいいだろう、とのこと。ずっとテントで待っていても暇だもんね。

私たちは何をするかと言えば、当然スカウト活動である。この街はコルティーガの中心都市でもあるのだから、声をかけないわけがないのだ。ここまで来る途中で出会った人たちのように、即決してくれる人がいるかはわからないけどね。興味を持ってもらうことが第一歩だから、地道にコツコツ声をかけます！　ただ、広い街なのでまた二手に分かれて行動することに。ロニー、よろしくね！

「ちょっとくらいメグと二人でデートしたいよーー！」

「さすがに許可出来ねーなー。魔大陸ならまだしも、この大陸で子ども二人にはさせられねぇよ。任務じゃなくても、な！」

「わかってるけどーっ‼」

アスカがごねている。リヒトやロニーも、私たちなら多少は大丈夫だろうとはわかっているけど、許可は出せないよね。それもわかるからこそ、アスカも無理に貫こうとまではしていない。

「ねぇ、アスカ。魔大陸に帰ったら出かけようよ。正式に仲間になったお祝いに、行きたいところに付き合うよ！」

「そっか。ぼく、戻ったらオルトゥスの仲間になれるんだっけ……」

私の言葉にアスカはハッとしたように呟き、それからじわじわと笑みを浮かべ始める。そうだよ、そうだよ、そうなんだよ！　私もアスカが仲間になるの、ずっと楽しみにしているんだから！

「よぉし、メグ！　今の言葉聞いたからね！　約束だよぉ？」

「うん、約束。だから今は頑張ろう！」

「わかった！　もう文句言わないっ」

両拳を軽く握って決意を新たにするアスカの笑顔は眩しい。もっと大人になってもこの素直さが失われないでほしいな。

「アスカの手綱を握るのがうまくなったよな、メグ」

リヒトの言い方はちょっとアレだけど、単純で可愛いなと思ったのは事実です。リヒトからソッと目を逸らすと、呻き声が聞こえてきたのでアスカに脛でも蹴られたのだろう。自業自得である。

こうして私たちはワイワイと話しながら街へと向かうのでした！

中央の都でスカウトをすること七日ほど。この都ではまた二人の人材を誘うことに成功した。今の生活や仕事などの理由でまた数年後に、という約束も数件あったし、考えてみたいって言ってくれた人ならかなりたくさんいた。大きな街とはいえすごい成果だと言えよう。頑張った！　私たち、頑張った！　この街で増えた二人は住む場所が元々ある人たちなので簡易テントに泊まることはないけれど、セトくんやマキちゃんの紹介は済ませたよ。一緒に頑張る仲間だからね。四人とも緊張気味だったけど、すぐに打ち解けたみたいで私たちも安心した。すでにセトくんとマキちゃんはニカさんとは完全に打ち解けているし、マキちゃんの発作が出ることもなく穏やかに過ごせている。もしもの対応もニカさんに任せれば問題ないから不安要素はなくなった。

そろそろ頃合いだろうということで、私たちは次の街へと向かうことにした。もう少しいてもよかったんだけど、噂は十分に広まっただろうから問い合わせがあればニカさんが受け付けてくれるしね。キリがないもん。

「うぅ、いってらっしゃい。メグちゃん」

「マキちゃん……！　魔大陸に帰ったらいつでも会えるからね！」

「うん！　それまで私、頑張ります！」

私とマキちゃんはひっしと抱き合った。いつの間にか妹みたいな存在になったマキちゃん。お姉ちゃんも寂しいよぉ！　そんな私たちを生温い眼差しで見守る皆さん。あ、この視線は知ってるぞ。サウラさんとハグをしている時にもこんな風に見守られた気がするもん！

「ニカさん、あとはよろしくお願いします！」

「任せとけ！　お前たちも気を付けてなぁ」

名残惜しいけど、いつまでもこうしてはいられない。ニカさんやスカウトしたみんなに見送られながら、私たちは再び旅立った。ああ、後ろ髪を引かれるぅ！

「どんな順番で回る予定なの？」

人が少なくなるまで普通の速度で歩く私たち。まだ細かい部分は決めてなかったんだよね。ゆる旅である。で、旅の予定についてはリヒト曰く、北、西、南の順で回って最後に中央に戻ってくるという。

「北は寒い地域だから。これからどんどん寒くなるし、後回しにすると、移動が辛くなる」

「そーそー。それに真冬になるとみんな家から出なくなってくるからさ。そうなるとスカウトどころじゃなくなるだろ？」

ロニーの説明に、リヒトが補足をいれてくれた。魔大陸よりも人間の大陸の方がハッキリと四季のようなものがあるんだっけ。地域による環境の差が大きいんだったかな？　ただまぁ口ぶりから察するに、北は雪国みたいなものなのだろう。陽が射す時間が極端に短いっていうからかなり厳しい寒さになるのかも。

「ねーリヒト？　マフユってなに？」

「え？　……あー、そっか。無意識に使ってたけど、四季については知らないんだっけ。ひょっとしてロニーも知らない？」

「季節によって気候が変わるってことなら、わかる。でも、マフユは、知らない」

春夏秋冬は知らないってことか。いや、単語を知らないだけでこの世界には別の呼び方があるのかもしれないな。魔大陸では使わない言葉だし、この世界での言い方は私も興味がある。

「俺らが元いた世界にはさ、春夏秋冬っていう言葉があって。季節が大きく分けて四つあったんだ。春、夏、秋、冬ってさ」

リヒトが説明を始めてくれる。久しぶりだなぁ、この感覚。あまり日本にいた頃の話って誰かに説明することがないから。

「ちょっと待って。元いた世界って？　それに、俺らってどういうこと？」

しかし、説明を遮って（さえぎ）アスカがさらに首を傾げた。そ、そうでした。アスカはまだ色々と知らないことが多いんだっけ。オルトゥスの仲間になってからゆっくり説明する予定ではあったけど、ここまで聞かされてまだ内緒です、っていうのはさすがにないよねぇ。後回しでいいかって思っていたけど、こういう普通の会話で引っかかるものなんだな。

「…………アスカ」

「何さ」

「とりあえず一度確認するんだけど。お前、俺やメグのことどこまで知ってるんだ？」

「どこまでって言われても、ぼくも意味わかんないよ？」

リヒトの気持ちもアスカの気持ちもわかる。正直、私もアスカがどこまで知っているのかわかっていないんだよね。どこかで誰かから聞いているかもしれないし。そう思ってここまで引っ張っちゃったんだからいい加減、教えた方が良さそう。

「もうこの際、最初から全部話しちゃおうか。長くなるからなかなか切り出せなかっただけで、別に隠しているわけでもないし。あっ、あんまり言いふらされるのは困るけど！」

「うん、そうして！　なーんかぼくだけ除け者みたいで嫌だったんだよ。ただでさえ人間の大陸はぼくだけ初めてだしさー」

口を尖らせて拗ねるアスカを見ていたら余計に申し訳なくなっちゃったな。そうだよね。自分だけ知らないことがあるのって寂しいよね。今は四人で旅をしているのに、同じ仲間なのにって。

「よし、わかった。ただ、移動しながらな？　休憩の時とか、合間に少しずつ話していく感じでいいか？　全部を話していたら時間のロスになるし」

「それでいいよ！　やった！　やっとメグの話が聞けるー！」

アスカなら大丈夫だとは思うけど、私の話って突拍子もないっていうか、そんなことある？　ってエピソードばっかりだから引かれないか心配だ。ちょっと気恥ずかしいし。それでも、ちゃんと話すって決めたもんね。まずは私がこの世界に来た時の話からしていくとしますかー！

というわけで、私は歩きでの移動時間や休憩時間を使って一つ一つアスカに話して聞かせ続けた。アスカは聞き上手で、基本は黙って聞いてくれたよ。ただ目が本当に輝いているんだよね。未知の出来ごとに興奮を隠せない様子で、話しているこっちがたじたじになっちゃった。時々、疑問に思ったことを質問してきたり、ロニーも一緒になって驚いていたりもした。思えば、ここまで詳しくはロニーにも話していなかったもんね。それにしても食いつきすぎだとは思うんだけど。

「だって、外でもないメグの話だもん。大好きなメグのことなら何でも知りたいって思うじゃなーい」

「アスカったら。でも、気が楽になるかも。ありがとね」

「ぜーんぜん響いてないけどメグがいいって言うならまぁ、いっかー……」

たまに今のように不服そうな顔を見せて何かを呟くけど……。物語ではなく実際にあった出来事の話だから面白くない部分もあるよね、ごめん。でも、ハイエルフの郷での一件はかなり興奮したみたい。やっぱり男の子だね。戦闘の話になると食いつきが違う。

「今は定期的にハイエルフの郷に行ってるって聞くのに、そんなことがあったんだねー。不思議ー」

「あ、あはは。まぁ、シェルさんとちゃんと和解が出来たのかって言われるとちょっと微妙なんだけど……」

有耶無耶（うやむや）で終わった感はあるんだよね。謝ったことも、謝られたこともないから。マーラさんやピピィさんには何度も謝られているんだけどね。ただ、あの人が正直に謝ってくるとはとても思えない。そんな日が来たらそれはそれで怖い気もするし。でも、遥か昔のご先祖様は神様だったとか、神に戻るための種族がハイエルフなのだとかいう話はどこまでが真実なのかはちょっとだけ気になっている。ハイエルフの人たちが嘘を伝えるわけはないとは思うけど、これだけの年月が過ぎているのだからどこかで情報が間違って伝わっているってことはありそうだもん。

実際、シェルさんは本気で神に戻ろうと頑張っていたわけでしょ？　今は興味を失っているとはいえ、本気だったことは事実だ。そして、あと一歩だったとも聞いたような気がする。どんな条件があればハイエルフが神になるんだろう。

そもそも、この世界の神様ってどんな存在なんだろう。人間はどうか知らないけど、魔大陸の人たちはこれといって信仰はないから馴染みがないんだよね。自分の特殊体質である夢渡りについて調べた時、チラッとその辺りに触れたけど……。まるで神話だなぁという感想だけでスルーしていた。機会があれば一度、その辺りを調べてみてもいいかもなぁ。自分の種族の歴史くらい、知っておいた方がいい気もするし。

「ねー、それで？　その後はどうなったのー？」

「あ、えっとね。一度私が風の中に捕まっちゃって、自力で抜け出したんだけど……」

続きをせがむアスカに思考を引き戻される。ハイエルフについて調べるのは、魔大陸に帰ってからだね！　引き続き私は、昔を懐かしみながら続きを話して聞かせた。


コルティーガ国北部はすでにかなり寒くなっていた。もう雪が降ってもおかしくはない気温だと思う。魔術付与がされている戦闘服を着ていた私たちだけれど、見た目が寒々しいということで急遽コートを買うことに。いくら魔大陸の文化にも慣れてもらいたいとはいえ、見てるだけで寒い！と思わせてしまうのはさすがに申し訳ないからね。せっかくなので北の王城がある大きな街でそれぞれ購入することに決めた。経済を回そう！

「め、メグ！　今度はこっち着てみてよ！　うわー、可愛い！　やっぱり可愛い系かなぁ。でもさっきのデザインもいいんだよねー。大人っぽい雰囲気がまた素敵だったしー」

「ちょ、ちょっとアスカ、落ち着いて……！」

そして今、私は服屋さんで着せ替え人形と化しています。どうしてこうなった。リヒトやロニー、アスカのコートはすぐに決まったのに私の物だけまだ決まっていないのだ。私としては動きやすければどんな物でもいいんだけど。なんなら、当店の人気商品ですって店員さんに持ってきてもらった最初のヤツで良かったのだ。それなのにアスカったら。

「人気商品ってことはみんなが持っているんでしょー？　メグが同じものを着ていたら似合いすぎの可愛すぎで買った人がみんな自信をなくしちゃうよ？」

　こんなことを言い出すものだから未（いま）だに決められずにいるというわけ。かれこれ三十分は経過している。というか大げさでしょ……。さらに解せないのは店員さん、ついには店長さんまでがやってきて大真面目に「確かにそうだ」と一緒に悩み始めたことである。だから大げさですって。

　最終的に、「この中からメグが気に入ったのを選んで！」とアスカに言われたことでようやくコートを購入。正直、どれでもよかったけどここで悩んだらずっと待っていてくれたリヒトやロニーに申し訳ないから天の神様に決めてもらいましたよ。はい、脳内で「どれにしようかな」を高速でやりました。その結果、選んだのはちょっとだけ大人っぽいシンプルなデザインのコート。キャメルの膝丈まであるコートで、ベルトを締めればワンピースにも見える一品だ。

「うん、うん。シンプルだからこそメグの可愛さが引き立つねー！　グッと大人っぽくなってとっても似合ってるよ！」

「あ、ありがとう……でも褒め言葉はもういいよぉ！」

　試着段階ですでに何度も褒め言葉をかけられているからもうお腹いっぱいです！　リヒトやロニーも苦笑いだ。本当にお待たせしてごめんね……。

「でも、この店はかなり服の種類があるよな。人間の大陸では珍しい気がする」

「それは、確かに」

これまで見た街にも服のお店があるにはあったけど、どれも似たり寄ったりのデザインだったよね。中央の都でさえ、品数はあれど種類は選べるほどなかった。ここのお店はコート以外にも本当にいろんなデザインの服が取り揃えられていて、まるでランちゃんのお店みたいだ。もちろん、ランちゃんのお店の方が品揃えは豊富だけれど。

「おかげですっごく悩んじゃったよー」

「アスカ、楽しそうだった、ね」

「そりゃあそうでしょ！　っていうか、こんなに可愛いのに着飾らないとかあり得ない！」

ロニーがクスッと笑うと、アスカは真剣な顔で力説し始めた。可愛い子は何を着ても可愛いけどより良いデザインの服を着ることでさらに輝くとかそういうことをツラツラと。ま、待って。そろそろ私の恥ずかしさが限界を超えてしまう！

「つまり、メグが着る服に一切の妥協(だきょう)は出来ないってこと！　ま、どんな人でもそれは言えることだけどねー。だって、気に入った服を着ると気分も上がるじゃない？」

「も、もういいから！　早くお店から……」

アスカのヒートアップが止まらない。騒いだら迷惑にもなるし、そろそろ行こうと声をかけた時だった。

「す、す、素晴らしいわ！」

店の奥から女性の声が響いた。ビックリして声の聞こえた方に目を向けると、細かいウェーブの黒髪を肩口で揺らした綺麗なお姉さんが感動したように目を輝かせて私たちに近付いてくるところだった。お店の店長さんがオーナー！　と驚いた顔をしている。女性は真っ直ぐアスカの前まで来るとズイッとさらに顔を近付けて言葉を続けた。

「まさか、私と同じ考えを持つ人に出会えるなんて！　あなた、お名前は？　なんだかものすごくキラキラしているわね！　私はオーナーのリンダよ！　もう少し話を聞かせてくれないかしら！」

「えっ、あの、あのー、ちょっと近いんですけどー！」

さしものアスカも軽く引いている。す、すごい勢いのある人だな。両手を小さく前に出し、戸惑ったような声を上げたアスカにようやく女性はハッとしたように顔を上げた。それから軽く周囲を見回し、驚いたように目を見開く。

「もしかして！　魔大陸から来た人たち⁉」

「は、はい。そうですけど……」

パンッ、と手を合わせて目を輝かせた女性の質問にリヒトが控えめに答えると、女性はさらに顔を明るくした。表情が豊かだ。そしてこう、迫力のある人だぁ。ランちゃんに雰囲気が似ている気がする。

「なんてことなの！　ああ、今日は本当に良い日ね！　夢みたい！　あらやだ、貴女すっごく可愛いわね。コートも似合っているわ。私の自信作をここまで着こなしてもらえるなんて！」

「え、あの、ありがとうございます……？」

「声まで可愛いっ！　ね、ね！　貴女にもっと色んな服を着てもらいたいわ！　ほらこっちへ来てちょうだい！　サービスするわよ！」

勢いがすごい！　アスカから私に視線を移した女性はあっという間に私の前に来ると、背中に手を回して店の奥へと連れて行こうとする。

「ま、待ってください！　あの！　少し落ち着きませんかっ！」

せっかく着せ替え人形から解放されたのに、このままじゃまた逆戻りだ。しかも雰囲気から察するにさっきよりもずっと時間がかかるに違いない。マイユさんのところやランちゃんのお店で似たような経験を何度もしてきたからよくわかるのだ！　女性の勢いに押されていたリヒトたちも、私の声でハッと我に返ってくれた。すぐに私の下に駆け寄ってそっと肩に手を回してくれる。

「あ、あら？　あらら？　私、またやっちゃったみたいね……。ご、ごめんなさい。私、服のことになるとつい周りが見えなくなってしまうの」

私を守るようにリヒトやロニー、アスカが来てくれたことでようやく女性も冷静になってくれたみたいだ。ホッ。本当に申し訳なさそうに眉を下げてしょんぼりしている。

「大丈夫です。貴女のような人、私の周りにたくさんいるので慣れてますから」

これは事実である。悪気がないこともよく知っている。だからほら、リヒトたちも殺気までは出していないでしょ？　困ったように笑っているだけで。

「あの、リンダさんって言いましたよね？　よかったら本当に落ち着いてお話ししませんか？　たぶん、俺らが探しているのは貴女みたいな人なんで」

な？　とこちらに顔を向けたリヒトに何度も頷いて答える。ロニーやアスカも同じように笑顔で頷いた。この人は、魔大陸で勉強するのに向いている人だってすぐにピンときたのだ。リンダさんは一瞬ビックリしたように目を丸くしたけれど、すぐに恥ずかしそうに笑って奥へどうぞ、と私たちを案内してくれた。うん、やっぱり悪い人ではないんだよね！

店の奥は作業場になっていて、十人ほどの人が仕事をしていた。ミシンの音があちこちで聞こえてなんだかワクワクしちゃうな。私はミシンを使うのは苦手だったけど。さらに奥の休憩室に案内された私たちは、改めてリンダさんにスカウトの話を持ち掛けた。

彼女はこの服飾店のオーナーさん。今日は布の仕入れで少しお店から離れていたそうな。たまたま交渉が早く終わって裏口から帰ってきたところ、私たちを見つけたのだそう。なんだか運命的だなー。リンダさんはすでに魔大陸への留学話を耳に挟んでいたようで、すぐに理解を示してくれたよ。珍しいと思いかけたけど、そういえば最初からそんな反応だったもんね。

「話を聞いた時からずっと行きたいって思っていたの！　この国じゃ、服は機能性重視で着られればなんでもいいって風潮なのよ。おしゃれのために服があってもいいじゃないってずっと思っていて……。でも、なかなか同じ考えの人はいなくて」

どうしても他の服よりも高くなってしまったり、考えが理解されなかったりと売れ行きはいまいちなんだって。特にここは北国だから、デザインより防寒重視になりやすいとか。

あんなに素敵な服がたくさんあるのに、世知辛(せちがら)いなぁ。

「それでも、同志はいるものなのよ。ここで働いてくれる子はみんなそう。けどね、そろそろあの子たちを養うのもギリギリで」

生活出来なくなったら本末転倒だからと、近い将来ここで働く人たちには他のお店を紹介しようと考えていたという。店を移転するのはどうかとも考えたけど、新天地で一から始めるっていうのはなかなか踏み出せないよね……。条件に合う店舗が見つかるかもわからないのに。

「ただ豪華な服なら、貴族御用達のお店があるけれどそうじゃないのよ。一般人でも気軽に楽しめるおしゃれが広まってほしいの。でも行き詰っていて……。そんな時に、魔大陸へ勉強しにいける機会があるって話を聞いたの！」

ここと文化も違うだろうから、受け入れてもらえるんじゃないかってリンダさんは考えたそうな。うんうん、魔大陸ならそれが普通だったりするもんね！

「じゃあ、目的は勉強なんですね？　魔大陸で生きていく、というよりは、その文化をこの大陸にも持ち帰りたいってことですか？」

「ええ、そうよ。安価で、機能性もあって、それでいておしゃれ！　そんな夢のような服を作る術があるならぜひ習得したいと思っているの。どう？　魔大陸ではそれが学べるかしら？」

リンダさんの質問に、私たちは顔を見合わせた。詳しいことは専門じゃないからわからない。でも、きっとマイユさんやランちゃんなら！

「はい。少なくとも真剣に相談に乗ってくれる人がいます。きっといい解決法を思いつけると思います！」

あの人たちの能力の高さは本物だもん。きっとリンダさんの期待に応えてくれるっていう自信があった。マイユさんもランちゃんも信頼出来るんだから！　そんな話を聞いたリンダさんの目がさらに輝く。しかしすぐにハッとなって不安そうに眉尻を下げた。

「ねぇ、この話って人数に制限はあるのかしら？　私だけ？　他にも誘いたい人がいるのだけれど……」

「人数制限はないっすよ。街の人全員とかでなければ。むしろ大歓迎！」

「ふふっ、さすがにそんなに大勢はいないわよ。面白い人ね？　じゃあ、声をかけておくわ！」

質問にリヒトが答えると、リンダさんはコロコロと笑う。彼女は服飾専門のようだけど、どうやら似たような悩みを抱える知り合いが多いみたいだ。なんだか、北の街で一気に人が増えそう！

それなら全員まとめて説明した方が早いからと日時を決めて一度集まることになった。簡単な概要だけを伝え、それをリンダさんが知り合いの方々に伝えて、人を集めてもらう。その方が効率いいもんね。

「本当にありがとう。貴方たちは私たちの救世主よ！」

本当に嬉しそうに笑うリンダさんを見たら、スカウトの旅に参加して良かったって思える。心にほんわりと温かいものを感じながら、私たちは今度こそお店を後にした。

数日後に行われたリンダさんが集めた人たちとの説明会は恙（つつが）なく終え、ほぼ全員が魔大陸行きを決めてくれた。とはいえ当然、今すぐに発（た）てる人とそうではない人がいる。それならとりあえず、鉱山の転移陣を使う周期に合わせて迎えに来ることにしようということで話はまとまった。私たちもまだ他の街に行くからね。リヒトなら一度訪れた場所の移動は一瞬だし、セトくんとマキちゃんが魔大陸へ旅立つ日にも間に合わせることが出来る。いやはや、本当に便利だね、転移！

「メグちゃん！」

「マキちゃん！」

コルティーガの北の地方をほぼ旅して回った後、いよいよ最初の魔大陸転移の日がやってきた。北の方ですぐに向かえる人が十人ほど集まったのと、ちょうど鉱山の転移陣を起動する頃だということで久しぶりに中央の都へと戻ってきたのだ。ついマキちゃんと再会のハグをしちゃったよ。またすぐにお別れなんだけどね。

「メグちゃんはいつ魔大陸に戻るの？」

「うーん、まだまだ時間がかかりそう……。一年はかかっちゃう、かな？」

「そ、そんなにぃ？」

うっ、この涙目に弱いんだよ！　人間にとっての一年ってかなり長いもんね。特に子どもにとっては！　しかしここで一緒になって涙ぐんでいたら収拾がつかなくなるのでグッと耐えてニコリと微笑む。

「私は、大きくなったマキちゃんに会えるのが楽しみだよ？　魔大陸で色んな経験をして、何に驚いたとか、どんな楽しいことがあったとか、お話しするのを楽しみに頑張ろうって思うんだけど……。どうかな？」

「メグちゃん……！　うん、わかった！　私も次にメグちゃんに会えるのを楽しみに頑張るからねっ！」

再び私とマキちゃんはギュッと抱き締め合う。ああ、本当に可愛い。もう妹と呼んでもいいんじゃないかな？　ダメかな？

「一緒にいる時間は短いのに、すっごく仲がいいよねー？　相性がいいのかな？」

「それは、あるかも、ね」

「だな。長く一緒にいても、合わないヤツは合わないのと一緒でさ、気が合うってのも過ごした時間の長さじゃねーんだろうな」

そんな私たちを見て、アスカやロニー、リヒトの話す声が聞こえてくる。うん、たぶん本当に相性がいいんだと思うよ。とても他人とは思えないくらい大切な人になっているもん、マキちゃんは。

「あ、あの！　天使さ……いえ、メグ様！　これを……」

「なぁに？　セトくん」

マキちゃんとハグを終えたところで、緊張した様子のセトくんに声をかけられる。目が合う度に気絶していたのにかなりの進歩だ。返事をして振り向いたら少しだけ揺れたけど。だ、大丈夫だよね……？　そんな彼に手渡されたのは小さな木彫りの天使像だった。手のひらサイズなのに作りがとっても細かくて思わず感嘆のため息をもらす。私を模しているあの天使像だけど、素直に感動したよ。

「今の僕が作れる、一番の出来なんです、それ。お守り代わりに持っていたんですけど……よかったら、その、受け取ってくださいっ！」

「えっ、そんなに大事な物を!?」

いわば、セトくんの最高傑作ってことだよね？　お守りって言っていたし、これを基準にして修行を頑張ってきたのではなかろうか。そんな大事な物を私が持っていてもいいの？　私は戸惑った。

だけどセトくんの決意は固いようで、お願いしますと言われてしまった。

「次にお会いした時は、それよりももっとすごい物を作れるようになっているので！　見比べてもらいたくて……！」

「セトくん……。うん、わかった。じゃあ次に会えるの、楽しみにしているね！」

そっか、決意みたいなものなのかもしれないね。そういうことなら喜んで受け取ります！　頑張る若者を全力で応援しちゃうぞー！　笑顔で答えると、セトくんはウッと言葉を詰まらせてそのまま後ろに倒れていった。えっ、今!?　慌てて倒れていく姿に手を伸ばしたら、アスカがセトくんを後ろから支えてくれた。ホッ。

「メグばっかりずるいなー」

アスカはケラケラ笑っている。どうやらこうなることを予測していたようだ。まぁ、私も大丈夫かなって心配ではあったけど。でもずるいって？　たまたまだと思うけどなぁ。石像になったのがアスカだったら、きっとアスカに手渡されていただろうし。

「まー、俺は付き人一だから別にいいけどな」

「ん。僕も。付き人二だから」

「えー！　ぼくは？　じゃあぼくはーっ？」

なんだか妙な盛り上がりを見せる男性陣。好きだよね、その付き人設定。ま、冗談で盛り上がっているのはわかるし、もはや何も言うまい。でもおかげで、魔大陸へ見送るお別れは明るくて楽しい雰囲気だった。どうか、みんなが魔大陸で有意義な時間を過ごせますように！

それからも私たちは各地を回った。お城がある街に着いたら王様に挨拶をして、スカウトをする。街の様子を見学しては、問題に巻き込まれたりもした。どうしても目立つからねぇ……。だけど、そのおかげで国の問題が明るみになったと王様から直接褒められたりもしたな。お礼をやんわり断るのにはかなり気を遣ったよ。最終的には文化の違いで押し通した。西の王様には最後まで粘られたけどね。女王様は押しが強い。あ、偏見です。

旅を続けていく内に私たちもかなり慣れていったし、噂も広がっていったのでスカウトの効率はぐんぐんと上がった。やっぱり、事前にある程度の話が伝わっているとかなり楽だよね。説明が半分で済むもん。北の服飾のお店でのやり方をきっかけに、スカウトした人に呼び掛けてもらう方式をとってからは成功確率もあがってかなりの人材を集めることが出来た。私たちも学習しているのである！

「南地方の人たちはなんか、ゆったりしているよねぇ。ぜんっぜん時間を守らないのはどうかと思うけどー。長命種のぼくらよりのんびりってどういうことぉ？」

「普段から大体の時間感覚で生きているんだろうな……。俺らも別に急いでるわけじゃねーし、のんびり行こうぜ」

面白いのが地方によって人々の性質が違うってところ。住んでいる場所や環境によって性格や考え方が違うのは当たり前ではあるけど、旅して回っているとそれがわかりやすくて面白い。アスカやリヒトの言うように、南地方の人たちはのんびり屋さんが多いみたいで色々と困ることもあったんだよね。でも、基本的に穏やかで助け合う精神を持っているからか、治安はどこよりも良かった。全てを見て回った印象だと、東は真面目、北は陽気、西は感情豊かで南はのんびり。中央は各地から人が集まっているだけあって色んな人たちがいたけど、全体的に上昇志向の高い人が多かったように思う。類は友を呼ぶというかなんというか。

「また会ったねぇ。頑張ってね！　応援しているよ！」

「二つ先の村で、魔大陸に行ってみたいって声をチラホラ聞いたぞ！」

「ありがとうございます！」

さらに、旅をしていく内に私たちへ向けられる目も変わってきた。警戒されることの方が多かったのに、いつの間にか笑顔を向けられることが増えて、時には気軽に話しかけてもらえるようにもなったんだ！　おかげで情報も集まりやすくて助かったよ。目立つからこそ、すぐに報告してもらえるんだよね。この容姿もこういう時は便利である。なんだか、この国の人たちに受け入れてもらえたみたいで嬉しかったな。ただこれは、各王様たちの働きかけも大きかったと思う。本当に感謝だよ。最初は気になって仕方なかった天使様と呼ぶ声や天使様と崇めるように見てくる眼差しも受け流せるようになってきたし。私も成長しているってことだよね！　これもアスカやみんなの心遣いのおかげである。

毎日が充実していて、目まぐるしく日々は過ぎていく。コルティーガ国の街や村を行ったり来たりして、本当にたくさんの人と話をした。新たな発見もあったけど、辛く苦しい現実を目の当たりにして自分の無力さを感じることもあった。それでも、いつかはなんとか出来るかもしれないと希望だって見えた。国王様たちや父様、お父さんとも連携をとって、色んな物事がどんどん進んでいく。世界が変わっていく最初の一歩。それに携わっているんだなって思ったらくすぐったい気持ちになるよ。もちろん、発展もぶつかる壁もまだまだこれからだろうけどね！

『コルティーガ国の調査はそろそろいいだろ。留学の手続きなんかの流れもかなり出来たし、希望者も増えてる。お前たちの任務は完了だ』

定期連絡でお父さんからそう言われたのは、私たちが派遣されて一年ほどが過ぎた頃だった。本当に濃い一年だったなぁ。あっという間だった。

『たった一年でここまでの成果が出せるなんてな。期待以上だぜ』

「そうでしょ、そうでしょ？　ぼくたち頑張ったんだからー」

お父さんの褒め言葉にみんなで照れ笑いする。アスカは胸を張って元気に答えた。ふふ、相変わらずだ。

『そうだな。帰ったら歓迎会しなきゃだな？　リュアスカティウス』

「っ！」

お父さんの言葉に、ハッとアスカが息を呑む。つ、つまりそれは……！　私やリヒトとロニーも思わず喜色に満ちた顔で互いを見合った。

『ちゃんとした言葉はオルトゥスに戻ってから言おう。まずはそろそろ帰って来い。いい加減、寂しい』

「は、ははっ！　もー！　頭領ってば焦らし上手っ‼」

いや、本当にそうだよ！　でも、確かに通信魔道具で言うようなことじゃないよね。大人しく言われた通りにするけど、四人揃って顔のにやけは止まらない。うへへ。

「あっという間で、充実した一年だったなー」

「ん。この四人で旅が出来て、よかった」

リヒトとロニーが改まって私とアスカを見つめてそんなことを言う。二人は予想以上に頼らせてもらった、とか、いいチームだったとか。やだ、そんな風に言われたら感動で泣いちゃう。リヒトとロニーの助けがあったからこそなんだからね！

「なぁ、メグ。もう嫌な思い出なんかどこかに飛んで行っただろ？」

リヒトはポン、と私の頭に手を乗せて微笑む。ああ、そうだったよね。私も微笑み返しながら口を開く。

「そうだね。あの時のことを思い出す暇もなかったよ。すっごく楽しい旅だった！」

トラウマは完全に克服出来た。もちろん思い出せばチクリと胸は痛むけど、それはなくならないでほしいことだから。痛みも含めて、大切な思い出なのだ。ロニーとも目を合わせて微笑み合っていると、はいはい！　とアスカが手を挙げて間に入ってきた。元気な子である。

「ぼくはね、この旅の間にみんなのことを知れて、もっと仲良くなれて嬉しかった！　色んな過去があったみたいで驚いたけどー」

そうだ、アスカにはほぼ全てを打ち明けたからね。最後まで真剣に聞いてくれたし、笑い飛ばしてくれたアスカにも心を救われたよ。過去は過去。それがあるから今があって、この先もあるんだって当たり前のことをスッと受け入れられたのは、第三者であるアスカの存在のおかげだって思う。

「僕らはずっと、仲間、だね」

「やった。ついに三人の間に入れたって感じー。最初の頃は疎外感がすごくて必死だったんだから」

そんな風に思っていたんだ。気付けなくて申し訳なかったな。でも、アスカは自分で乗り越えてくれたんだよね。とても強くて頼もしいや。

「俺だって一人だけオルトゥスメンバーじゃねぇし。疎外感あるんだぞ、これでも」

「え、見えない」

「酷(ひで)ぇ、ロニー」

「番持ちは黙っててー」

「アスカも酷ぇ！　仲間じゃねぇのかよっ！」

最後の夜は、賑やかに更けていく。人間の大陸にある大衆食堂で、周囲の騒がしさに負けないくらい私たちも大きな声で笑い合った。つい遅くまで四人で騒いじゃった気分だけど、最後くらいは大目に見ていいよね！

さぁ、オルトゥスに帰ろう。久しぶりの我が家へ！

3　ただいま魔大陸

魔大陸へ戻る時は、東の王城近くの村から向かうことにした。単純に、魔大陸に近いからリヒトが転移する時に負担が減るのが理由の一つ。もう一つの理由は……。

「アニーちゃん！」

「メグちゃん！」

どうしても、帰る前に会いたい人がいたからである。それがこの人、アニーちゃんだ！　誰だったっけ？　とリヒトやロニーは首を傾げていたけれど、それに関しては無理もない。お世話になったのは主に私だからね！　アニーちゃんというのは昔、東の王城から逃げていた時に立ち寄った村の宿屋の娘さんだ。ほら、私があまりにも目立つからって、普通の村娘に見える服をお下がりでくれた女の子だよ！　アニーちゃんと過ごした時間は本当にごくわずかだったけど、私はよく覚えているんだ。あの時の服だって大事にとってあるし。というか、魔改造されたので性能がアップしているんだけどね。見た目はあの時のままなんだけど、半永久的に着られる自動洗浄付きワンピースへと変化を遂げているのだ。自重？　なんのことですかね？

「やだ、メグちゃん。私はもうおばちゃんなんだから、アニーちゃんだなんて照れちゃうよ」

「私の中ではいつまでもアニーちゃんだもん。会えて嬉しいよ。前に立ち寄った時はいなかったから」

「うん、伝言を聞いてずっと楽しみに待っていたんだよ。それにしても本当に成長が遅いんだね。種族が違うんだなぁって改めて実感するねぇ」

あの時から四十年ほど過ぎているから、すでにアニーちゃんは宿屋のおかみさんへと成長を遂げていた。時の流れを実感するなぁ。おっと、忘れないうちに！　私は収納魔道具から魔改造されたワンピースを取り出した。

「これ、覚えている？」

「まぁ！　あの時にあげたお下がりのワンピースだね！　ああ、懐かしい。……でもこんなに綺麗だったかな？」

ワンピースを差し出すと、アニーちゃんはとても嬉しそうに手に取って首を傾げた。あ、それは魔改造された時に、デザインはそのままに傷んだ部分は修復してもらったからですね。えへへ。渡しそびれていたからどうしてもこれを受け取ってもらいたかったんだよね。だから、帰る時はこの村に寄ってもらうことにしたのである。

アニーちゃんに魔改造したことと併(あわ)せて伝えると、驚いたように目を丸くしていた。新鮮な反応ありがとう！

「あの時のお礼も兼ねて、受け取ってもらえないかな？　半永久的に着られるから、代々受け継いでもらってもいいし」

「こ、こんなに素敵なものを貰ってもいいの？　私なんてボロボロになって着られない服をあげただけなのに申し訳なくなるよ……」

それでもあの時、間違いなく助かったのは事実だもん。思い出の品というのは、どんな物でも宝物になるのである。

「またこの宿に来た時、これがあったら私は嬉しいから」

「……そっか。それなら、ずっと大事にする。メグちゃんの話もずっと語り継いでいくって約束するよ」

そう言いながら、アニーちゃんは店の中で働く娘さんを見た。それから、奥で働く旦那さんを愛おしそうに。

「仲のいい家族なんだね」

「……そうね。うん、とても大切な家族だよ。旦那と子どもを持って初めて知った感情かな。メグちゃんには、そういう相手はいないの？」

「えっ!? いや、あの、私はまだ成人していないから……！」

思わぬ質問に慌てて答えると、まだ大人じゃなかったの!? と驚かれてしまった。と同時に、確かにまだ見た目も子どもだもんね、と納得されて複雑な気持ち……。伸びしろがあるだけだもん。

「それじゃあ、好きな人は？　そのくらいはいるでしょ？」

「ひえっ」

どうしてそっちに話が向かってしまうのだろうか。内緒話をするようにこそこそと話すアニーちゃんに、私の返事はしどろもどろになってしまう。そういう人はいないとか、よくわかんなくて、とか。ハッキリしないヤツである。

「一緒に旅をしている人たちは……うーん、違うよね。たぶん」

「え、わかるの？」

「そりゃあね。私だって、恋は経験済みだもの」

それでもパッと見ただけで判断出来るのはすごいと思う。尊敬の眼差しで見つめていると、アニーちゃんはさらに言葉を重ねてきた。

「たぶんだけど、帰る場所に好きな人がいるんじゃない？　どう？　当たり？」

「ええっ!?　ち、違、違うよ！　べ、別に好きな人なんていないよ!?」

ウィンクをしながら言われた内容に、なぜだかものすごく恥ずかしくなって思いっきり否定した。

そんな私をアニーちゃんは無自覚かぁ、と言いながらニヤニヤ笑う。む、無自覚って何！

「メグちゃんさ、そんなにムキにならなくて大丈夫だよ。恋する気持ちって、妙に恥ずかしかったりするんだけどね。実はすごく素敵なことなんだよ？」

「素敵な、こと……？」

繰り返して言うと、アニーちゃんはにっこり笑って頷いた。そういう年頃になると、恥ずかしくなって自分の気持ちを否定したくなるものなんだって。そ、そうなんだ……。いや、別に否定なんか、していないし。

「いつか、向き合わなきゃいけない時が来るよ。でも怖がらなくても大丈夫。たぶん、正直になるのが一番心が楽になるから」

「正直に？」

「そう。正直に。それさえも、気付かない時期だったりするんだけどね。あー、懐かしいな。私にもそんな時期があったなー」

アニーちゃんは頬に手を当てて懐かしむように目を細めた。聞けば聞くほど、恋って難解だな。思春期という年頃も。考えれば考えるほど抜け出せなくなりそうだ。

「なんにせよ、メグちゃんが幸せでいられるのが一番だから！　ずっと祈っているからね」

「アニーちゃん……うん！　ありがとう！」

最後にギュッと両手でしっかり握手をした私たちは、今度こそ別れを告げた。また会えるかもしれないし、会えないかもしれないけれど。こうして繋がった縁はきっとどこかで続いていくと信じて。

リヒトたちの下に駆け寄ると、もういいのか？　と確認されたのでしっかりと頷く。

「じゃ、帰るか。メグ、また魔力よろしくな！」

「そのために昨日の内に魔力回復薬を飲んでおいたからバッチリだよ！　でもさすがに一年間、この大陸で魔力を使い続けるのは疲れたよー」

「だな。俺も帰ったら少し魔力回復に努めるわ……」

とはいえ、この大陸での魔術の使い方もだいぶ慣れてきたけどね。そして慣れた頃に魔大陸に帰るのである。ちょっともったいない気もするけど、次にこの大陸に来た時はもっと早くから効率よく魔力操作が出来るというものだ。ちゃんと成長しているんだからね！

「一年も当たり前のように魔術を使ってたこの二人は、やっぱりおかしいよね。ぼくは使わな過ぎて腕が衰えてないか心配だよ……」

「それは、僕も思う。帰ったら、修行、だね」

一方で、アスカとロニーは深くため息を吐いていた。これが普通なんだからね？　とジト目で見られては苦笑するしかない。ごめんね、魔力量オバケで。それゆえに苦労もしてきているから勘弁してくださぁい！

「目的地は魔王城な。そっちの方が、俺がイメージしやすい。なんていったってクロンがいるからな！」

「はいはい、どこでもいいから惚気はやめてねー」

「いいじゃねぇか、アスカ！　一年も会ってないんだぞ？　よく我慢したよな、俺」

確かに、愛する人とずっと会えないのは辛かっただろうな。通信魔道具で何度かやり取りはしていたみたいだけど、声だけを聞くのと会うのとではかなり違う。実際よく耐えたと思うよ、リヒト。

私も、父様やオルトゥスのみんなに早く会いたいな。でも、昔の事件の方が長いこと会えていないような感覚だった。今回の遠征の方が長かったのに、不思議だよね。やっぱり、気持ちの差かな。

不安で先が見えない時の方が、長く感じるものだもん。

……ギルさんは、元気かな。元気に決まっているけど。でも、本当にずーっと会ってない。リヒトと違って、連絡すらとっていないし、お父さんからも特に何も聞いていない。私も、ギルさんは？　とか聞いてなかったし、それは当然なんだけど……。あ、なんだか再会が不安になってきた。

あの気まずい別れから一年以上も過ぎているわけだし、今更あの時のことを謝るなんて変、かな。

でも、やっぱり言いたいよ。ちゃんと見送りに来てほしかったとか、寂しかったとか。ずっと連絡出来なくて、悲しかった、とか。よ、よし。絶対に言う。オルトゥスに帰ったら真っ先にギルさんのところに行くんだから！

「よし、メグ。いつでもいいぞ！」

「わかった。みんなも準備はいい？」

リヒトの合図で私も声をかけると、ロニーやアスカが嬉しそうに頷いたのが見えた。やっぱり、この二人も帰るのは楽しみみたい。それならば、まずは無事に帰還出来るように集中して魔力を流さないとね。ゆっくりと、焦らず、丁寧に。行きの時よりもスムーズに魔力が魔術陣に広がっていくのを感じる。やっぱり成長しているとわかって嬉しくなっちゃう。ふふーん。魔術陣の全体に魔力を行き渡らせると、光が私たちを包み込み、魔術陣が起動し始めた。またね、人間の大陸。そして、ただいま！　魔大陸！

転移特有の浮遊感を覚え、数秒後に光が収まって地面に足が着く。同時にフッと身体が軽くなるのを感じて、ああ、魔素があるって素晴らしいなどと噛みしめた。

「……突然すぎますね」

そして目の前には、クロンさんがいた。え、なんで!?　っていうか、よく見たらここ、魔王城の中庭じゃん！　リヒトったら、クロンさんを目的地にしたなーっ!?

「っ、クロン!!」

「ちょっ、リヒト！　皆さんが見ていますっ！」

そして真っ先にクロンさんを抱き締めるリヒト。それはもうギュウギュウと。……まぁ、お気持ちはお察ししますが、クロンさんがものすごく顔を赤くしてバシバシ背中を叩いているよ？　可愛いからそれもありだけど、ちょっとかわいそうな気もする。ちなみに私たちはニヤニヤしています。そりゃ、するでしょ。ニヤニヤ。

「あー、あー。気にしないでよ、クロンー。リヒトはずっと我慢してたんだからさ。心ゆくまで受け止めてあげてよ」

「ん。僕たち、先に魔王様のとこに、行ってるから」

やれやれ、とアスカが腰に手を当て、ロニーが冷静にこの後の動きを伝える。旅の間は散々、惚気話を聞いたんだろうな。同じ部屋で過ごすことが多かったもんね、男組は。私よりも聞き飽きてうんざりしていたに違いない。

「というわけなのでごゆっくり、ですよ！　よし、城内は私が案内するね！」

「ちょ、メグ様までっ！　リヒト、いい加減に少し離れてくださいっ」

「嫌だ。足りない。離さない」

「〜〜〜っ！　リヒトっ！」

背後でいちゃつく気配を感じつつ、絶対に振り返らないように私たちはお城の中に入って行く。クロンさんだって寂しかったはずだもん。しばらく二人にしてあげようねー！

「メグーっ！　本物のメグ！　会いたかったぞーっ!!」

「ちょっと父様!?　みんなが！　見ているからぁっ!!」

そして現在、私は執務室で父様に抱き締められています。予想はしていましたが、やっぱり恥ずかしいですぅ！　見ているのがアスカとロニーだけとはいえ、年頃の娘なんだってこと忘れないでっ！　あぁ、クロンさんの気持ちが今よくわかった。

「あー、お構いなく。そっちもめいっぱい再会を喜んでいいよー」

「ん、わかってたから。好きなだけ、どうぞ」

二人は心得ているのか反応もこんな感じだ。さっきのリヒトへの対応と同じである。……私も諦めようかな。その方が体力的にも精神的にも疲れなくて済む。久しぶりに父様に会えて嬉しいのは私も同じだしね。恥ずかしいけど！

「父様、ただいま戻りました。でも、ロニーやアスカも早く休みたいだろうから……。ね？　先に報告を聞いて？」

「……ああ、そうだな。メグは相変わらずみんなのことを考えられてえらいな。それに優しい。天使であるぞ！」

「天使の件に関しては私、まだ許していませんからねっ！」

「うっ！」

プイッと顔を横に向けて頬を膨らませると、父様がわかりやすくショックを受けたのがわかった。でも気にしません。すでに何度も通信で天使像については文句を言ったけど、面と向かって言っておかないとね。しっかり反省してもらうんだから。

「に、二度と勝手な真似はしない……うぅ、メグに嫌われたら我は生きていけぬ」

「本当に約束だからね？　同じようなことがあったら絶対に相談してから決めて！」

「ハイ」

ものすごく素直だ。心の底から反省しているのが伝わる。それならもうこの件はおしまい。わかってくれたならいいよ、と言うと涙目で喜ばれた。わ、わかったから！　私も言いすぎてごめんってーっ！

「ところで、今日は城に泊っていくのか？」

期待に満ちた目で聞かれたので答えるのは気が引けるけど致し方あるまい。ごめんね、と前置きをしてハッキリとお答えします。

「ううん、オルトゥスに戻るよ。お父さんに報告もしたいし、それにマキちゃんやセトくんがオルトゥスにいるんでしょう？」

二人は魔大陸に渡ってからずっとオルトゥスでそれぞれ頑張ってるって聞いているのだ。他にも、オルトゥス周辺の街で頑張っている人間の方々がたくさんいるみたいだし。だからまずは様子をみたいし、何より会いたい！　……それに、ギルさんにだって会いたい。決心が鈍る前に、ちゃんと謝りたいもん。

まぁ、その為にはリヒトに転移で送ってもらう必要があるんだけどね。もうひと頑張りしてもらいます。実のところ、魔力が少なくなってきたから私もヘロヘロなのだ。久しぶりに自分の部屋でのんびりしたい。簡易テントも快適だったけどやっぱり自室はまた違うのだ。安心感とかね！　やはりホームは別格だ。

「うぅ、寂しいぞ……」

「え、えっと、事後処理が終わったらしばらくこっちに滞在するから！　ね？」

「本当か⁉」

実際、旅の後は長めのお休みを取るようにってお父さんにも言われているから問題ない。ウルバノにも久しぶりに会いたいし、魔王城に今初めて来たアスカも誘ってのんびり観光と休暇に来てもいいかもしれない。食い気味に約束だぞ、と言う父様をどうにか宥め、ようやく本題に入ることに。

「じゃあ、さっそく報告から。定期的に、連絡をしていたから、確認になるんですけど……」

報告はロニーが進めてくれた。私とアスカは時々その話に頷いたりするくらいで黙って聞く係である。魔王城執務室のソファーはフカフカで一気に睡魔が襲ってくるけど我慢だ、我慢。……ハッ、寝てないよ！

「失礼します、魔王様。お待たせしました」

報告も終盤に差し掛かる頃、ようやくやってきたリヒトの声でハッとする。おかげでちょっと目が覚めたよ。いや、寝てないけど。リヒトが執務室に入ってくると、アスカがニヤニヤしながら声をかけた。

「クロンとのいちゃいちゃタイムはおしまいでいーのー？」

「わ、悪かったよ、任せちまってさ！　あと、二人で過ごす時間はまた後で取るから大丈夫」

「うわ、聞くんじゃなかったー」

仲が良くて何よりです。ぜひリヒトも数日くらいはのんびりクロンさんと過ごしてもらいたい。

「あとは俺が引き継ぐからさ、先にオルトゥスに戻って休めよ。魔王様、一度送ってきます」

「うむ、そうだな。初めての長い遠征が人間の大陸であったことだし、疲労は溜まっているであろう。特にメグとアスカはゆっくり身体を休めるのだぞ」

ちょうどロニーの報告も終わる頃だったし、せっかくなのでお言葉に甘えて休ませてもらおうかな。というか、油断すると瞼が閉じてしまいそうだもん。ね、眠い。

「それじゃあ、父様。またすぐに来ますからね」

「楽しみに待っておる」

父様に改めて挨拶をすると、ちゃんと約束をしたからかさっきみたいに拗ねたりはしなかった。目だけは引き留めたそうにこちらを見ているけど気付かないフリである。

「うし、じゃあみんな手を繋いで」

ソファーから立ち上がり、私たちはリヒトの近くに歩み寄る。転移陣がない場合は術者に触れていないといけないからね。みんなで摑まると狭くなるので、輪になって手を繋ぐ形である。

「いざ、オルトゥスへ！」

リヒトがニッと笑いながら声をかけると、一瞬で魔術が起動した。僅かな浮遊感の後、すぐに目の前の景色が変わる。大陸間の転移の後だから、大したことはない。これも慣れだねー。そうして到着したのはオルトゥスの建物の前だった。あれ？　てっきり内部に転移するかと思っていたのに。

「だって、せっかくの帰還なんだからさ。玄関で迎えられたいだろ？」

リヒトの粋(いき)な計らいであった。久しぶりの再会だもんね。いつの間にか建物内部にいた、ってなると確かに味気ないかもしれない。それならリヒトも一緒に、と思ったけど、まだリヒトは父様に報告という仕事が残っているんだもんね。引き留められたら大変だろうし、何よりさっさと終わらせてクロンさんと過ごしたいだろう。たぶんこれが最大の理由に違いない。だからか、落ち着いたらゆっくりお邪魔するから魔王城に来る時また連絡してくれ、と早口で言い残してリヒトはあっさり転移で魔王城へと戻ってしまった。転移ですぐに会えるとはいえ、旅の終わりなのになんだかあっけないものである。

「でも、改めて玄関から帰るのってドキドキしちゃうね」

「そうだねー！　ぼくはワクワクの方が勝つかも！　注目を浴びそうでしょー？」

アスカは相変わらずである。それなら、ドアを開ける先頭はアスカに頼もう。そう言うとアスカも喜んで引き受けてくれた。可愛い。

ホールに入ると、案の定みんながこちらに注目した。恥ずかしかったけど、視線はほぼアスカに向かっている。あれだけ元気にドアを開けたらそれも当然だけど、一番はアスカの人柄だよね。おかげで私とロニーはそこそこ目立つ程度で済んで助かっている。思わず目を合わせて苦笑しちゃった。

「おかえりなさーい！　はぁ、やっぱりメグちゃんがいると華やぐわねー！」

「サウラさん！　ただいまです！」

たくさんの人が出迎えてくれたけれど、みんな私たちを引き留めることはしない。ちゃんとすぐ休めるように配慮してくれているのだ。素晴らしい。そんな中、とっとこと駆け寄って来てくれたのはサウラさん。久しぶりのミニマム美女に私はとても癒された。もちろん、喜んでハグします！

ギュー ッ！

「さ、今日はゆっくり休んでちょうだい。ロニーも、十日くらいはオルトゥスで休んでいけって頭領が言っていたわよ！」

「十日も……？」

「ええ。だってほら、アスカの歓迎パーティーをしないといけないもの！」

なんと！　それは確かにロニーにもいてもらわないとダメだよね！　ああ、いよいよアスカが家族になるんだ。私も精一杯お祝いしちゃおうっと。

「それなら、いないと、ですね。わかりました」

「でっしょー？　それと、人間の大陸から来ている子たちも呼んで、その日の夜はワイワイやるつもりよ！」

セトくんやマキちゃんも一緒に？　わぁ、喜んでもらえるといいな。今日は何かとバタつくし、明日辺り様子を見に行こう。ふふっ、楽しみがいっぱいだな。また今度色んなことを聞かせてちょうだい、と言い残したサウラさんは、あまり引き留めることをせずサササッと受付の方に戻っていく。わざわざ声をかけに来てくれたことがすごく嬉しいな。

「アスカはまだみんなと話してるみたいだね」

「うん。メグは、どうする？」

「んー、今日は真っ直ぐ部屋に戻ろうかな」

大浴場でのんびり、とも考えたけど……。なんだか疲れちゃったので部屋で寛ぐことにする。魔力の回復に集中しないと、なんとなく疲労感が抜けない気がするから。ロニーは少し食堂に寄ってから部屋に戻るという。お腹が空いちゃったみたい、とはにかむ姿はなんだか子どもの頃に見た笑ないな。

ロニーもずっと気を張ってくれていたから、帰ってきてホッとしたのかもしれない。

ロニーとホールで別れ、私は真っ直ぐ自室へと向かう。今すぐベッドにダイブしたかったんだけど、その途中の廊下で壁に寄りかかったままこちらを見ている黒い人影を見付けて、そんな気持ちは吹き飛んでしまった。ついでに睡魔もどこかへいってしまう。

「ギル、さん」

ドクン、と胸が鳴る。いつからそこにいたのかな？　もしかして、待っていてくれたのかな？　あれこれ思うことも言いたいこともたくさんあるけど、何はともあれ……ギルさんだ！　ずっとずっと会いたかったギルさんだ！　逸る気持ちを抑えつつ、小走りで駆け寄って目の前に行くと、ギルさんは小さく微笑んでお疲れ、と声をかけてくれた。ああ、久しぶりの微笑みだ……。鼻の奥がツンとする。

「人間の大陸で、ずいぶん頑張ってくれたみたいだな」

「知っているんですか？」

「ああ。頭領から聞いた」

そっか、色々知ってくれていたんだ。そのことに胸がほんわりと温かくなる。ああ、やっぱりギルさんはすごいな。たったこれだけの会話で心が満たされるのを感じるんだもん。きっと、連絡がなかったのは邪魔をしないようにとか、余計な口出しをしてしまわないようにとか、そういう理由だろうな。けど、やっぱりたまには聞きたかったよ。それに、話したかった。言いたいことも、聞きたいこともたくさんある。だけど、それよりも何よりもまずはずっと言えていなかったことを伝えないと！　私は意を決してギルさんを真っ直ぐ見上げた。

「ギルさん！　あ、あの！」

「なんだ」

私の呼びかけで視線を下げたギルさんと目が合った瞬間、ふと違和感を覚えた。何が、とかはわからないんだけど……。ギルさんがいつも私を見る目って、こんなだったっけ？　穏やかで、いつもと変わらないようには見えるんだけど、何かが違う。

「あ、えっと。その、ダンジョンに行く前のことだから、もう随分前の話になるん、ですけど……」

それでも、目の前にいるのがギルさんなのには変わらない。ちゃんと言わないと。すぐに思考を切り替えて、私はあの時に頭を撫でる手を拒否してしまったことを謝った。やっと、やっと言えた……！　きっとそんなことはいいって言ってくれる。ずっと気にしていたのか？　って、呆れたように言ってくれる。そう、思っていた。

「……すまない、メグ。そんなこと、あっただろうか」

「え……」

だけど、ギルさんはその時のことを覚えていないようだった。ズシッと重石が落ちてきたかのように胸が重くなる。一瞬、思考が停止してしまったけど……よくよく考えたらそんな細かいことを覚えていなくても何も不思議じゃない。私はなんとなく罪悪感があったからずっと覚えていただけで、ギルさんからしたら些細（ささい）な出来事だったってことだ。そっか。……そっかぁ。

「う、ううん！　ただ、私が気にしすぎていただけなので……。謝れて良かったです」

「そう、か……？」

「はい！　だから、気にしないでください！」

慌てて手を横に振って言うと、そうか、という一言だけでギルさんがそれ以上聞いてくることはなかった。本当に、ギルさんにとっては取るに足らない出来事だったんだ。傷つけていなかったみたいで良かった。良かった、けど。

「じゃ、じゃあ私、もう部屋に戻りますね」

「ああ。ゆっくり休むといい。魔力がだいぶ減っているみたいだからな」

ギルさんはそう言うと、すぐにその場を去って行く。その後ろ姿を見て、私はしばらく固まってしまった。だって。

これまでだったら、私が立ち去るまでギルさんが去ることはなかった。

これまでだったら、部屋まで送るって言ってくれていた。

これまでだったら、心配そうな優しい眼差しで見てくれていた。

なんだか、ギルさんがギルさんじゃないみたいで、悲しくなった。私だけが気にしていたんだって思ったら……自分が馬鹿みたいだ。心の奥がドロドロで渦巻いている。なんだろう、この気持ちは。ショックと、疲労と、眠気でグチャグチャになった私は、走って自室に向かった。

『ご主人様ー？　お疲れなの？』

部屋に戻った私は、辿り着くなりベッドにダイブした。そしてそのまま指一本動かす気力がなく

て、うつ伏せになったままだ。元気がないことに気付いたショーちゃんが心配して声をかけてくれる。無視をするのはかわいそうすぎるけど、どうしても動く気になれなくて枕に顔を押し付けたまま答えた。

「うん、ちょっと元気が出ないだけ。寝たら戻るから大丈夫だよ」

『そうなの……?』

まだ納得はいっていないご様子だ。ショーちゃんは私の心が読めるとはいえ、今の私は自分でも頭の中がグチャグチャだからショーちゃんにもわからないのだろう。困ったような、そして心配そうな様子が伝わってきた。

「久しぶりの魔大陸だから、遊びに行っていいよ。みんなも」

『……わかったのよー』

一人になりたい。心の奥でそう思っていたのが伝わったのかもしれない。ショーちゃんは特に反論することなく、何かあったら呼んでなのよ、とだけ告げて他の精霊と共に飛び立つ。他のみんなも心配してくれているのは伝わったけど、何も言わずにその場を去ってくれた。もう、みんな優しいな。ごめんね。それと、ありがとう。

「やっぱり、いつもと様子が違ったよね……」

ギルさんと、なんだか距離が開いた感じがしてショックだった。ショックだったんだけど、考えてみればこれが普通の距離感、なんだよね。これまでが仲良し過ぎたのだ。冷静に考えて、成人間近の少女と大人の男性の距離じゃなかった。ここ最近は、それなりに物理的な距離は開いていたはずだけど。私とギルさんは、同じオルトゥスの仲間というだけの関係だ。幼い頃は保護者だったけどね。今も私は子どもだし、周囲の大人たちも色々と手助けしてくれている。過保護なくらい世話を焼いてくれたり。でも、それは子どもだからだ。成人したら一人前とみなされ、これまでのようにはいかなくなる。急に態度を変えるわけにはいかないから、少しずつ手や目を離していくんだってサウラさんが前に寂しそうに言っていたよね。

だから、今回のギルさんの対応もそういうことなんだと思う。ただ、それだけ。私が大人になっていくのを邪魔しないようにしてくれているんだ。きっと。……えー、本当に？　本当にそれだけ、かな？　武器屋さんでのことも覚えていなかったのが引っかかるんだよね……。心がけで態度を変えることまではわかるけど、あれは間違いなくギルさんだって気にしていたはずだもん。たぶん、なんとなくそんな確信があるだけだったけど。それなのに、さっきは本当に覚えていないみたいだった。あー、もうわかんなーい！

「聞いたところで、覚えていないと言われたらそれ以上は踏み込めないもんね」

はぁぁ、と自分でもビックリするくらい長くて大きなため息が出た。なんだこれ、私ってば思っていた以上にダメージを受けているってこと？　ギルさんの態度が変わってしまったことに？

よく考えたら、いやよく考えなくても私、甘ったれすぎでは？　だってそれってさ、つまり私はまだまだギルさんに甘やかされたいって思っているってことでしょ？　そりゃあ甘やかされるのは嬉しいけど。アラサーの魂で甘やかされ続けたことで、物足りなくなっているということだろうか。うわ、引く。自分で自分に引いてしまうよ、これはっ！　だけど同時に、早く自立したいとも思っている。大人になって、もっといろんなことが出来るようになりたい。オルトゥスの一人前なメンバーになるにしても、いずれ、その、魔王になるにしても、私は未熟すぎるんだよね。だから、お父さんや父様にはあまり甘やかされたくないって思っているんだけど……。

「……あれ？　甘やかされたいって思うの、ギルさんだけかも」

これはこれで考えが変態っぽいな、私。まぁね！　ギルさんはスーパーイケメンだからね！　要するに最推しという存在なのだ。仕方ないことなのである、うん。いやいや、こういうところだよね。まだ甘えを捨てきれないのだから困ったものだよ。

「変わらず優しいし、いつでも助けてくれる。これ以上を望むのは本当にただの甘え、だよね」

言葉にするとようやく落ち着いた気がする。そう、ただそれだけのことなのだ。私がまだ子どもみたいなことを言っているだけ。親離れをしないといけないのは私の方だったね。反省である。だけど、ほんの少し。ほんの少しだけ、もう前みたいに気軽に抱きついたりは出来ないのかなぁって思う。どうしようもなく寂しい気持ちを抱き締めるように丸くなると、私はそのまま眠りにつくのだった。

4　オルトゥスでの休暇

次の日はうっかり寝過ごしてしまった。しばらくはお休みを貰っているからどう過ごそうがまったく問題はないんだけど、まさかお昼近くまで寝ているとは思わなかったよ……。しかも、起こされなかったらまだ寝ていた気がする。

『ビックリしたのよー？　全然、目を覚まさないからー！』

「あ、あはは、ごめんね。私もビックリしちゃった。疲れが出たのかな？」

起こしに来てくれたのはショーちゃんである。昨日、あんな風に部屋から追い出すことになったというのにとても優しい。心配だからチラチラ様子を見には来ていたっていうから余計に愛おしいよ！

『人間の大陸という環境で、魔力を使い続けていたからなのだ。ちょっと疲れた程度ではあろうが、疲労は蓄積するものなのだぞ、主殿』

「やっぱりそれかぁ。あのペースで使って一年でこのくらいの疲労度、か。覚えておく！」

疲労度を覚えておけば、今後どの程度までなら安全に魔力を使えるかわかるもんね。自覚症状がなくても蓄積された疲労で急に倒れる、なんてことになったら大変だもん。自己管理は大事だ。

んーっ、と声を出しながら両腕を上に伸ばす。本当に良く寝た。夢も見ずにぐっすりと。せっかくだから今日は一日のんびりペースで過ごすことにしよう。のそのそとベッドから下りると、久しぶりに自分のクローゼットから服を選んで着替えた。自室、最高。簡易テントも快適具合ではあんまり変わらないけどね！

部屋を出て食堂に向かう途中では色んな人に心配された。ちょ、ちょっと寝坊しただけだよ⁉ 皆さん、相変わらずの過保護である。時間も時間なので、会う人はオルトゥス内部で働く人ばかり。他の人たちはとっくに仕事に行っている時間だもんね。

「チオ姉、こんにちは。軽く食べられる物をお願いしても大丈夫ですか？　カフェに行った方がいいかな……？」

朝にしては遅く、お昼にしては早い時間だったので、まずはチオ姉にご挨拶とお伺いを立てる。

チオ姉は驚いたように珍しいね、と目を丸くしたので寝坊しちゃったと笑って見せた。

「それもまた珍しいねぇ。ま、疲れていたんだね！　ここで食べるのも久しぶりってわけだ。待ってて、朝食の残りとお昼のおかずを少し持ってきてあげるよ」

「えっ、いいんですか？」

「いいのいいの。こんなこと滅多にないんだから、今日はのんびりしな！」

朗らかに笑うチオ姉のお言葉に甘えて、私は特別プレートをいただくことにした。朝食用のパンとスープに、昼食用の鶏肉のトマト煮。うわぁ、美味しそう！　朝ごはんにしては量が多めだから、ブランチってことでしっかりいただきまーす！　美味しい料理に幸せを感じながら今日は何して過ごそうか頭の中で考える。ロニーやアスカはどうしてるかな？　とっくに起きてどこかに行っているかもなぁ。受付で聞いてみよう。その後は少しレイピアの練習をしようかな。人間の大陸に行っている間、基礎練習は出来たけどレイピアを使った訓練はあんまり出来なかったからね。前にアドルさんに教えてもらったことを思い出しつつ復習ってところかな。そうだ、受付に行った時にアドルさんに訓練のスケジュールの確認もさせてもらおう。その後は地下に行って、セトくんやマキちゃんの様子を見に行こうかな。夕方前なら二人の仕事終わりに立ち会えるかもしれない。そうしたら、夕食を一緒にって誘ってみてもいいかも。

まだ頭がボーッとしているのか、食べ進めるスピードは遅めだ。計画は立てたけど、もしかしたら疲れちゃって全部は達成出来ないかもしれない。せめて、夕方にセトくんとマキちゃんに会う予定だけはこなそう。そうしよう。

「あ、メグだー！」

少しずつお昼を食べに来る人が増え始めた頃、混む前に片付けようと立ち上がると同時に明るいアスカの声が耳に入ってきた。今日も元気いっぱいである。

「アスカ、今からお昼？」

「そーだよー。メグは早いね？」

「あはは、実はその逆なんだー」

うっかり寝坊して今遅い朝食を食べ終えたところなのだと言うと、アスカはビックリしたように目を見開いた。

「メグが寝坊なんて珍しくない？　大丈夫？　どこか具合が悪かった？」

「ないない！　大丈夫。気が抜けてたくさん寝ちゃっただけだよ」

「そうかなー。やっぱりちょっと声に元気がないように聞こえるしー」

アスカが心配そうに顔を覗き込んでくるので頬に手をあてて首を傾げる。そうかな？　元気ないかな？　まぁ、そうかもしれないな。それが疲れによるものなのか、ギルさんの件でショックを受けているからなのかはわからないけど。面倒臭いヤツになってるなー、私。

「今日はのんびり過ごす予定だから。訓練しようと思ったけど、明日にしようかな」

「それがいいよ！　メグは体力がないんだから、無理は禁物だよっ」

「うっ、おっしゃる通りです……」

アスカは体力の塊みたいな子だからいつも通りの時間に起きて訓練までしたそうな。くー、自分の体力のなさがここで思い知らされるー！　いいの、自分には自分で出来る範囲でやるのが一番なのっ。悔しがっていると、アスカは冗談だよーと笑いながら私の頭にポンと手を置いた。

「ウソウソ！　メグはさ、たくさん魔力を使ってたでしょ？　たぶんそのせいだよ！」

「そう、かなぁ？」

「そう！　そこに体力のなさが拍車をかけているとは思うけどー」

「上げて落とすのやめよう!?」

アスカは楽しそうにキャッキャと笑っているから、からかわれたのだろう。もーっ。まぁいい。気を取り直して夕方にあの二人の様子を見に行くことを伝えたら、アスカも一緒に行くと右手をビシッと上げた。元気だなぁ。もちろん、否やはないので夕方ホールで待ち合わせをして一緒に行く約束をした。そしてそのままアスカは食事をもらいに、私は訓練場へ向かうべくその場で別れたんだけど……。うーん、まだ疲れが取れてないから軽い運動だけにしておこうかなー？

訓練場に着くと、お昼の時間だからか人はあまりいなかった。時間をずらして行くとこうなるよね。さっきも食堂で人が少なかったし、ちょっとだけ寂しい。人が多すぎても譲り合いになるから困っちゃうんだけどね。なんだろう、私って寂しがりなのかな。それなのに、近付きすぎると恥ずかしくて離れたくなるなんて。年頃のせいにしたくないけどそれしか理由が思いつかないのが辛い。今だけ、今だけ。深く考えたら抜け出せなくなっちゃうからね。

軽くペチペチと頬を叩いて早速ストレッチから始める。それから屋内アスレチックで身体を動かしていたんだけど……うーん。やっぱりすぐ疲れちゃうな。昨日までは平気だったのに、帰ってからこんなに疲れが出るなんて。やっぱりオルトゥスに帰ったことで気が抜けたんだろうな。気を張っている時の根性ってすごいよねぇ。

「お疲れですか、メグ」

「え？　あ、シュリエさん！」

屋内アスレチックから少し離れた位置で座り込んでいると、背後から優しい声が聞こえてきたので振り向く。そこには穏やかな笑みを浮かべる麗しのシュリエさんがいらっしゃった。眼福、眼福。

「なんだか、一気に疲れが出たみたいで。もっと訓練したかったんですけど、今日はもうやめておきます」

「そうなのですね。ええ、無理はしないのが正解です」

あちらでお茶でもいかがですか、と手を差し出されたので喜んでご一緒させてもらう。シュリエさんの淹れるハーブティーはすごくおいしいからね。そっと手を取ってエスコートしてくれるシュリエさんは本当に紳士的だな。ものすごく甘やかしてくれるけど、物理的な距離が本当に絶妙なんだよね。不快感や恥ずかしさをほとんど感じることがない。人との距離感を取るのがとてもうまいからこそ、交渉事もスムーズなんだろうなぁ。アスカとは違うタイプのすごさである。

「ふぅ……。やっぱりシュリエさんのお茶は美味しいです」

「ふふ、そう言ってもらえると嬉しいですね。リラックス効果がありますので、のんびりしてください」

　加えてお美しい微笑みを目の前で見られる贅沢。プライスレスですね！　癒しの時間だ。あんなに寝たのに今すぐ眠れそう。けど、さすがに今寝たら約束の時間に起きられなくなりそうだから起きていないとね。今夜、早く寝るようにすればいい。

「シュリエさんは、今日はもうお仕事は終わったんですか？」

　眠気を飛ばすためにもシュリエさんに話を振る。こうしてお茶を振舞いつつ、のんびりしてもいいと言ってくれるのだから、今はそれなりに時間が空いているってことだもんね。

「ええ。明日は朝早くから出なければいけませんので。今日は早めに休む予定なのです」

　その前に少し身体を動かしておこうと訓練場に立ち寄ったら私がいたので声をかけた、とのこと。

「あ、じゃあこれから訓練をするところだったんですか？」

「気にしなくてもいいのですよ。メグとこうしてゆっくり話もしたかったので」

　どこまでも紳士だ。完璧なお答えだ。せっかくの貴重なお時間をいただけて光栄の極みである。申し訳なく思う気持ちはあるけど、せっかくの機会であることは確かだ。少しお話をしてから部屋に戻ろうかな。話題はやっぱり、人間の大陸でのことが中心だった。私からこういうことがあったと話し、シュリエさんがたまに質問を挟んでくれる。終始にこやかで楽しい時間だった。本当はもっとたくさんお話をしたかったけど、シュリエさんの訓練の時間がなくなってしまう。そろそろ切り上げようと思い始めた頃、シュリエさんが少しだけ悩む素振りを見せてから控えめに口を開いた。

「あの、一つだけ聞いてもよいですか？」

「はい、何でしょう？」

シュリエさんは私の返事を聞いた後もまだちょっとだけ迷っている様子だった。なんだか珍しいなぁ。黙って待っていると、たいしたことではないのですけど、と前置きをして話し始めてくれた。

「アスカの態度に、何か変わりはありませんでしたか？」

「アスカの態度、ですか？」

その聞き方に違和感を覚える。だってアスカが人間の大陸でどう過ごしていたのかを聞くなら、アスカはちゃんとやっていたか、とかアスカの様子はどうだったかって聞くだろうし。

「変わらず無邪気でムードメーカーでしたけど、失礼な態度をとるようなことはなかったですよ？時々、すごく大人びた雰囲気を感じることもありましたし、周りのことをよく見ているし……」

「そう、ですか。……メグに対してはどうでしたか？」

あれ、求めていた答えじゃなかったのかな？　私に対して、か。質問の意図がちょっと気にはなるけどアスカのことを思い出しながら少し考えてみる。

「……変わらず仲良くしてくれましたよ。昔みたいに、すぐくっついてきたりはさすがになくなりましたけど！　でも、いつも気遣ってくれてすごく紳士的になったなって思います」

昔の可愛いアスカの面影を残しつつ、グッと大人っぽくなったアスカはきっとモテるだろうなーって思ったのが本音かな。いや、だってエルフ特有の美形で気さくで気遣いも出来て、さらにあれだけ強かったらモテるでしょ。ちなみに、シュリエさんは近付くのが畏れ多いオーラを放っているので隠れファンがすごく多いのを知っている。遠くから眺めているだけで幸せ枠である。すごくよくわかる。けど、アスカはなんていうか身近な存在なんだよね。言い寄る女の人が増えそうで心配だなー。本人は絶対に大丈夫だって言っていたけど。どこから来るんだろう、その自信。

「そうですか。私も色々と指導した甲斐があります」

「シュリエさんが直々に？　いいなぁ、アスカ」

「ああ、メグはありのままで問題のない立派なレディーですから。アスカには人との距離が近すぎるので、そろそろ配慮をと伝えたのですよ」

なーるほど。そういうことか。道理でアスカが落ち着いたわけだ。シュリエさんの指導なら間違いないし、大成功だったと断言出来る！

「私は少し……アスカのことも応援したいのですよ。結果はわかりきっているのですけどね」

「？　結果、ですか？」

シュリエさんはアスカの師匠でもあるから、応援するのは当然だと思うけど。なんだか、勝ち目のない戦いに挑んでいるかのような言葉である。問い返しても曖昧(あいまい)に微笑みを返すことしかしないから、これ以上は言う気がないのだろう。まぁ、二人だけの何かがあるんだろうな。ちょっと嫉妬しちゃうけど、内緒のやり取りがあってもおかしくない。それに、シュリエさんはすごく優しい目をしていたから、きっと何も心配はいらないだろうなってわかるもん。

「お茶、ごちそうさまでした！　私、そろそろ行きますね」

「ええ、引き留めてすみません。メグと話せて楽しかったですよ」

「こちらこそ！　私もすごく楽しかったです！」

会話が途切れたところで立ち上がってお礼を言う。シュリエさんだってそろそろ訓練をしたいだろうに、自分が引き留めただなんてどこまでも紳士……！　なんだか久しぶりだったなー。こうしてシュリエさんとお話をするのは。私の師匠でもあるシュリエさんだけど、最近はエルフの郷に行き来してアスカの指導をしていたみたいだし、どちらかというとアスカの師匠って感じだ。もちろんちょっと寂しいけど、アスカがオルトゥスの仲間になるためだし、アスカのことも大好きなのでいいのだ。……ちょっと寂しいけど！

さて、訓練をほとんどしなかったので予定が少し空いてしまった。アスカと待ち合わせをしている時間にはまだ早い。お茶をして時間を潰すっていうのも今さっき飲んだところだから却下だ。ここは一度部屋に戻ろうかな。どことなく身体が怠いからのんびりしたい。

「ふぅ……あ、寝ちゃいそう」

自室に戻って思わずベッドに仰向けに倒れると一気に睡魔がやってきた。このまま寝て夜に眠れなくなったらどうしよう。寝過ごして夕方の待ち合わせに間に合わないかもしれないのが一番心配だ。け、けど、すっごく眠い。私の身体は睡眠を求めているようだ。少しくらいは、いいかな？

「ショ、ショーちゃん……」

『はいなのよー！』

苦肉の策として、私はショーちゃんを呼ぶ。すぐに返事をしながら私の下に来てくれたショーちゃんに、目が半分閉じかけた状態でお願いをした。

「時間になる前に、起こしてほしいの……ちょっと、眠るから」

『お安い御用なのよ！　陽が落ちる前でいいのー？』

「うん、それでお願い……ごめんねぇ」

『ご主人様はお疲れなの。気にしないでゆっくり休むのよー！』

私の契約精霊が優しい。そして可愛い。ホッと安心したらさらに睡魔が襲ってきて、ついに目を開けていられなくなる。そのまま身を委ねて、私はとても久しぶりのお昼寝に突入した。


気付いた時には、夢の中にいた。最近は、夢渡りの能力が無暗に発動しないようにコントロール出来ていたと思うんだけど……。やっぱり疲れているからか、制御が甘かったみたいだね。せっかくだし、少し調査してみよう。休憩のためのお昼寝だったけど仕方ない。

この場所は……うん、よく知っている場所だ。ついさっきも立ち寄った訓練場。そこに私が何かを見つめながら立っている。何を見ているんだろう？　視線の先を追うと、そこには後ろ姿のギルさんが今にも訓練場から出て行こうとしている姿があった。それだけで胸がチクリと痛む。もう、寂しいからって反応しすぎだよ、私。そのまま見送るのかな、と思った次の瞬間。夢の中の私が何かに気付いたようにハッとしてギルさんに駆け寄った。そして……。

「えっ、ええっ⁉」

そのまま、ギルさんの背中に抱きついたではないか！　わわわわ‼　何してるの、私ーっ⁉　今の私に実体があったら真っ赤になっているところだ。は、恥ずかしいっ！

『ギルさん、私ね……』

抱き着いている夢の中の私だって顔が真っ赤だ。な、なんでそんなに恥ずかしいのに抱きついてるかなぁ？　もう見ていられなくて頭を抱えてしまう。

『メグ……！』

そうして身悶(みもだ)えていたら次の瞬間、今度はギルさんが振り返って夢の中の私を抱き締めていた。

ひ、ひぇ……！　ちょっと待って、これってどういう状況なの⁉　っていうか無理！　もう無理！　恥ずかしくてやばいからーっ‼

「わぁぁぁっ……！　あ、あれ？」

気付いた時には、ベッドの上で上半身を起こしていた。まだ心臓がドキドキいってる。な、なんだ今の。っていうか、もしかして今の夢はさ、予知夢でもなんでもなくて……。

「た、ただの願望、だったり……？」

ブワァッと顔が熱くなっていく。は、恥ずかしすぎる夢を見ちゃったよ⁉　甘ったれはここまで重症だったかっ！

「恥ずかしすぎて、実際にはあんなの無理だもん……私、ただのヤバイ人みたいだぁ」

膝を抱えて顔をうずめ、自分の痛々しさに精神ダメージを食らった私は、心臓のドキドキを静(しず)めるのに必死だった。う、うあぁぁぁ！

『ご主人様ー、熱があるのー？　大丈夫？』

そんな時、私を起こしに来てくれたのだろう、ショーちゃんがフワリとやってきて心配そうに声をかけてくれたものだからさらに肩がビクッとなる。ぐはっ、今の私にショーちゃんの純粋さは追加ダメージを与える……！

「だっ、大丈夫。ちょっと恥ずかしいことを思い出しただけなの！　あっ、今はぜーったいに心の声を読まないでね⁉」

『わ、わかったのよー？』

今、無邪気なショーちゃんに声を聞かれたらもう立ち直れない。これからアスカと地下の工房や研究室に行くんだから、ポンコツになってはならないのだ、絶対に！　それでもまだ夢のせいで挙動不審気味かもしれない。アスカはそういうのにすぐ気付くから、聞かれること前提で身構えておかねば。ショーちゃんに言ったのと同じ言い訳をすればいい、よね？　実際に起きたことではないけど、そうまた大きく嘘を吐いているわけでもないし。深呼吸をしつつ軽く身だしなみを整えて、私は部屋を出た。

「あ、メグー！　……ん？　なんかあった？　顔が赤いけど」

案の定、アスカは待ち合わせで顔を合わせた瞬間に突っ込んできた。気付かれるだろうとは思ったけど、会ってすぐにとは侮(あなど)れない。

「ちょっと、恥ずかしかったことを思い出して……」

目を逸らしつつ用意していた言葉を返すと、アスカは目をぱちくりとさせた後カラカラと明るく笑う。

「あー、ぼくもそういうのあるー！　後で思い出してさ、うわぁぁぁっ、てなるんだよね！」

「そ、そうなの！　だからもう突っ込んで聞いてこないでねっ！」

「わかった、わかった！　ちょっとその出来事は気になるけどねー。ぼくも聞かれるの嫌だし、聞かないよ」

ホッ、理解のある子でよかったよ。それに、うまく誤魔化せたみたい。やっぱり隠しごとの出来ない私は、ある程度本当のことを話さないとダメだね。嘘を吐くには真実を織り交ぜて話せ、っていうのはどこかで聞いた話だけど、顔に出るタイプにも有効な手段である。

それから話題はセトくんとマキちゃんのことに移り変わる。元気でやっているかな、と話しながら地下に向かっている内に、なんだか楽しみになってきた。相変わらず地下の空間は色んな音が響いている。カーターさんのいる鍛冶場が一番賑やかかな。防音の魔道具を使えばこのうるささも軽減はされるんだけど、変な音が鳴ったらすぐに気付けるようにって完全な防音はしていないんだよね、確か。だから、どうしても鍛冶場に近付くほど騒音がすごくて自然と大きな声になっちゃう。

「セトはここにいるんだよねー？」

「うん！　そう聞いてるよ！」

いつもより大きめの声で確認し合いながら工房の中を覗き込む。まだお仕事をしている人がたくさんいるから、邪魔にならないように気を付けないとね。コソコソと壁から覗き込むように二人で様子を窺っていると、すぐに職人さんたちに声をかけられた。

「お、もしかしてセトを見に来たのか？」

「奥にいるから、遠慮なく入っていいぞー」

微笑ましげに見られてしまった。なんだかすみません。私たちは小さく笑い合って、壁の後ろから出る。

「じゃ、お言葉に甘えて行ってみる？」

「そーしよー！」

アスカと一緒に工房の中をゆっくり歩く。色んな機械が置いてあるから、出来るだけ通路の真ん中を通るようにした。もちろん元から触る気なんてないけど、念のためである。

「あ、いた！　アスカ、あそこ！」

「え？　あ、本当だー。あれ、あの時よりかなり大きくなってない？」

「そりゃあ、人間だもん。セトくんはまだまだ成長期だろうし」

私たちとは成長の速度が違うのだ。たった一年でもかなり成長しているのは当たり前なのです。

アスカは、わかってはいたけど目の当たりにすると感動するかも、と笑っている。セトくんは線の細い少年だったけど、だいぶガッチリとしたように見える。それでもまだ細いんだけどね。しっかり食べて、休んで、いい環境で勉強が出来ているみたいで安心したよ。

「すっごい真剣な目……。職人って感じー」

「本当にそうだよね。もう一人前って言ってもいいのに、自分はまだまだって言って聞かないんだって。報告で聞いたよ」

「えー。謙虚すぎるのも考えものだなぁ。ぼくだったらこんなのが出来た！　ってすぐ自慢しちゃうのに」

まぁ、アスカはそういうタイプだよね。褒めてもらって伸びる子なのだ。それはセトくんもそうだろうけど、そこで満足したら成長出来なくなる気がする、っていう気持ちはちょっとわかるかも。

そうしてしばらく離れた位置で観察をしていると、ついにセトくんがこちらに気付いた。アスカは、やっと気付いた！　鈍いねー、と言っていたけど、この騒音の中、離れた位置にいる人を見付けるのなんて、戦闘力も魔力も持たない人間には難しいしそれが普通だと思う。

「て、天使、じゃなくて、め、メグ様と、アスカ様……！」

そして私たちを見つめながら名前を呼んだセトくんは、急に顔を真っ赤にして動きを止めたかと思うとフラーッと後ろに倒れていく。……あ、まずい。これ、前にも見たぞ？　近くにいた職人さんが慌ててセトくんを支えている。

「た、確かに久しぶりだけど、この距離でも倒れちゃうのー⁉」

「あはは、やっぱりセトだね！　変わってないなー。これは鼻眼鏡の出番かな？」

「わ、私はもう着けないからね！」

さすがに見知った人が多い場所であの眼鏡をかける勇気はない。あの時のテンションと知り合いがあまりいないっていう状況があったから装着出来たのだ。まぁ、ちょっと楽しんではいたけども！　近くに行ってみようかー、と笑うアスカに苦笑で答え、私たちはセトくんの下に歩み寄った。

セトくんは気を失ったわけではなかったらしく、すぐに支えられながら立ち上がってくれた。ホッ、良かった。ただ、久しぶりに私とアスカを見たから目が眩んだという。目が眩むって……。まぁ、エルフは眩しいよね、実際。輝く髪を持つ種族だし。

「相変わらずだなー、セトは！　変わってなくてホッとしちゃったー！」

「す、すみません」

アスカは楽しそうにケラケラ笑う。セトくんは恥ずかしそうにはにかんでいた。ふふっ、でもだいぶ逞しくなったって思うよ！　だって、目の前で見たセトくんは本当に大きくなっているんだもん！　前も私より背が大きかったけど、この一年で十センチ近くは背が伸びたんじゃないかな？　筋肉が少しついて、ガッチリしたからかもしれない。とにかく大きくなったなぁっていう印象が強かった。

「まだお仕事中？」

私がそう声をかけると、ちょうど今終わったところです！　という大きな声が返ってくる。緊張がものすごく伝わってきたよ。目は合わせてくれないけど、ちゃんと顔はこちらに向けてくれている。進歩だ。

「じゃあ、一緒にご飯を食べられそうだね」

「うえっ⁉　ご、ごごごご一緒して、いいんですきゃっ⁉」

めちゃくちゃ噛んでる。それがいちいちツボに入るのか、さっきからアスカがお腹を抱えて笑っていた。もう、笑いすぎだよ、アスカっ！

「もちろんだよ！　あ、でもこの後にマキちゃんのところに行こうと思ってるの。マキちゃんもタイミングが合いそうなら一緒にどうかな？」

「は、はははい！　あ、あの、それなら僕、片付けを済ませておきますのでっ！」

その間に研究所に行ってマキちゃんの様子を見て来たらいいね！　お話はご飯の時にゆっくり聞

ければいい。セトくんには、研究所に寄った後またここに来ると告げ、私は未だに笑い続けるアスカを引っ張りながら研究所に向かった。もう、世話が焼けるんだから！

研究所の方は鍛冶場と違って静かだ。当たり前だけど。でも最も爆発事故が多いのはここなんだよね。亜人は丈夫だから爆発を恐れることなくガンガン試すんだもん。多少の爆発じゃビクともしないもんね。けど、マキちゃんはか弱いからその辺り心配だ。もちろん、配慮してくれているだろうことはわかるけど……この保護魔道具があれば大丈夫！　とか言って爆発が多発していそうで怖い。魔大陸の人たち、特にここの研究所にいる人はその辺の感覚がおかしいのでものすごくあり得る。可能性大である。ヒヤヒヤだよぉ！

「こんにちはー！　メグです」

「アスカもいるよーっ!!」

研究所の中に入り、近くにいた人に声をかける。久しぶりに顔を見た、ということで私とアスカはおかえり、と笑顔で出迎えられた。それからマキちゃんについて訊ねると、みんなが苦笑しながら奥の研究室を指差す。な、なんでそんな微妙な顔をしているの……。

「いやぁ、所長とマキが意気投合しちゃってさ」

「ちょっと声かけたくらいじゃ返事はこないぞー？　酷い時は耳元で声かけても気付きやしねぇの」

「そうそう、すごい集中力でね」

そ、そうなんだ⁉　なんだか意外。あのミコラーシュさんと意気投合するなんて……。マキちゃんはやっぱり、研究者の才能があったんだねぇ。

「けど、メグちゃんやアスカが来たんなら反応もするだろ。勝手に部屋入って声かけてやってくれよ」

「声をかけなきゃ永遠にやってるから。飯だって言って無理矢理にでも連れ出してくれると助かる！」

「わかりました。様子を見ながら声をかけてみますね」

皆さん、苦笑は浮かべていたけどそれは全て好意的なものだ。それだけでマキちゃんがこの場所でうまくやっていけているんだなってことがわかる。なんだか嬉しい。でも、寝食忘れて夢中になるのはいただけない。ちゃんと健康的な生活をしてもらわないと。ミコラーシュさんはともかく、マキちゃんは人間で、身体も少し弱いんだから。

アスカと二人、奥の研究室を覗き込む。一応、ちゃんとノックはしたよ？　でも予想していた通り、中からの返事はない。さっき、皆さんから聞いていなかったら留守かと思って引き返しているところだ。ゆっくりドアを開けて、隙間から覗く。すると、デスクに向かって何かに集中している二人の姿が見えた。

「や、やっぱり、ま、魔力以外のげ、原因は、お、思い当たらないね？」

「そうですね……でもそうなると、人間の大陸で見付けたことに説明がつきませんし……」

す、すごく集中しているなぁ。でも、さっき頼まれたし、無理やりにでもご飯を食べに連れ出さないと。アスカと頷き合って二人に声をかける。

「ミコラーシュさん、マキちゃん！」

「い、一度人間の、た、大陸に、い、行ってみるかい？」

「いえ、たぶん大したデータは採れないと思います。魔素が少ないので……行くのなら他の可能性を探ってからの方が……」

ぜんっぜん気付かない。すごい。耳元で声をかけたのに。さっき研究員の人たちが言っていたことは本当だったんだ。ちょっと呆れてしまうよ。あっ、アスカの目が輝いた。絶対に今、悪戯を思いついたよね。この顔は。まぁ、危険なことはしないだろうし、少し様子を見てみよう。アスカは二人が見つめる手元、つまり二人の視線が集まっている場所に勢いよく頭を突っ込んだ。

「ばぁっ!!」

「うわぁっ⁉」

「きゃぁっ!!」

さすがに目の前に顔が現れたことで驚きの声を上げた二人。アスカ本人は驚いてもらえて大変ご満悦な様子である。ちょっとかわいそうかなって思ったけど、可愛いイタズラの範囲内だよね？　気付いてもらえたから良しとしよう、うん。

「え⁉　あ、アスカさん？」

「こんにちは、マキちゃん。久しぶりだね」

「ええっ！　メグちゃん！　わわ、気付かなかったぁ……！」

ようやく私たちの存在に気付いたマキちゃんは、心臓を押さえながらもすぐにおかえりなさい、と微笑んでくれた。やっぱりその笑顔は、なんだか私を癒す表情だ。

「邪魔してごめんなさい、ラーシュさん。でも、皆さんが無理やりにでもご飯に連れて行けって」

マキちゃんに笑顔を返して、すぐにラーシュさんにも声をかける。髪が跳ねているのも優しそうな雰囲気なのも変わらない。性格も穏やかなラーシュさんだから、安心してマキちゃんを任せられるというものだ。……ミコさんは、刺激が強いかもしれないけど。

「い、いや、こ、声をかけてくれて、た、助かったよ。ぼ、僕はつい、ま、マキに無理をさ、させてしまうから……！」

「そんな、ラーシュさんのせいじゃないです。私だっていつもつい夢中になっちゃって」

「そ、それを、き、気を付けるのが、せ、責任者の務め、なんだよ。で、でも、た、頼りなくてご、ごめん」

二人してペコペコと頭を下げ合っている。いつもこんな調子なんだろうなって想像したらほっこりした。

「あのねー、セトと一緒にご飯食べようって話してきたんだー。だから、マキもどう？　色々話したいしー」

「本当ですか⁉　あ、えっと、ラーシュさん……」

アスカが本題を切り出すと、マキちゃんはパァッと表情を明るくした後、すぐにラーシュさんの方を見た。一応上司っていうか、先生みたいな関係だもんね。視線を向けられたラーシュさんはフワリと笑うと、マキちゃんに頷く。

「も、もちろん、行ってきて。ぼ、僕はもうすぐ、み、ミコと、代わるから。きょ、今日は夜、で、出かけるらしい、し」

なるほど、今日はミコさんの夜遊びデーか。何をするのかとかは詮索しない、考えない。私はまだ健全な子どもなのです。

「じゃあ、この続きはまた明日ですね。私、色々考えてみます！」

「う、うん。僕もか、考えておく。きょ、今日も、お、お疲れ様」

それから私とアスカもラーシュさんに挨拶をして、マキちゃんとともに研究所を出た。隣を歩くマキちゃんを見下ろしてみる。うん、マキちゃんも大きくなってるなー。十一歳だもんね。前に見た時より目線が高い。

「改めて、お久しぶりです。メグちゃん、アスカさん！」

「うん。久しぶりだね、マキちゃん。元気そうだし楽しそうで安心したよ！」

「ほんとー！　マキも大きくなったね？　メグ、あっという間に抜かされたりしてー」

それは本当にあり得るからね？　むしろ確実に数年後には抜かされてるよ、私。くっ！　いいの！　種族が違うんだから当たり前なのっ！

「なんだか難しそうな話をしてたよねー。ぼく、さっぱりわかんないや」

「そ、そうですか？　意外と簡単ですよ？」

「それがもう研究者の感覚って感じー」

アスカの言葉にきょとんとしながら返事をするマキちゃん。うん、これにはアスカに賛成。私は異世界の落し物について研究のお手伝いをしていたからちょっとわかるけど、大人の、それも超絶頭脳の持ち主であるラーシュさんが対等に考えようとしているってだけでマキちゃんのすごさがわかるというものだ。つまり！　マキちゃんの「意外と簡単」は当てにならない！

「セトくん。お待たせ。片付けは終わったかな？」

「は、はい！　大丈夫です！」

　途中、約束通りに鍛冶場に寄ってセトくんと合流。私たちは揃って地下から一階まで上り、食堂に向かった。ちょうど仕事終わりの時間ということで、食堂はそれなりに人が集まり始めていた。

　アスカとセトくんが食事を運んでくるというので、私とマキちゃんは先に席を取ることに。四人で座れる場所を見付けてマキちゃんと座りながら二人を待つ。

「ここは、ご飯もすっごく美味しいです。いつも食べすぎちゃって……居候なのに、なんだか申し訳なくって」

「でも、遠慮しちゃダメって言われるでしょ？」

「は、はい。もう、最初は皆さんがすっごく甘やかしてくるからどうしたらいいのかわかんなかったです」

　わかるー！　すっごく気持ちがわかるー！　子どもで女の子だもん。みんなたくさん世話を焼くに決まっている。よく食べ、よく休み、好きなことをする生活をしているからか、マキちゃんの肌ツヤはとても良くなっているし、髪もツヤツヤだ。ちゃんと体重も増えて健康的な体型になっていて、本当に見違えたよ。話によると、ちゃんと医務室で見てもらったからか、発作が起きることも今はないみたい。どうも、喘息だったらしいんだよね。改善したみたいで本当に良かった。お兄さんたちにも、早く会わせてあげたいなぁ。あと数年は先かな。マキちゃんだって我慢しているのだろうし、私も話題に出すのは我慢だ。

「親切にされすぎてダメになりそうだよね、ってセトと話していたんですよ！」

どうやら、セトくんともかなり仲良くなったみたいだね。ルディさんやフィービーくんとはまた違ったタイプのお兄ちゃんって感じなのだそう。いつも気にかけて世話を焼いてくれるけど、逆にマキちゃんがお世話することもあるんだって。想像出来ちゃうな、それ。セトくんも職人気質だから、集中すると周りに目がいかなくなるだろうし。似た者同士？　けど、本当に安心した。うまくやれているみたいだし、寂しい気持ちも紛れているかな？

「そうやって考えられるなら二人とも大丈夫だよ。その分たくさん頑張ろうって思うタイプでしょ？」

「それはもちろんです！　でも、最近はなかなか思うように進まなくて」

けど、なんでもかんでも順調！　とまではいかないようだ。マキちゃんは難しい顔をして腕を組んでいる。

「さっきラーシュさんと話していたことかな？」

「そうなんですよ。今、異世界の落し物が発生する原因と、共通点を研究していて……」

マキちゃんが説明し始めたその時、アスカとセトくんが戻ってきた。食事の載ったトレーをテーブルに置くと、セトくんがクスッと笑いながらマキちゃんに話しかける。

「また考え込んでいるでしょ。食事と休憩の時は頭もリラックスさせるって約束したじゃない」

「そ、そうでしたー」

なるほど、そういうルールを作っていたんだね。確かに、意識しないといつまでも考え込んで頭がパンクしちゃいそうだ。特にこの二人は！

「セトくんが、お兄ちゃんしてるね」

「本当だ！　なんだー、結構頼りがいあるんじゃない。やるね、セト！」

「えっ⁉　あっ、いえ、そ、そんなことはっ」

私とアスカがニコニコしながら話していると、またしても慌て始めるセトくん。なんだかごめんよ。魔大陸の人たちが相手だとどうしても緊張しちゃうんだろうなぁ……。

「セトはね、すごく整った容姿の人が相手だとこうなるみたいなんです。綺麗な作品を見てもすごく興奮するから、美的感覚が刺激されてどうしようもなくなるんじゃないかなって私は考えてます」

私が相手だとセトも普通のお兄ちゃんですもん、とマキちゃんはにっこりと笑っている。なるほどねー。美しすぎるとボーッとなる気持ちはわかる。その感覚が人よりも敏感ってことなのかな。それはまた、大変な体質だ。だってオルトゥスの人たちは特に美形さんが多いもん。

「こ、これでもだいぶ慣れたと思うんですけどね……」

「倒れなくなったもんねー！」

「マキっ！」

マキちゃんがセトくんをからかっている姿に、私とアスカは目を合わせる。

「思っていた以上に仲良しになってるよねー」

「ふふっ、心配する必要なんてなかったみたい」

マキちゃんがいるとセトくんも緊張が少し和らぐ様子。そのおかげもあって、セトくんは四人で一緒に食事をしていくうちにだいぶ普通に話してくれるようになった。鼻眼鏡は封印決定かなー。

5　留学組の成長

その後はみんなで近況報告をし合いながら楽しく食事をした。セトくんやマキちゃんから聞く魔大陸に来て驚いたもの、を聞くのはとても楽しかった。逆に二人はアスカから聞く人間の大陸で面白かったもの、を聞いて楽しそうに笑っていたよ。文化の違いを理解し合うのはいいことだ！

「あ、そうだ！　セト、メグちゃんに見てもらいたいものがあるんでしょ？」

食事も終える頃、マキちゃんが思い出したように手をポンと叩く。セトくんはそれを聞いて、えっ、今⁉　と慌てているけど。なんだろう？

「せっかくだもん。見てもらったら？」

「え、あー、えっと。その」

マキちゃんに背中を押されつつも、セトくんは目を泳がせてまだ踏み切れないでいるようだ。そこでやっぱりいいです！　と言われても気になって仕方ないので私の方から先手を打ってしまおう。

「セトくん、ぜひ教えて？　えっと、特別ダメな理由がなければ、だけど」

この一言が効いたのか、セトくんはあっさりとわかりました、と首を縦に振る。それでいいのか。ま、まぁいいか。セトくんは支給されたという収納魔道袋からいくつか木で出来た作品をテーブルに並べてくれた。え、あ！　これって……！

「木の天使像だね。すごい……手のひらサイズなのに細かくて街に飾られていた石像と比べても遜色ないよ……！　ものすごく上達してない⁉」

「ほ、本当ですか⁉」

人間の大陸から魔大陸へと旅立つ時、セトくんから渡された天使像を私も収納魔道具から出して隣に並べた。うん、やっぱり並べるまでもなくものすごく上達しているのがわかる。あの時の最高傑作と言っていただけあって、私が貰った物もかなりの出来だったけど、今見せてもらったのはもっとすごい。っていうか、木彫りでこんなにも表現出来るんだ……？　服のしわとか、髪の毛一本一本が細かく表現されていて、木で出来ているとは思えないくらい。一年でここまで上達するとは。

「あっ、あのっ、は、恥ずかしいのでこっちは回収してもいいですか……？」

「それはダメ。これはこれで私、すっごく好きなの！」

「ひえぇ……」

私が持っていた方にセトくんが手を伸ばしかけたのでサッと奪い取って抱き締める。すでにこれは私にとって宝物の一つになっているんだから。上達したからこそ昔の作品の欠点が見えて気になるのかもしれないけど、出来不出来は関係ないのである！

「これ、本当にすごいねー！　チェーンとかつけてさ、バッグとかベルトとかに付けるアクセサリーに出来そうじゃない？」

「わ、それいいですね！　セト、出来る？」

「出来るけど、アクセサリーにするならもっと小さくした方がいいかもなぁ……」

え、あれ？　ちょ、ちょっと待って。アスカの言葉にマキちゃんが食いついちゃってセトくんがその気になり始めていませんか⁉　す、ストップ、ストップ！

「それ、私がモデルって丸わかりだよね……？　それをアクセサリーにされるのは、その、さすがに……」

「だ、ダメ、ですか……？」

うっ、やめてセトくん、そんな捨てられそうな子犬の眼差しで見てくるのはっ！　で、でも本当に！　さすがにこれは許可出来ないからっ！

「わ、私がモデルだってわからないデザインならいいんだけど……」

モデルのいない少女像とか、動物モチーフとか……！　だって考えてもみてよ。色んな人が自分を身に着けている気持ち。居た堪れない……！

「うーん、確かにこれをみんなが着けるのはよくないかもー？　メグがまた色んな人から狙われちゃう」

「えっ⁉　メグちゃん、狙われているんですか⁉」

「そーだよぉ？　こーんなに可愛いくて能力も高いんだもん。悪い人が狙わないわけないじゃーん」

いやアスカ、言い方！　しかし完全に的外れというわけでもないから否定しにくい！　というかここは否定しないでいた方が作るのを考え直してくれるよね。が、我慢だ、我慢。曖昧に微笑むんだ、私。

「そ、それもそうですね……。では、こちらは魔王様や頭領にお渡しするだけにしておきます……」

「いや、それも待って？」

なんでもすでにセトくんの作品は噂になっているらしく、お父さんや父様から出来たら貰いたいと言われていたらしい。……こらぁっ！　父たちぃっ！　とにかく、まずは私がお父さんや父様に話をするからそれまでは誰にも渡さないようにとセトくんにはしっかり言っておいた。一応セトくんも、二人からは私の許可を得てからとは言われていたらしい。うむ、そこは素晴らしい。お父さんと父様は私の好感度を下げずにすんだ。

「マキちゃんは、明日もまた研究の続きかな？」

セトくんの上達に驚き、話が一度落ち着いたところで今度はマキちゃんに話を聞く。私の質問に頷いて答えたのを確認し、明日は私も一緒に行ってもいいかと訊ねた。

「異世界の落し物に関しては、私も少しだけ協力出来るかもしれないから」

「そうなんですか⁉　ぜひっ！　大歓迎ですっ」

マキちゃんの目がキランと輝いた。な、なんかオルトゥスの研究者っぽくなったよねぇ……。夢中になる分野に対して目の色変えるところはラーシュさんの影響をかなり受けている気がする。ま、まぁいい。私としても前世と繋がりのある世界からの落し物については一度しっかり知っておきたいと思っていたからね。本当にあの世界なのか、似ているだけの他の世界なのか。物が転移してくるのはなぜなのか、転生や転移してくるのも何か繋がりがあるのか、とかね。

マキちゃんと約束をした後は、四人でそれぞれこの一年の話をして盛り上がる。意外と、私たちの話も興味深そうに聞いてくれていたな。行ったことのない地方の話なんかは特に。同じ大陸でも行ったことがなければ気にもなるか。そのおかげで、後半は私とアスカがずーっと喋り続けることになっちゃった。楽しかったけど、ちょっと疲れたーっ！

翌日、今日は朝から研究所に顔を出そうと決めていたので、いつも通りの時間に起きて身支度、朝食を済ませた。そのまままっすぐ研究所に向かうと、所員の皆さんがすでにラーシュさんとマキちゃんが談義を繰り広げていると苦笑しながら教えてくれた。えっ、どれだけ早い時間から話をしているの⁉　食堂では見かけなかったな、とは思っていたけど！　まさか朝食抜きにはしてないよねぇ？　ラーシュさんはともかく、マキちゃんはちゃんと食べているといいんだけど。ヒヤヒヤしながら部屋のドアをノックして中へ入る。返事はもちろんありません。昨日みたいに集中しているから気付いていないのだろう。ちょっと心配になるよ……。

「おはようございます、ラーシュさん、マキちゃん」

「だからこれがー……って、あ、メグちゃん！」

「お、おはよう、ございます」

目の前にヒョイッと顔を出して挨拶したことでようやくこちらに気付いてくれた二人。本当に危険な時とか、大丈夫？　逃げ遅れたりしない？　まぁ、そんなことは滅多に起こらないだろうけどさっ。

「マキちゃん、ご飯食べた？」

「あ、あはは。実は食堂でサンドイッチをもらってここで食べたんです」

「そっか。んー、ちゃんと食べているならよし！　でも根を詰め過ぎちゃダメだよ？」

私が人差し指を立てて注意すると、照れたようにマキちゃんは頭を掻いた。悪い部分まで勉強しなくていいからね？　頼むよ？　ジトッとラーシュさんを見ると、申し訳なさそうにビクッと肩を揺らしている。自覚はあるらしい。ただまぁ、この人も悪気があるわけじゃないもんね。熱中すると自分でも制御出来ないのだ。ある意味病気である。引き続き所員さんに頼るしかなさそうだね。まったくもう。

「それで、今はどんな研究をしているんですか？」

このことをいつまでも話していても時間の無駄なので、早速本題に入ることにした。ラーシュさんとマキちゃんの目がわかりやすくキランと光る。お、おう。

「今、僕たちは異世界の落し物が落ちてくる場所について考察を続けているんだけどね。これまでの研究では魔力の溜まる場所に落ちてくるんじゃないかって説が有力だったんだ。実際、魔大陸で発見された落し物はこのオルトゥス周辺で見つかっているからね。だけど……」

「だけど、落し物は人間の大陸でも見つかったでしょう？　私が当てもなく散歩している時に見付けるくらいだし、その仮説はちょっと違うんじゃないかって。だって、私には魔力がないし、そもそも人間の大陸には魔素があまりないからって。それじゃあどういった条件で異世界からの落し物が……」

「わ、わかった！　わかったからちょっとストップ！　二人とも早口すぎるよーっ！」

ラーシュさんに続いてマキちゃんまでもがものすごい勢いで説明をするからたじたじだよ！　しかもじわじわとこちらに近付いてくるし！　ちょっと怖い。両手を前に突き出して叫ぶように止めると、二人ともすぐにハッとなって同時に謝ってきた。やっぱり似てきたよね。心中複雑である。

「え、えーっと、とりあえず質問させてもらっても……？」

「「もちろん！」」

「わっ、あ、あはは……」

一度は落ち着いたものの、やはり第三者がこの話に興味を持ってくれるのが嬉しいらしく、二人の目がキラキラと輝いている。これはある程度は耐えなければなさそうだ。覚悟を決めよう。

「えっと。魔大陸で異世界の落し物を見付けた場所の分布図とかはあるんですか？」

「あ、あるよ！　ちょ、ちょっと待って」

私の質問を聞いてラーシュさんが迅速に動く。そりゃもう迅速に。そこまで広いとは言えない室内をシュバッと移動し、丸められた大きな紙を中央のテーブルに広げた。上に載っていた物を思いっきり無視しているので、バラバラと物が床に散らばっていく……。いいのかそれで。

「はい、こ、これ」

「ありがとうございます。……うーん、オルトゥスの周辺が一番多いですね。次に魔王城、か。各特級ギルドもちょっとあって、他にも各地でチラホラ、かぁ」

分布図にはわかりやすく赤い点で落し物を発見した場所が示されていた。赤い点が多く集まっているのはオルトゥス周辺。次点で魔王城のようだ。確かに、これだけ見ると魔力の多い場所に現れるって仮説が立つのもわかるな。だってお父さんと父様がいるからね。今は魔王城にはリヒトもいるし、今後は魔王城付近でも増えそうだ。……あ、いや、魔力の多さという仮説が違うんじゃないかって話になっているんだっけ。マキちゃんが見つけた異世界の落し物は人間の大陸だし……。そこで見つかるなら魔大陸ではもっとたくさん見つかっていてもおかしくないよね。

「マキちゃん、こういう落し物はマキちゃん以外で見付ける人はいたのかな？」

「う、うーん、それはよくわからなくて……。私、身体も弱かったしあまり遠くまで出歩けなかったので」

「それもそっかぁ」

ん？　そう考えるとますます違和感が……。マキちゃんは街の散歩中に見付けたって言うけど、その街でさえ出歩く範囲は狭かったはず。貧民街も危険な場所には近付かなかったって言っていたし、もっと狭いよね？　それなのに、箱にいっぱいの落し物を見付けるなんて、そんなに都合よく見つかるものかな？　まるでマキちゃんが引き寄せたみたいな……。そこまで考えてハッとする。

「っ！　ら、ラーシュさん！　異世界の落し物を見付けた時期ってわかります⁉　時系列と場所を見比べたいんですけど……！」

「も、もちろん。い、一度それも、し、調べたからね」

ラーシュさんはそう返事をすると分布図に魔術をかけた。すると、赤い点だけだったのが濃淡のある点へと変化していく。

「い、色がこ、濃いほど昔で、う、薄いものほど、さ、最近み、見つけた物、だよ。く、詳しい時期も、わ、わかるけど……」

分布図に集中する。オルトゥス周辺は濃淡満遍（まんべん）なくあるけどやや薄めの物、つまり最近の物が多いみたい。魔王城は薄いのが圧倒的に多いようだ。そして各地にあるのは濃淡バラバラ。全体的に、最近になって落し物がグッと増えたような印象がある。まぁ、最近といっても数十年単位ではあるんだけど。一見、関連がなさそうに見えるけど、私の予想が正しければ……！

「魔王城付近で見つかった薄めのものの中で、一番古いのがいつ頃かわかりますか？」

ドキドキしながら返事を待つ。すると、ラーシュさんからは予想通りの答えが。うん、私の仮説が真実味を帯びてきた。

「な、何かわかったんですか？」

マキちゃんとラーシュさんの視線が痛い。そ、そんなに期待のこもった眼差しで見られると……！　きっとそうだって思ってはいるけど自信がなくなっていくぅ。

「た、たぶんだよ？　仮説だからね？　違っていたらごめんね？」

「その仮説を考えていくのが研究の醍醐味なんじゃないか！」

「そうですよ！　間違いを恐れていたら何も始まりませんから！」

「ハイ」

食い気味である。わ、わかったからもう少しだけ落ち着いてっ！　ちょっとだけ離れてね、と二人に声をかけてひとつ咳払い。私は、自分の考えを口にした。

「異世界の落し物は、場所を目当てに落ちてるんじゃなくて、特定の人の近くに落ちてるんじゃないかな……？」

そうなのだ。魔王城で見つかった落し物は、リヒトが魔王城にやってきた後から急激に増えているんだよね。薄めのマークの中で一番古い物の時期が、ちょうどリヒトが魔王城に住み始めた時期と一致するから。だからこれは、リヒトをめがけて周囲に落ちてきているんじゃないかなって思うのだ。これについてはもうほぼ間違いないよね？　じゃあそれ以外はどうなんだって？　それはもちろん、お父さんをめがけて落ちてきているのである。お父さんはオルトゥスはもちろん、魔大陸各地に出向いている。あちらこちらで落し物が見つかるのもたぶんそれが理由だろう。濃い色の魔王城付近の物は、お父さんが呼び寄せていると考えれば不思議じゃない。そして、オルトゥスが一番多い原因は私だ。私がずっとオルトゥスにいるからである。もうお分かりだろう。つまり、異世界の落し物は……。

「元々は異世界にいた人、つまり異世界の魂に引き寄せられているんじゃない、かな？」

それなら、なぜか日本の物ばかりが落し物として見つかるのも頷ける、のだけど。二人の沈黙が怖い。辛い。何か反応してぇ……！　縮こまっていると、バンッとテーブルに両手をついてラーシュさんが感動したように口を開く。び、びっくりした。

「そ、それだ。それだよ、メグさん！　もうそうとしか考えられない！　頭領が引き寄せていたのなら各地で見つかるのもわかるし、最近になって魔王城周辺で落し物の数が増えてきているのも納得だ！」

「ちょ、ちょっと待ってくださいっ！」

興奮気味に話すラーシュさんの言葉を止めたのはマキちゃんだ。その表情は複雑そうで、新たな仮説に嬉しい気持ちはありつつも困惑している、って感じ。まぁ、そうだよね。

「そ、それでいくと……私も異世界の魂を持っているってことに、なりませんか……？」

理解が早くて助かるよ。そう、仮説が正しければそうなるよねーって私も考えたのである。

「……そうなるね？」

「そ、そんな軽く……」

なので、首を傾げながら微笑むと、ちょっと脱力したようにマキちゃんも苦笑を浮かべた。えへへー……？

「でも私、メグちゃんみたいに覚えていませんよ？　前世のことなんて、なんにも……」

マキちゃんは困惑しながら首を何度も傾げている。どうやら、すでにラーシュさんから私やお父さん、リヒトの境遇について聞いてはいるみたいだ。それなら話が早い。

「たぶんだけど、覚えていないのが普通なんだと思うの。私がちょっと特殊だっただけで……。そもそも、私は普通の転生でもなくて、この身体に魂が宿ったって感じだから」

魂は巡るって今ならわかるし、今生きている人たちも遠い昔の誰かの生まれ変わりだ。そうじゃない場合もあるかもだけど、転生することがある、というのはわかっているからね。それなのに前世の記憶があるという人に、私は自分以外で会ったことがないもん。だから、普通は全て忘れちゃうんじゃないかなって。そう伝えると、マキちゃんは少しだけ納得したみたいだった。

「でも、実感がないなぁ……」

マキちゃんが胸に手を当てて小さく呟く。覚えていなければそうだよね。というか、まだそうと決まったわけでもないけど。でも、私には少しだけ心当たりがあるのだ。

「実は、マキちゃんのことは会った時からどこか懐かしいって思うことがあって」

「えっ」

そう、やけにマキちゃんと一緒にいると、懐かしいような不思議な感覚になることが多い。気のせいかなって思ったり、単純に相性がいいのかも、とか思ったりもしたけれど。

「メグちゃんって呼ばれた時とか、ふとした時にどことなく懐かしいなぁって。会うのは初めてなのに不思議だな、なんとなく落ち着くなって思っていたの。魂が同郷なのだとしたら、それも納得かなって」

もちろん、これだってただの推測だ。確定じゃない。だからちょっと恥ずかしくなって誤魔化すように笑う。

「じ、実は、私も……」

「え？」

そう思っていたら、マキちゃんも心当たりがあるとのこと。まさかの⁉　驚いて見つめると、マキちゃんは照れたようにもじもじしながら教えてくれた。

「メグちゃんほどハッキリとはわかりませんよ？　ただなんとなく、初めて見た時からメグちゃんが大好きだなって無条件で思ったっていうか……。なんとなく、大切な人になる気がするっていうか」

気のせいかもって思っていたんですけど！　とマキちゃんは慌てて両手を振る。その姿がなんだか可愛い。でも、そっか。マキちゃんもちょっと不思議な感覚を私に対して抱いていたんだね。これはますます推測が当たっているような気がしてきた！

「信憑性が高まってきたね？　その仮説で研究を続けてみようと思うんだけどどうだい？　ここにきて研究が前進しそうでワクワクするよ！」

　これまで黙っていたラーシュさんの早口が炸裂した。い、生き生きとしている……！　私は苦笑しながら、マキちゃんはとびっきりの笑顔でそれぞれ首を縦に振った。

　とはいえ、問題なのは確かめる方法である。マキちゃんの前世が本当に異世界人のものなのかを、どうやって確かめればいいのかってことだ。ラーシュさんとマキちゃんは二人で頭を突き合わせて悩み始めている。

「あー、えっと。マキちゃんは嫌かもしれないんだけど」

　しかし、私にはその手段もあったりするんだなー……。あまり気は進まないんだけど。でもたぶんこの二人は構わん、やれ！　って勢いになる気がしている。案の定、私が口を挟んだだけでグルンッとものすごい勢いで同時に顔をこちらに向けたからね。頼む、落ち着いてください。

「え、えーっと。その。私の特殊体質を使えばわかると思うの。夢渡りっていうんだけど……。夢で、マキちゃんの魂の記憶に触れることは出来る、と思う」

　でもプライバシーもへったくれもなくなるんだよね。夢渡りをしたら前世の記憶を探ることは出来ると思うけど、その取捨選択までは出来ない。勝手に流れてくるから。だから、マキちゃん本人の思い出はおろか、彼女の知らない前世の記憶まで私が知ってしまうのはなんだか申し訳ない気がするのだ。

「大丈夫です。ぜひ調べてください」

けど、マキちゃんは即答だった。ちょ、もう少し悩んで！　私が心配になるからぁ！　慌ててちゃんと伝えもしたんだけど、研究者の頭になっているマキちゃんは一切引かない。いつのまにこんなに逞しくなったの、この子……！

「あ、でももし恥ずかしい記憶があったら、内緒にしてくださいね……！」

それでも、ふと我に返るのがちょっと可愛い。思わずキュンとしちゃったよ。くーっ、マキちゃんったら手強い！

「メグちゃんならきっと大丈夫って、そんな気がするんです」

極めつきにそんな口説き文句を言いながら私に近寄るマキちゃん。お、恐ろしい子っ！

本当は、記憶を探るのが怖いのは私なんだよね。マキちゃんはたぶん、あんまり実感がないからこそ、こうして言える部分もあるんだと思う。記憶にない前世のことなんて、大体の人は面白半分に聞き流せたりするものだもん。けど、私はもしかしたら前世での知り合いなのかもしれないって思うと怖いのだ。友達だったら？　会社の同僚だったら？　知っている人だったらどう受け止めていいのかわからなくなる。この世界と日本とではどうも時の流れ方が違うっぽいし、転生や転移したタイミングによっても大幅に時代が前後していたりするから心配しすぎなのかもしれないよ？　でも、やっぱり身構えちゃうじゃないか。私の方に心の準備が必要になる。夢の中で動揺するのは夢渡りをする上で危険なのだ。その夢に捕らわれてしまう可能性があるからね。

「あ、でも。その、メグちゃんが難しいって思うなら、無理はしないでほしいです。研究よりもメグちゃんの方が大事だもん。ね、ラーシュさん！」

「そ、それはも、もちろんだよ！　め、メグさん、む、無理はしないでく、くださいっ」

あまりにも私が悩んでいたからか、二人が慌ててフォローに回り始めた。その言葉は本心だってわかるけど、出来ればやってほしいって顔が言ってる。わかりやすい。そうだよねぇ。長年、変化のなかった研究が進みそうなんだもん。私だって協力したいって気持ちが大きいよ。無理は出来ないけど、無理ではないこともわかる。うーん、どうしようかな。

「……わかりました。やってみます！　けど、一つだけ！」

熟考の末、私は夢渡りをやるという方向で返事をした。その瞬間、ものすごく喜んだ二人。でもすぐに心配そうな顔になる。暴走しがちだけど、きちんとブレーキをかけられるのは素晴らしい。思わずクスッと笑っちゃった。

「ちゃんとリスクも説明するので聞いてください。その上で、一緒に考えてくれませんか？」

「そ、それはもちろん！」

「しっかり教えてください！　私たちも、リスクを背負えるところは背負いたいです！」

うん、やっぱりさすがだよね。私はホッとして説明を始めた。どうしても知られたくないことまで見えてしまう可能性があること、私の知り合いだったら動揺してしまうかもしれないこと、そうなるともしかしたら夢の中に取り残される可能性があることなどだ。

「誰かに夢の中へ一緒に来てもらって、危ない時は引き戻してもらうって手もあるんだけど、それはそれでかなり精神的に負担がかかるから危険度合いは変わらないんです。なので、危険な目に遭う人を減らすためにも一人で渡るつもりだから、私を信じて待っていてもらうしかないんですけど……」

ほぼ大丈夫だとは思う。よほどショックを受けない限り夢に捕らわれることはないから。けど、万が一のリスクがあるからね。そうなった場合、私よりも二人が気にすると思うのだ。そりゃあ、私だって夢に捕らわれるのは嫌だし、怖い。でも、自分の能力だから絶対になんとかしてみせるっていう決意がある。術を受けるマキちゃんだけは絶対に守るという自信だってある。けど、二人は待っていることしか出来ないんだもん。もどかしいと思うだろうし、待っているだけって実はかなり辛いんだよね。

「……ど、頭領にそ、相談してみ、みましょう」

「お父さんに？」

「は、はい。そ、そこまでだ、大事な話なら、こ、ここで決めるのはよ、よくないので」

それもそうか。ラーシュさんはさすが大人である。よく考えたら私もマキちゃんもまだ子どもなんだよね。それなのに簡単に決めようとしている辺りが未熟なのだ。反省、反省。

「わかりました！　じゃあ早速、私が……」

「い、いや、ま、待って」

お父さんに話してみます、と言おうとしたところでラーシュさんがストップをかけた。なんだろう？

「こ、これは、ぼ、僕が伝えるべきこ、ことだから。お、オルトゥス研究所の、所長として」

いつになく真剣な眼差しで私に告げるラーシュさんはかっこいいと思った。そう、だよね。研究を任されている代表として当然負うべき責任というやつなのだ。考えが足りていなかったのは私の方だったね。なんでもかんでも自分でやろうとしたらダメだった。

「……わかりました。お願いします、ラーシュさん。私からの説明も必要かもしれないので、一緒に行ってもいいですか？」

「そ、それなら私も！　夢渡りをしてもらう当事者としてっ！」

そう伝え直すと、マキちゃんも慌てて挙手をした。そりゃあ心配だよね。自分だって何かしたいって思うよね。私はマキちゃんと目を合わせて微笑み合う。

「わ、わかったよ。ふ、二人がいるとこ、心強い、ね」

ラーシュさんは私たちの勢いに驚いたように目を丸くしていたけど、すぐにふにゃりと笑って受け入れてくれた。この人が研究所の所長を務めているのは、ただ優秀なだけじゃないんだなぁって実感する出来事だった。

そうと決まれば、お父さんを捕まえるところから始めないとね。スケジュールを受付で確認しに行こう。しめしめ、この二人をお昼休憩に連れ出す口実が出来たぞ。案の定ラーシュさんとマキちゃんは、この後は午前中の時間いっぱいまで使って異世界からの落し物を一つ一つ研究し続けるという。わかっていたけどさー、それにしたって思考の切り替えと集中力がすごすぎじゃない？　すでに私の存在を忘れられている気がする。まぁいいか。お昼の時間になったらまた乗り込もう。そう決めて、私は一度研究室を後にした。ふぅ、なかなかに濃い時間だったー！

昼食の時間になり、お昼休憩ですよー！　と研究室のドアを元気に開けた私でしたが、見事にスルーされました。どうも、メグです。めげませんっ！

「もうっ、二人ともっ!!」

「わぁぁっ！」

「ひゃぁっ!?」

でも、ちょっと寂しかったのでまた目の前に顔を出して驚かしてやりました。切なかったんだからねっ！　まぁ、反応はわかっていたけど。本当にしっかり見ておかないと、この二人は永遠に研究しているかもしれない。食事と睡眠をしっかりとらないと研究道具は使わせない、とかそういうペナルティーが必要なのでは。……いや、それは本気で落ち込みそうだからやめておこう、うん。

「お父さんのスケジュールを確認するんでしょう？　休憩も取らなきゃだし、しっかりしてくださいよ、ラーシュさんは特にっ！」

「ご、ごめんなさい」

「私もごめんなさいぃ」

うむ、素直でよろしい。でもその癖が直らないことを私は知っている。研究所の皆さんに目配せをしたら、疲れたような笑顔でグッとサムズアップをしてくれた。いつもお疲れ様ですよ……。

二人を連れてしっかり昼食を摂った後、私たちはすぐに受付へと向かう。お父さんに相談するのはいいとして、まずは空いている時間を調べておかないと。頭領というのは忙しいからね。最近はよくオルトゥスにいるみたいだけど、少し前まではいないことの方が多かったから。

「あら、珍しい組み合わせね？」

受付ではわざわざサウラさんが対応してくれた。確かに、この三人っていうのは珍しいかも。それぞれ二人ならおかしくはないけど揃っていると何ごと？　ってなるよね。それにしても、受付に顔を覗かせるとだいたいサウラさんが来てくれるなぁ。その度にたまたまよ！　って言われるんだけど、頻度が高すぎるので抜け出してきているのでは？　とちょっと疑ってしまう。ふむ、怪しいところである。ま、まぁ、サウラさんなら確実だから正直なところ助かるんだけどね！

「頭領のスケジュール？　ちょっと待っててね。でもたぶん大丈夫よ。というのもねー、ここのところはお休みの日が定期的にあるからなの。信じられる⁉　あの頭領が、よ！」

サウラさんは早速お父さんのスケジュールを調べながらやや興奮気味に話してくれた。すごい言われようだけど、気持ちはわかる。お父さんって仕事を詰め込みすぎるところがあるからね……。あまり人のことは言えないんだけど。でも、自分でオルトゥスのルールとして休めって決めたくせに、最も忘れがちなのもお父さんなのはどうなの？　むしろ、それをセーブするために作ったルールかもしれない。機能せよ。そんなお父さんが、近頃は休みを多くとっているというのなら安心ではあるかな。この数十年は本当に忙しそうだったから。そろそろのんびりする時間を増やそうと思ったのかもしれない。

「意識を変えてくれたのかしらねー。ま、何にせよちゃんと休んでくれるのなら何よりよ。で、頭領の次の休みは二日後ね。明日も少し空きの時間があるみたいよ。夜だけど」

サウラさんも私と同じ意見のようだ。だよね、休んでくれるのならこっちもホッと出来るというものだ。さて、休みは二日後か。それと明日の夜ね。うーん、たぶん話を通した後はすぐに夢渡りしよう！　ってなるだろうから夜は止めた方が良さそう。マキちゃんにも眠ってもらうことになるから夜の方がいいと思うでしょ？　でも残念。夜はラーシュさんではなくミコさんになっちゃうからね。データを採るのにラーシュさん本人がやりたがらないわけがない。

「で、では、ふ、二日後にす、少しそ、相談があると、つ、伝えてくれますか？」

「オッケー！　任せておいて！」

ほらね。間違いなく二日後を選ぶと思っていたよ！　マキちゃんが日中眠ることになるのはそこまで問題ないと思う。なんせ、研究に身が入り過ぎて夜遅くまであれこれ考えて眠れないって聞いているからね。普段の寝不足の解消も出来て一石二鳥だろう。まったくもう、ちゃんと寝てっ！

さて、そうと決まれば私も覚悟を決めないといけないね。まだ許可は出ていないけど、たぶん実行することになる気がするから。なんでわかるかって？　勘である。こういう勘って結構当たるんだよね。危険なのはわかっているんだけど……やることになるんじゃないかなって。どのみち、そのつもりで心構えしておかないと、いざやる時に尻込みしていたら失敗のリスクも高まるし。この二日で瞑想(めいそう)の時間を増やしておこうかなぁ。心を落ち着けるために。でも毎回寝ちゃうんだよねぇ。え、えへへ。

「実は私、頭領に会うのは初めてなんですよね。ドキドキしちゃいます」

「えっ、そうなの!?」

受付から離れ、ラーシュさんとマキちゃんの二人が地下へと戻る道すがら、頬を赤くしたマキちゃんが照れたように笑ってそう言った。もうとっくに会っているものかと思っていたから意外だ。

なんでも、タイミングが合わなかったらしいけど……。たぶん、研究に夢中になっていたからだろうな。セトくんとお父さんは会っているみたいだし。なんなら、ランちゃんのお店で頑張っている服飾留学のリンダさんや他の街で頑張っている人たちもすでにお父さんに会っているって聞いたもん。心なしかマキちゃんはバツが悪そうに目を泳がせているし、間違いない。

「でも、話は聞いているみたいで。私は留学生だからお客様として扱うようにと指示してくれたそうです。人間の大陸に戻る気は今のところないので、いつまでもお客様の扱いは心苦しいんですけど……」

兄たちのこともあるから難しいですよね、とマキちゃんは困ったように笑った。あぁ、それもあったよね。けど、何も考えてないってことはないと思うんだ。いつか正式にオルトゥスのメンバーになったりしないかなぁ？　あ、もちろんマキちゃんだけが、になるけど。お兄さんたちが魔大陸に来る、来ないにかかわらず、マキちゃんの居場所はここだけだから。当然、オルトゥスとしてはいつまででもいていいって姿勢にはなると思う。マキちゃんは研究面でかなり貢献してくれるだろうし、問題はないはず。ただ、どうしてもお兄さんたちの存在がネックにはなる。なんといっても人間の大陸では犯罪者だからね。そんな二人まではさすがに置いておけないんじゃないかなぁ。オルトゥスは気にしなくても、他の特級ギルドや国から文句が出そう。出来れば一緒に暮らせるようになってもらいたい。淡い期待ではあるけど、そうなったら嬉しいって思う。悩ましい問題だ。だけど、これだけは言える。

「マキちゃんのこうしたいって気持ちは、しっかり伝えるようにしてね。出来るか出来ないかはわからないけど、お父さん……うちの頭領は絶対に話を聞いてくれるから！」

そして、出来るだけ希望通りになるように考えてくれる。そういう人だからね！　もちろん、私だって出来る協力なら惜しまない。今度の夢渡りの件だって、異世界の落し物についての研究が進んでマキちゃんの功績に貢献出来るのなら頑張りたいもん。

「メグちゃんも、頭領も、本当に優しいですよね。自分の気持ちをハッキリ口にできる環境って、とても貴重ですから」

「マキちゃんが頑張っているから応援したくなるんだよ。けど、そうだね。意見をハッキリ言えるのは貴重だよね。だからこそ言わなきゃ損だよ！」

「はい！　ちゃんと伝えるようにします！」

素直！　これこれ、これだよ。これだから応援したくなるんだよね。思わず隣にいるラーシュさんに同意を求めたら、メグさんも同じですよ？　と言われてしまった。え、いや、私は打算があるから……！　でもラーシュさんもマキちゃんもニコニコこちらを見ているから居た堪れない。うぅ、生暖かい視線がくすぐったぁい！

6　事実を知るための夢渡り

二日後、今日はお父さんに話を聞いてもらう日だ。お父さんの休日でもあるので、執務室ではなくオルトゥスのカフェコーナーで待ち合わせをしている。話の内容的にはあまり聞かれたくないことなので、防音の魔術は使うんだけどね。それなら執務室でいいじゃん、とも思うんだけど、お父さんがうっかり働いてしまう、って言うから。もはや病気である。仕事のしすぎっ！

「話は軽く聞いてるぞ。確かにラーシュ一人に責任を押し付けんのはキツイ案件だな」

お父さんはカフェスペースで待っていた私たちの下に到着するやいなや、開口一番から本題に入った。せっかちすぎやしませんか。

「い、いや、その。せ、責任はべ、別にいいんだ。あ、安全面がふ、不安なだけで」

「おう、わかってるって。けど、何かあった時に責任を感じるのはお前だ。何ごとも失敗する可能性は頭に入れた方がいいだろ？　その負担を半分、俺が受け持つってだけの話だ」

ポンとラーシュさんの肩に手を置いて笑うお父さんは、本当にいい上司だと思う。ラーシュさんがホッと肩の力を抜いたのがわかった。

「ま、失敗したとしても対応出来ればそれは良い失敗になる。メグ、お前は不安か？」

そして、今度は私に向き直り、目を覗き込むように見てくる。たぶん、お父さんの中ではもうゴーサインを出すことを決めているんだろうな。けど、こうしてちゃんと覚悟を聞いてくれる。それに応えるためにも、私はちゃんと偽(いつわ)りなく気持ちを伝えた。

「不安じゃないって言ったら嘘になる。けど、ちゃんと出来るって自信もあるよ」

「そうか……いい目だな。それにいい答えだ」

お父さんがニッと口角を上げた。褒められて嬉しくなった私は、顔がにやけないようにするので精一杯である。見透かされている気はするけど、カッコつけるくらいさせてね！　キリッ。私の意思を確認したお父さんは、腕を組んで一度頷いてから話を続けてくれた。

「正直、夢に取り残されたとなったら俺にも助ける手立てはない。さすがに精神にまで干渉は出来ねーからな。そうなったら延命措置をしつつ、ハイエルフの郷まで連れてってやる」

最初からハイエルフの郷でやるのが安全ではあるだろうけど、こちらの都合で行う実験をあの郷でやらせてとまでは言えないからね……。ホイホイと気軽に行っているけど、それは私がハイエルフだから。他の種族は緊急時以外、基本的に来ちゃダメってことになっているのだ。つまり、緊急時ならオーケーということでもある。だからこその提案だった。

「マキ、だったな。お前はどうだ？　不安はあるか？」

最後に、お父さんはマキちゃんを見た。初対面だというのにあまりにも自然な態度である。というか、はじめましての挨拶もしてないよね？　お父さんらしいけど。

「……？　どうした？」

「……え？　あ！　すみません。ちょっとぼんやりしていました！」

一方、話しかけられたマキちゃんはジッとお父さんを見つめ続けていたようだ。話しかけられたことにも気付かないくらいジーッと。オルトゥスの頭領がどんな人かって気になったのかな？

「え、えへへ。すみません。えっと、それでなんでしたっけ……？」

話もあんまり聞いてなかったみたい。珍しいな、真面目な子なのに。でも申し訳なさそうにはにかんで笑うマキちゃんはやっぱり可愛い。私が許す。そう癒されていた時だった。今度はお父さんが目を丸くしてマキちゃんを見下ろし、小さく何かを呟いた。その声は本当に小さくて、近くにいた私もマキちゃんもラーシュさんも聞き取れなかった。

だけど、私にはなんとなくなんて言ったのかがわかった。本当に、なんとなくなんだけど、間違いないと思う。

「……珠希（たまき）」

タマキ。それは、環（めぐ）のお母さんの名前だった。

「あの、どうかしましたか……？　すみません、私、ちゃんと話を聞いていなくて」

呆然とするお父さんと、呟きを拾って同じようにボーッとしていた私はマキちゃんの声でハッと我に返る。

「……いや、悪い。ちょっとお前さんが知り合いに似ていたから驚いただけだ」

お父さんはまだ少し混乱気味だったけど、すぐに笑ってそう答えた。気のせいだろう、とは思ってないよね……。私と同じように何かあるって思ったはずだ。

「そう、なんですか？　なんだか不思議ですね……。実は私も頭領のこと、どこかで見たような、懐かしい感じがして。変ですよね、今初めてお会いしたのに」

「そ、そうか……」

一方マキちゃんはと言うと、ふんわり笑って不思議そうに首を傾げている。あ、まただ。やっぱりこの笑顔には見覚えがある。チラッと見上げるとお父さんもまた何かを感じ取ったような顔をしていた。

「……お父さん。実はね、私もマキちゃんと初めて会った時から、時々どこか懐かしく感じる時があって」

「お前もか。……まさか、な?」

きっとそれは勘違いじゃないよって伝えるために、私も同意を示してみた。お父さんはパッとこちらに顔を向けると、引きつったように笑う。まぁ、気持ちはわかるよ、うん。

「あると思う。ねぇ、これって絶対に夢渡りを成功させるべきじゃない？　私、今すごくドキドキしてるんだけど……!」

「やべぇ、俺もだ。けど、まぁ落ち着け。確証はまだないんだからな」

落ち着け、と言っているお父さんが一番動揺しているように見える。すごく珍しい。ラーシュさんがポカンと口を開けてお父さんを見つめるくらいにはとても珍しい光景だ。パタパタと手で顔をあおぎ、チラチラとマキちゃんを見ては長いため息を吐く。困って眉尻を下げたり、少しだけ期待したように目を輝かせたり、ものすごく複雑そうに眉間にシワを寄せたり。百面相している……!

どう考えても動揺している。でも、無理もないよね。マキちゃんがお母さんの……自分の妻の生まれ変わりかもしれないなんて。そんな可能性が浮上したなら、ねぇ？

私だって心臓がバクバクいってる。よかった、夢渡り中に知ったら動揺して夢の中から出られなくなっていたかもしれない。それほどの衝撃を受けているよ。それでも、お父さんより冷静を保っているのはたぶん、私にお母さんとの記憶がほとんど残っていないからだろう。なんせ幼い時に死に別れているからね。

「あ、あの。何が、あったんです……？」

さすがに私たちの様子がおかしいと気付いたのだろう。不安そうに見上げてくるマキちゃんを見てから、私はお父さんと目を合わせた。それだけで何が言いたいのかすぐにわかる。この事実を、マキちゃんに伝えるかどうか、だ。悩ましいなぁ。

「ハッキリわかってから言うのはどうかな？」

「まぁ、確かにまだ決まったわけじゃねーもんな……。っていうかそれ、お前から言ってくれねぇか？　俺から言うのはー……あー、なんつーか。気まずい」

「あー……わかった」

たとえば、マキちゃんが本当にお母さんの生まれ変わりだったとして。それがハッキリしたところで何があるというわけではないのだ。今のお父さんは生まれ変わったマキちゃんを妻にしたいわけではないのだから。同じ魂でも別人だし、年齢だって離れすぎている。マキちゃんだって記憶があるわけじゃないから混乱するだけだもんね。けど、本当のことを伝えないのはもっとよくない。実験を受ける当事者だし、マキちゃんだってどんなことでも知りたいと言うだろう。それを知って何を思うかは、マキちゃんの自由なんだから。

とまぁ、そうなったら最も複雑な思いをするのはお父さんだろうなぁ。もうお母さんのことは吹っ切れていい思い出になっているのに、今になって生まれ変わりに会うことになってしまって。どうしたらいいのかわからない状況になるだろうし、無理もない。心中お察しする。でも、その気持ちにどう折り合いをつけるかも、お父さんの自由なんだよね。だから私は相談なら乗るからね、と伝えるだけにしておいた。それから、マキちゃんに向き直る。

「マキちゃん。もしかしたら、マキちゃんの前世が私たちの知り合いかもしれないんだ。けど、ハッキリとはわからない。だから夢渡りで調べて、ハッキリわかったらマキちゃんに教える、じゃダメかなぁ？」

改めてマキちゃんに向き直り、今話せる部分だけを正直に伝える。すると、マキちゃんはじわじわと頬を綻ばせ、目をキラキラと輝かせた。うっ、眩しい……！

「前世で知り合い……？　わぁ、それってなんだか素敵ですね！　だから懐かしい感じがしたのかな。魂が覚えているってこと？　わぁ……」

「ま、待って！　だから、まだハッキリとは！」

興奮させてしまったようだ。研究者としての好奇心も刺激してしまったらしい。私は慌てて両手を前に出して付け加える。だけど、マキちゃんは伸ばした私の手をギュッと両手で握りしめてきた。

「わかってます。もちろんハッキリしてからでいいです。けど、きっとそうですよ。なんだかそんな気がするもん」

ふんわりと笑ったその表情は、やっぱりどこか懐かしく感じて胸がキュッとなる。やっぱり、お母さんなのかな？　いやいや、思い込みは良くない。夢渡りをするんだから、平常心を保つぞっ！

こうして話はお父さんが立会いの下、明日の午後一に夢渡りを行うということでまとまった。今日はそれぞれ準備をして、明日来客室に集合とのことだ。念のため、ルド医師にも立ち会ってもらう算段をつけるとのこと。お父さん、それ無理矢理予定をねじ込んだりしないよね？　もしそうだったらきちんと謝らないとなぁ……ルド医師、ごめんなさい。

それにしても、お母さん、かぁ。まだ断定は出来ないけどそのつもりでいた方がいいよね。もし違ったとしても、そんな都合の良い話はないよね、で笑い話になるだけだし。少しでも心に負担のかからないように心構えをしておくだけである。

珠希。私はお母さんをそう呼ぶお父さんをほとんど知らないけれど、名前には聞き馴染みがあったりする。というのも、前世での私はよく長谷川タマキさん、と呼び間違えられることがとても多かったからだ。漢字にすると「環」だもんね。無理もない。だからこそ、私の名前にはあの漢字を使ったのだろうけど。ちなみに、名前の音を決めたのはお母さんで、漢字を決めたのはお父さんだって聞いたことがある。それだけで、お父さんのお母さんに対する愛情の深さがわかるというものだ。私にお母さんとの記憶はないけれど、夢渡りをすることで何か思い出せたらいいな、なんてちょっと期待もある。

「あぁ、ダメダメ！　決め付けも命取り！　冷静に、心を落ち着けて、と……」

自室に戻って瞑想タイム。雑念ばかりだからダメなんだよね、私ったら。明日の夢渡りに向けて身体も心もリラックスさせるんだから。という体で、ダラダラとした時間を過ごしているだけともいう。なんだか、贅沢な時間だなー。

「今日はよろしくお願いします！」

「お、お願いします……！」

　次の日、約束の時間になった私とマキちゃんはラーシュさんとともに指定された来客室へとやってきた。すでにお父さんとルド医師が待機していたので挨拶をすると、それに続くようにマキちゃんも挨拶をした。可愛い。

「ほら、肩の力を抜けって。昨日はダラダラ過ごしてたんじゃねーのかよ、メグ」

「うっ、無駄にダラダラしていただけのような気もする……」

　いやぁ、本当に。でも、気付いたら寝ていたりもしたからリラックスは出来たはず。うん、そういうことにしておこう。

「心配しなくていいよ。メグもマキも、命の保証は私がするからね」

「心強いです！」

「戻って来られなくても命だけは守るから」

「うっ」

　ニコニコと安心感を与えてくれるルド医師の笑顔が今日はなんだか怖いです……！　マキちゃんも何かを感じ取ったのか小さく肩を震わせている。そうなんだよね、延命はしてもらえるけど目覚められるかどうかは全て私にかかっているのだ。いや、私だけじゃないね。マキちゃんにも。心構えは伝えておかないと。

「マキちゃん。今の自分が誰なのか、絶対に忘れないで。そして信じて？　自分さえ見失わなければちゃんと目を覚ませるから」

「それは、どういう……？」

あー、抽象的過ぎてうまく伝わらないか。魔術に馴染みもないし、感覚的なことはわからないのも無理はない。あ、そうだ。

「えっとね。私もそうならないように気を付けるけど、万が一なんだかよくわからない！　ってなってきたら、大切な人を思い出すんだよ。お兄さんたち二人のこととかどうかな。そうしたら、マキちゃんは自分がマキちゃんだってわかると思うから」

「お兄ちゃんたちを……。わかりました。やってみます！」

自分が何者なのか、っていうどこか哲学的な問いには答えられなくても、大切な人なら答えられるよね。私だって、自分が何者なのか見失いがちなのだ。これは自分にも言い聞かせていこう。大切な人や大切な場所、使命なんかもいいね。そういう今の自分に必要な存在を思い浮かべれば自分を見失わなくて済む。と、思う。たぶん。だ、だって、夢渡りの経験はすごく浅いんだもん。夢に入っちゃえば色々とわかったりもするけど、今は無理。なーんにもわからないんだから。はぁ、未熟ってことだよね。精進せねば。こればっかり言っている気がするけど。

「じゃあ、早速そこのベッドに並んで横になってくれるかな」

ルド医師の指示に従い、私とマキちゃんは二人並んでベッドへ向かう。その際、ラーシュさんが申し訳なさそうに声をかけてきた。

「ご、ごめんね、ふ、二人とも。ぼ、僕はなにもで、出来ないから。こ、怖かったらむ、無理しなくても……」

ああ、そっか。研究者として結果はすごく気になるし、やってもらいたい気持ちはめちゃくちゃあるんだけど、当事者じゃないと罪悪感もあるってところかな。自分は安全な場所で研究結果をまとめるだけだからと気にしてくれているんだ。逆の立場だったら私も気にして悩んでいたかも。

「すでにこれは私の希望でもあるんですよ、ラーシュさん。私が、マキちゃんの前世を知りたいからやるっていうのも理由の一つなんです」

「そうですよ、ラーシュさん。もし何かあったとしても絶対に自分を責めたりしないでください！　自分たちの意思で決めたことですっ」

マキちゃんと一緒に慌てて主張してはみたものの、私たちはまだ子どもだからその責任はこの場にいる大人が取るのだろう。ルド医師は完全に巻き込まれただけだけど、もちろん承知の上で手伝ってくれているのはわかる。だってそういう人だもん。

「何か、なんて起こしませんけどねっ！　任せてください、ラーシュさん！　お父さんやルド医師も！」

だから、せめて強がりくらいは言い残しておかないとね。いや、強がりだけどきっとなんとかなる！　なんとかしてみせる！

「さすがメグだな。よし、行ってこい！」

ポン、と頭にお父さんの手が置かれて、ニッコリする。それからマキちゃんと並んで横になり、目を閉じた。ルド医師の魔術でだんだんと眠くなってくる。マキちゃんの手を握り、集中して魔力を練った。よーし、夢でまた会おうね、マキちゃん！

真っ白な空間でスッと目を開く。とりあえず、夢の世界には来られたようだ。でもまだここは自分の夢の中。マキちゃんの気配が右前方から感じるから、そっちに行けば繋がれるだろう。やっぱり夢の中に入ってしまえば色々わかるなぁ。自分に出来ることや出来ないことがすぐにわかるのは便利だ。起きている時も、少しくらいわかればいいのにって思うけど、ないものねだりだよね。

さて、あんまり時間をかけてもよくない。早速マキちゃんの夢に渡るため、私は気配を辿って白い空間を歩き始めた。

『……来た』

……？　あれ？　今、なんか声が聞こえた気がする。でも、ここは私の夢の中。私も何か夢を見ているのかな？

『今日は……何……かな……？　たの、しみ……』

その声は男の人の声とも女の人の声とも言えない不思議な声で、誰かに話しかけているというより独り言を呟いているようだった。予知夢、かな？　それとも誰かの過去？　わからないけど、今そっちに気を取られていちゃダメだね。目的を忘れたら危ないんだから。気にはなるけど、気持ちは切り替えないと。私はその声に気付かないフリをして真っ直ぐ目的地に向かった。

しばらく進むと声は聞こえなくなり、次第に景色が変わっていく。ある場所に一歩足を踏み入れた時、この瞬間にマキちゃんの夢に入ったんだってことがすぐにわかった。本当に便利である。

「ケホッ、お、兄ちゃん……仕事、行くのぉ……？」

「ああ、食べるもの買わないといけないから。マキが元気になるようなものを買ってくるからさ」

「い、行かないでよぉ。寂しいよう……」

「マキ……ごめんな」

ここは見覚えのある場所だ。人間の大陸で、マキちゃんと会った場所。ルディさんとフィービーくん、そしてマキちゃん三人の家だった場所だよね。まだマキちゃんもお兄さん二人も小さいから、これはマキちゃんの過去だ。こんなに小さい時から苦労してきたんだなぁ。そのことに少しだけ胸がギュッとなる。もちろん、乱されたりはしないよ。今は幸せに向けて頑張っているのを知っているんだから。心を強く持って、マキちゃんの夢の中を慎重に歩き進めていく。

次第に、魂の在処(ありか)がハッキリとわかるようになってきた。リヒトと半分に分け合った時も、そうだったよね。リヒトとは魂と会話をしたけれど、今回はマキちゃんの魂に触れるだけになる。それだけでたぶん、記憶の一部が流れ込んでくるはず。そもそも、マキちゃんは魔術に耐性がないから実体を保ってはいないんじゃないかな。だからシャボン玉が割れないように、そんな気持ちで触れるつもりだ。

「あった……」

そうして辿り着いたのはまた白い空間。今度はマキちゃんの精神世界みたいな場所に来た。フワフワと漂う雲のようなものがあり、その形が丸になったり人型になったりと揺らめいている。すごく不思議な光景だ。

「あの人型は前世の姿、かな。そんな気がする」

シルエットだけではお母さんかどうかはわからない。やはり触れてみないといけないみたいだ。

ハッキリその姿が見えたらいいんだけど、そう簡単にはいかないか。タイミングを見計らって触れないといけない。雲が前世の姿になったその時に触れないと、記憶は流れてこないから。……たぶん。

「じゃあ、失礼するね？　マキちゃんとその前世の人……」

ドキドキしながらタイミングを待つ。丸くなって、マキちゃんくらいの人型になって、また丸くなって。……今だ！　ソッと手を伸ばし、人型の雲に触れた。

『友尋さん……』

優しい、女の人の声が聞こえてきた。それからブワッと周囲の景色が変わっていき、どこか見覚えのある部屋が広がる。ここは、病院……？

『珠希、大丈夫か？』

『うん。それよりも見た？』

『おう、見たぞ』

若い頃のお父さんと、写真で見たままのお母さんが話している。ベッドに寝ているのはお母さんで、お父さんはお見舞いに来ているみたい。

『うちの子が一番可愛かった！』

『ふふっ、でしょう？　うちの子がいっちばん可愛いよね！　私もそう思うの！　あ、痛た……』

『おいおい、無理すんな。お前、腹切ってんだから』

これ、は。もしかして、もしかしなくても……環が、生まれた日？　お母さんは私を生む時、帝王切開だったって聞いた覚えがあるもん。

『まだまだ若いから平気ですぅ。すぐに治っちゃいますぅ』

『逞しいな、おい。そんで、母親として頼もしいな』

『でしょ？　父親にも頼もしくなってもらいたいなー』

『お、おう。当然だろ』

軽口を叩き合うお父さんとお母さん。だけど、二人はとても幸せそうで……。知らない間に、私は涙を流していた。


ゆっくりと瞼を持ち上げる。遠くの方で聞こえていた私を呼ぶ声が、だんだん近くなってくるこの感覚。うん、覚醒出来たみたい。

「メグ、大丈夫か」

「お父さん……うん。大丈夫だよ」

心配そうに私を覗き込むお父さんにハッキリとそう返すと、ホッとしたようにお父さんが表情を緩めた。

「こ、こちらもめ、目覚めました！」

「ふぁ……あ、あれ？　私、なんで寝て……？」

隣ではマキちゃんも目を覚ましたみたいだ。ラーシュさんも安心したように肩の力を抜いている。

でも、マキちゃんは寝ぼけて何をしていたのかもすぐには思い出せないみたい。大丈夫、たぶんすぐに思い出すよ。夢の中でのことはわからないかもしれないけど。

「うん、二人とも問題はなさそうだね。心拍数も魔力も問題なし。ただ、今日は念のため早く休むように」

「わかりました」

「え、えーっと……？」

ルド医師からの言葉にも首を傾げるマキちゃん。たぶん、普通に寝ぼけているような状態だと思うんだけど。自分が誰かわからない、ってなる前には引き揚げたつもりだから。

「あ！　そうでした！　確か私の夢をメグちゃんが見て、前世を調べるんでした。あ、あれ？　ってことは終わったんですか？　実感がないです……」

よかった、状況を思い出したみたい。そして予想通り夢のことは覚えていないみたいだった。よし、夢渡りは大成功だね。……本当は、声をかけたかった。もっと見ていたかった。私の記憶にないお母さんが目の前にいるんだもん。だけど、あのままその欲に負けて見続けていたらきっと戻れなかったと思う。懐かしすぎて、優しすぎて。幸せな気持ちで溢れてしまう夢ほど、目覚めたくないものだから。我ながら英断だったと思う。

「泣いていたみたいだが……」

「あれ、ほんとだ。こっちでも涙が流れていたんだね」

お父さんが気遣うように聞いてきたので目元に触れると、確かに少し濡れている。号泣したわけではなさそうでちょっとだけホッとした。お父さんに視線を向けると、答えを求めているのがよくわかる。聞いてもいいのかっていう戸惑いや、やっぱり予想通りだったんだな、っていう確信みたいなものも見て取れた。特級ギルドの頭領ともあろう人が、そんなに顔に出しちゃうなんて。ま、意地悪しちゃダメだよね。でもついクスッと笑ってしまう。

「うん、そうだよ。マキちゃんの前世は、お母さんだった」

すぐに教えてあげると、お父さんの目が少し揺れる。そして一度目を閉じてからゆっくりと微笑んだ。

「そうか……」

心構えが出来ていたからか、すんなりと受け止められたみたいだ。それに、お父さんの気持ちは私にも少しわかる。なんというか、安心したんだよね。ちゃんと、生まれ変われたんだなってわかって。

「え、え？　あれ？　お、お母さん……？」

軽く混乱しているのはマキちゃんである。あ、そうだった。確信するまでは黙っていたんだもんね。知り合いかもしれないとは伝えていたけど、まさかお母さんとは思うまい。ラーシュさんやルド医師も驚いたように目を丸くしている。ですよねー。すぐみなさんに説明すると、マキちゃんはお父さんや私を交互に見て顔を赤くしたり嬉しそうに微笑んだり困惑したりとなんだか忙しいことになってしまった。昨日のお父さんみたいである。ごめん、ごめん。そうだよね。それから数分かけて事実を飲み込むと、マキちゃんは長い息を吐いた後に、最後は柔らかく微笑んだ。

「そう、ですか。頭領の奥さん……」

なんだか照れちゃいますね、と笑うマキちゃんは可愛かった。お父さんは苦笑を浮かべてその様子を見ている。

「でも、なんだか納得かもしれません。だって頭領に会った時は、メグちゃんの時と違って懐かしい気持ちの他に切ない気持ちがあったので」

そうだったんだ……。やっぱり、魂で何かを感じ取っていたのかな。それってすごいよね。生まれ変わってもお父さんや私を魂が覚えていたってことなんだから。人の思いや魂の可能性を感じるよ。

「ビックリはしましたけど……。嬉しいです。私、前世でも幸せだったんだなってわかって！」

前世でも、って言った。つまり、今も幸せだってことだよね。そう思ってくれることがとても嬉しい。よかった。

「ま、そんなこと関係なくマキはこれからもマキちゃんのままでいてくれそうだ。前世のことを知ってもマキちゃんはオルトゥスで好きなだけ研究してくれ。お前にはお前の今の人生があって、それを大事にしてもらいたいからな」

お父さんとしても、その辺はもちろんわかっているんだよね。同じ魂だけど、マキちゃんとお母さんは別人なんだもん。

「ただ、一つだけ頼みたいことがあるんだが……あー、でも嫌なら断ってくれていい」

けど、珍しく言い難そうにそう言ったお父さんに思わずマキちゃんと目を見合わせてしまった。いつもだったら軽い調子で「頼むな！」って無茶振りしてくるのに。気持ちの切り替えは出来ても、多少お母さんに対する思いが邪魔をしているのかもしれない。一方、切れの悪いお父さんを見てマキちゃんは強気にニッと笑った。

「頭領にはとてもお世話になっているんです。私に出来ることならなんだってしてします。それとも、その頼みって言うのは私には出来そうにない難しいことなんですか？」

「い、いや。難しいってことはねーが……」

笑顔の通り、強気に言葉を連ねるマキちゃん。お父さんの言葉を遮る勢いである。お、おお、なんだかすごい。さらにズイッとお父さんに近付いて力説している。

「それなら、もちろん協力します。それに、頭領？　してほしいことがあるなら、嫌なら断ってもいいじゃなくてぜひお願いしたいって言ってくれた方が私も引き受けやすいです！」

最終的には両手を腰に当てて説教しているみたいなスタイルに。お父さんもたじたじである。これは珍しい光景だ。これだけで、お父さんがお母さんには敵わなかったんだってわかっちゃうね。

今度はラーシュさんやルド医師と目を見合わせて苦笑してしまった。

「ははっ、まいったな……」

お父さんも当然、苦笑いだ。頭を掻いてから降参、と小さく両手を上げた。

「わかった。じゃあ、その時は頼むぜ、マキ」

「任せてください！」

「いや、さすがに内容を聞いてから判断してくれ……？」

た、確かに。頼みごとの内容を聞いてから改めて判断していいんだよ？　なんだか心配になっちゃう。だけどマキちゃんは心配無用、と言わんばかりに明るく笑った。

「頭領だけじゃなく、オルトゥスの方々にはすごく良くしてもらっているんです。答えなんて一択に決まってます！」

その姿がまた少しだけ懐かしく感じて、お母さんなんだなぁって妙に実感した。マキちゃんとお母さんには違う部分もたくさんあると思う。逆に確かに魂が同じなんだなって感じる瞬間もたくさんあって、とても不思議。でも嫌じゃない。とても嬉しい。事実を知れて本当によかったって、心が温かくなるのを感じた。

話が落ち着いたところで研究の結果をまとめたい、とラーシュさんが言うのでこの場はお開きとなる。マキちゃんもそれに付き合うと言うからすごく心配だったんだけど……。

「大丈夫。私も同行しよう。ちゃんと頃合いを見て休ませるから心配いらないよ」

にっこりと微笑みながらルド医師がそう言ったので問題なさそうだ。ドクターの微笑みは恐ろしい。マキちゃんも何かを察して身震いしていた。うん、気持ちはわかるけどちゃんと休んでね

……！　というわけで、お父さんと二人で少し部屋に残っているんだけど。話題はやっぱり夢の話。お父さんが話したそうにソワソワしていたから私から話題を口にしてあげたよ。聞きたいことがあるなら言ってよ、って。ニヤニヤしている私を見てお父さんは拗ねたように半眼で見下ろしてきたけど、観念したのか素直に質問をしてくれた。

「どんな夢を見たんだ？」

「……私が生まれた日の夢だよ。お母さんがベッドに寝てて、お父さんが来て」

「ああ、あの日のことか。懐かしいな」

お父さんは当時のことを思い出す様に目を細めている。もう、本当に遥か昔のことだよね、三百年以上も前のことになるから。だけど、そういう記憶はいつまでたっても覚えているもんだ、とはにかんで笑う。

「お母さんに会いたかった？」

聞いちゃダメかな？　とも思ったけど、むしろ聞くなら今かな、と思った。夢の中で私だけがお母さんに会っちゃったから、羨ましがるかなって。もし会いたいというのなら、マキちゃんにまた協力してもらうことになるけど、会わせてあげたいと思う。安全を考えるとすぐには無理だから、もっと精進する必要があるんだけど。そんなことをツラツラと話す私の言葉を遮って、お父さんはフッと笑いながら私の頭にポンと手を乗せた。

「いや、すでに会わせてもらったじゃねぇか。姿は違うけどな」

つまり、お父さんの中ではマキちゃんとの再会がすでにお母さんとの再会なんだね？　同じ魂だから。

「ずっと会いたいと思っていたさ。だがそれはいつかあの世で、だ。まさか生きてるうちになるとはなぁ。予定より早い再会になっちまった」

そう言って苦笑するお父さんを見ていたら、心中はやっぱり複雑なんだなってことがわかった。あの世でまた会おう、って話はよく聞くけど、生まれ変わることがあるならすれ違ってあの世で会えないこともあるんだなぁ。死はゴールじゃなくて新たな始まりみたいなものなのかもしれない。いいんだか、悪いんだか。確かに複雑にもなる。

「……本当に生まれ変わるんだな。すでにメグって例があるからわかっちゃいたが」

しみじみと呟くお父さんに頷きを返す。わかってはいたけど、身近な存在がこうして生まれ変わりとして現れたらね。納得せざるを得ないよね。でもそう考えるとちょっと不安になることもある。

「……ねぇ、お父さん。これってさ、私たちが知ってもいい範疇を超えている気がしない？」

「言うな、俺もそう思ってた」

だよね！　だって、人の生死に関することなんてもはや神の領域じゃない？　現世で生きている者が知っていいことなの？　前世の記憶を持ってこの世界にいる時点で色々と私は問題な気はするけど。

「研究を進めていいとは、なかなか言えなくなってきたな……」

「神様に怒られちゃうかも……」

とはいえ、あの二人にこの研究はここまでと言って納得するだろうか。いや、しないよねー。したくないよねー。禁止したらこっそり進めそうまである。お父さんもそこに思い至ったのか、絶対に外に情報を漏らさないように契約魔術でも使おうとため息を吐いた。それしかないとはいえ、契約魔術っていうのは破ったら罰則をもらう怖い魔術でもあるから心配だな。それでも、研究出来ないよりはいいって首を縦に振りそうだけど。

「まず、神なんてもんがいるのかって話ではあるが」

「え？　いるでしょ？」

「んん？」

お父さんの呟きに目を丸くして答えると、お父さんも目を丸くしてこちらを見た。あれ？　変なこと言ったかな？

「お前、神の存在を信じてるのか。いや、俺も信じてないわけじゃないが、存在までは断言出来ねぇぞ？」

「それは私も同じだけど……あれ？　なんでだろう。今は、絶対に神様はいるって疑ってなかった」

人の思いや願望が神様という存在を生み出している、くらいに思っていたのに、どうしてかな。今は間違いなく存在するって、そういう確信みたいなものがあるんだよね。いつからだろう？

「もしかしたら、ハイエルフが元々は神様だって話を調べたからかなぁ。この世の成り立ちみたいな神話のような資料を読んだからかも。それも結構前の話ではあるけど」

「あー、それは有り得るな。ハイエルフの書物は信憑性が高いだろうし」

たぶん、その影響でこの世に神様は存在するって無意識に思い込んだんだろうな。いや、事実かもしれないけど。会ったことがないものはわからないからね。

「……お母さんの魂はさ、やっぱりこの世界に引き寄せられちゃったのかな」

「だな。ま、関係の深い俺らがいるんだ。わからなくもない」

なんだか悪いことをしちゃった気がするけど、そんなこと言ったらいつの間にかこの世界にいたお父さんだって来たくて来たわけじゃないし。うーん、複雑。でもきっと、お母さんだってこういう時には怒ったりしなさそう。仕方ないね、って言ってくれるんじゃないかなぁ。お母さんのことはあんまり知らないけど、そんな気がする。

「ラーシュさんたちとも話していたんだけど、異世界の落し物はやっぱりこちらの世界に来てしまった人たちに縁のあるものが引き寄せられているみたいだよね」

せっかくなので研究内容についても話してみる。そう考えると、私たちの存在が日本の誰かに影響を与えているんだったら申し訳ないなって。私の考えを聞いたお父さんは腕を組んで深く頷きながら顎に手を当てた。

「ああ。だが何が最初にこの世界に来たのかはわかんねーぞ？　物が最初で、後から人が引き寄せられて、その繰り返しになってる可能性だってある。俺だって何かに引き寄せられたのかもしれねぇし」

それは、確かに。なんだか鶏と卵のどっちが先かみたいな話になってきたな。魔王と勇者の関係もあるからずっと昔から転移事故はあるはずだし。今となっては最初なんかわからないよね。それに、何が最初かなんて知ったところで今更だ。……ラーシュさんたち、研究者は違うのだろうけど。

「マキちゃんみたいに、自覚がなくても日本人の魂を持って生まれてきた人が実はもっといるのかも。だから落し物も全国各地にあったりして」

「ああ、人間の大陸にもまだまだあるかもな。見つけられてないだけで」

「見つけていたとしても、こっちの人からしたらよくわからないガラクタって思われても仕方ないもんね。マキちゃんみたいに気になって集める人なんてそうそういないだろうし」

たくさんの「かもしれない」がある。まだまだ調査のしがいがあるってラーシュさんたちは喜びそうだなぁ。あんまり深く知り過ぎると怖いって思わないのだろうか。……思わない、よねぇ。何か別の研究材料でもあればいいんだろうけど、それは他の人に託すとかやりそう。ここの人たちはそういうとこがあるから。

「あ！　そうだ！」

「ん̶？」

そこまで考えたところで私はハッとなって思い出す。ダンジョンで疑問に思ったことがあったんだった！　片眉を上げて私に目を向けたお父さんを見上げ、私は思い出したことを伝える。

「ダンジョンの魔物に自我がないのはなぜか、自我が芽生えることがあるのかってことを知りたいんだった」

　ダンジョンの魔物はやっぱり魔力の塊みたいなもので、実体もあるようでない。どうあがいても本能レベルしかないのかってところが気になるんだよね。でも魔王の威圧が効いたこととか、消える寸前のドラゴンの様子とか見ていたら、意思のようなものはあるんじゃないかって気がするんだ。それがわかったところで、私が魔物を倒せるようになるとは限らないけれど。だって、私も元々は魂がなかった身だからなんだか気になっちゃって。

「あー、ラーシュの専門じゃねーな。けど、調べたがるヤツはいるだろ」

　今度伝えといてやるよ、とお父さんが言ってくれたのでお言葉に甘えてお願いすることにした。なんだかちょっとだけワクワクするかも。研究者さんたちほどじゃないけど。

　さて、いつまでもここで話し込んでいるわけにはいかないよね。お父さんの貴重なお休みなわけだし、私も夢渡りをしたあとだから念のためゆっくりしたいし。そう言って笑うと、お父さんは別に貴重な休みじゃないぞ、と苦笑を浮かべた。あれ？

「最近は多めに休みを取ってんだよ。ずーっと働きすぎだったからな」

「そういえばサウラさんもそんなこと言ってたっけ……。でも、珍しいね？　いつもはそれよりもやることがあるーってむしろ仕事に行きたがるのに」

　お父さんはワーカホリックだもんね。娘としては休んでくれる方が安心だけど、逆に心配になるという矛盾。

「まーな、それは今も思うけど。でも、オルトゥスのヤツらは頼もしいだろ？　後進も育ってきてるし、任せられることはどんどん任せていきたいんだよ。ほら、俺も歳だし」

「歳って。まだまだ現役でしょー？」

「おいおい。そろそろ休ませてくれよ、厳しいな」

二人で笑い合いながら部屋を出て、それぞれ自分の部屋に向かうためそこで別れた。なんだか久しぶりにお父さんとたくさん話せて嬉しかったな。でも、自分のことを歳だなんて……。

「あ、れ……？」

そこまで考えたところで、私は思わずその場で立ち止まる。見た目が変わらないから気付かなかったけど、実際にお父さんって結構な歳だったり……？　思い出すのは、人間の大陸への調査が決まる前。正確には、スカウトという案を思いついたオルトゥスのカフェでお父さんと会った時のことだ。

『お父さん、すごく疲れてるように見えるけど……。大丈夫？　無理してない？』

『あぁ、さすがにちと疲れたなー』

今思い出してみると、それはおかしい。お父さんが「疲れる」だなんて。精神的に疲れたとか、大変な仕事で疲れたっていうのは良く言っているけど、あの時のお父さんは見るからに疲れていた。日本にいた頃に良く見た姿だったから気にしていなかったけど、この世界に来てそんなことあったっけ……？　ドクンと心臓が嫌な音を立てる。

寿命。

その単語に思い至って、不安が一気に押し寄せた。それからすぐに魔王城にいる父様の顔を思い浮かべる。お父さんと、魂を分け合っている父様の顔を。

「か、確認しなきゃ……」

震える手をギュッと胸元で抱き締め、私は二人の父親の顔を思い浮かべるのだった。

増える天使伝説

人間の大陸で旅を続けて半年ほどが過ぎた。行く先々で相変わらず魔族の存在に驚かれはするけど、私たちの噂は広がっているようで受け入れてもらいやすくなっていると思う。まぁ、目立つから注目は浴びるんだけどね。さすがに慣れてきたよ。最初の頃はいちいち隠していたのが懐かしい。だってスカウトをするのに恥ずかしいとか言ってられないからね！　それに、見た目だけですぐにわかってもらえるからリヒトやロニーより話が早く進められるところもあるし。

さて、今私たちはコルティーガ国の西側にある町に来ています。あまり大きくはない町なんだけど、陶芸（とうげい）が盛んだって聞いたから。きっと腕のいい職人さんがいるに違いない！　と思ってスカウトしに来たのである。

「それにしても西側は自然豊かだよなぁ。俺も来たことなかったから新鮮」

「ん。ここは良い土が、採れるんだって」

「なるほど、だから陶芸には向いているんだな」

腕を伸ばして新鮮な空気を吸い込むリヒトに、ロニーが説明をしてくれている。確かに自然が豊かだよね。移動中、進むにつれて景色が緑豊かになっていくのを見るのはなかなか楽しかったし。

まぁ、大きな山の中に町があるから当然と言えば当然なんだけど。この辺りは山を切り崩して出来た土地だから地盤がしっかりしているんだって。上の方に行くと雨で地盤が緩むこともあるらしいけど、そもそも雨量がそんなに多くないとかで土砂崩れなんかは起きたことがないらしい。その分、山火事に注意が必要なんだとか。

「ねー、ぼくたち今どこに向かってるの？　町長さんとの挨拶で何か話した？」

それは私も気になる。挨拶はリヒト一人で向かったから何を話したのか知らないんだよね。リヒトはそうだった、と思い出したようにポンと手を打つ。

「それはもちろん職人がいるとこ！　街から出て少ししたところに陶芸窯（がま）があるんだってさ」

その周辺一帯が工房になっていて、職人たちはいつもそこで作業をしているという。なるほど。それならそこに向かうしかないね。

「職人さんたちには、話がいっているのかな？」

「ああ、町長から噂程度には聞いてるみたいだぜ。本当に来るのかって疑心暗鬼だったらしいけど」

私の質問に答えてくれたリヒトの苦笑を見て、一緒になって苦笑い。この大陸に住む人たちの大半は魔大陸とは縁がないもんね。山にある町なら情報が届くのも遅いだろうし、信じられないと思う人が多いのも仕方ない。

「じゃあ、ぼくたちが行ったら腰を抜かしたりしてー」

「あり得るから出来るだけ驚かさないようにしないとな。手元が狂ったら申し訳ねーじゃん」

どことなく楽しそうな雰囲気のアスカにリヒトが念を押す。アスカは人を楽しく驚かせるのが大好きだからね。本当に、作業の邪魔になってしまうかもしれないから私も気を付けないと。

そんな話をしながら四人で工房への道を進む。木で組み立てられた緩やかな階段を使って山を登り、次第に職人たちの作業をする音が耳に入ってくる。とはいっても大きな音が鳴るような作業はない。石か何かを割るような金槌（かなづち）の音や、何かを洗う水の音、何かを擦（こす）るような音や、薪を割る音。

そう言った様々な音が静かな山奥に響いてなんだか心地好さを感じる。

階段を上りきった先は広場になっていて、複数の建物や外にある陶芸窯の風情ある景色にホウッと息を吐く。なんだかいいなぁ、こういうの！

「え、あ、え⁉　ま、まさか魔大陸からの……」

そんな中、外で作業をしていた人が目を見開いて驚きの声を上げる。まぁ、遠目からでも目立つもんね、私とアスカの髪色は。

「そうです。すみません、突然お邪魔して。少し見学させてもらってもいいですか？　邪魔はしないように気を付けるんで」

「あ、ああ。い、いや！　ちょっと待ってくれ！　みんなに言ってくる！」

リヒトが表向きの愛想のよさで声をかけつつ歩み寄ると、呆然としていた職人さんはすぐにハッとなって慌てたようにあちこちにある建物へと走り去る。なんだかすみません。邪魔しないように気を付けてはいたものの、どうしても迷惑にはなっちゃうよね。

許可を待っている間、ロニーが先ほどまで職人さんが使っていた作業台を眺めていた。近くに寄ってしゃがみ込み、まじまじと見つめている。何か気になることでもあったのかな？

「この土、すごく陶芸向き。この山で採れるのかな。鉱山とはまた違う」

なるほど。ドワーフ目線で見ていたのか。ロニーの故郷である鉱山は魔石が豊富に採れるもんね。鉱山の土は何かを作るのには向いていないのだそう。その内、ロニーの魔石から出てきたらしい大地の精霊ヒロくんも一緒になって観察をし始めた。二人してあれこれ話す姿はなんだか見ていて微笑ましいな。

「お、お待たせしました！　そのぅ、もしかして職人の中からもスカウトを？」

しばらくすると、先ほどの職人さんが五人くらいを引き連れて戻ってきた。それから恐る恐ると言った様子で質問をしてくる。そ、そんなに怯えなくても大丈夫ですよー……！

「そうですね。出来れば魔大陸に来て勉強してみるのはどうかな、と思ってるんですけど……。別に無理強いはしないっすよ。魔大陸に興味がある人のみでいいし、話を聞いてから決めてもらうのでも構わないし」

ビクビクしている職人さんたちの前で、代表していつものようにリヒトが説明を始めている。話を聞くうちに次第に緊張が解れてきたのか、やっと職人さんたちの表情も和らいできたみたい。よかった、よかった。

「というわけなので。もし興味があったら気軽に声をかけてください。その間、俺らも見学させてもらえないかなーと思って」

「すごく、勉強になる。僕、工房も、見てみたい、です」

珍しくロニーが積極的だ。目がキラキラと輝いているし……やはり種族柄こういったものには惹かれるのかもしれない。一方で、ロニーがドワーフだと聞いた職人さんたちも盛り上がっていた。石の加工にも興味があるとかなんとか。ふむ、意気投合し始めているね。良きこと！

「メグ、ぼくらはどうする？」

「私たちも、邪魔にならないように見学させてもらお？」

特に目立つコンビである私たちが彼らを緊張させてしまうことはこの半年の経験から学んでいた

ので、本当にコソコソと見学させてもらうつもりである。こうして、許可を得た私たちはしばらくの間、自由に見学し始めた。

陶芸窯や職人さんたちは、なんというか……すっごかった。とても頭の悪い感想だけど、それしか言えないんだもん！　だって、ただの石だったものがじっくり混ぜていくことで土になり、そして粘土になって。そこからさらにとても美しい器に姿を変えていく様は見事としか言いようがない。あまりにも集中しているから、見ているこっちが呼吸を忘れそうになるくらいだった。人間って本当に器用だ。元人間だけど。器用とは程遠い人間だったけど。

「人間ってすごいんだなぁ……」

ちょうどその時、アスカが私と同じことを呟いたので思わず噴き出した。一通り見て回った私たちは窯に火を入れるのを遠くから眺めながらベンチに座っている。ゴォゴォと音を立てながら燃え上がる火は、離れていても熱を感じた。でも、なんだかそれが癒される。焚火(たきび)を見てぼんやりするような、そんな感覚だ。

けれど、そんな静かな空間はけたたましい音とともに崩れ去る。カンカンと何か金属を叩くような甲高い音が鳴り響き、工房にいた人たちが一斉に外に飛び出してきたのだ。

「えっ、えっ？　な、何ごと⁉」

只(ただ)ごとではない状況に、アスカと二人で慌てて立ち上がる。みんな真剣な顔で、緊急事態だというのがわかった。

「ああ、あなた方はここで待っていてくだせぇ！」

「あ、あの！　何があったんですか⁉」

慌ただしく同じ方向へと走り出す職人さんの内の一人が私たちに声をかけてくれた。ものすごく急いでいることはわかるんだけど、これだけは聞いておきたかった。

「山火事さ！　まぁ、すぐに消火出来るだろうから！」

「ええっ⁉　山火事って……大変なんじゃ！　私たちも手伝いますっ」

「いやいやぁ。お客さんを働かせるわけにはいかねぇさ」

なんでも、この辺りは乾燥地域なので山でよく火事が起こるのだとか。火を扱う陶芸職人の皆さんにとっては頻繁とはいかないまでも良くあることだそうで、その対応にも慣れているんだって。

確かに、皆さんの動きには無駄がない。す、すごぉい！　ポカンと呆気にとられている私たちの下に、リヒトとロニーも駆け付けてくれた。

「俺たちも手伝いを名乗り出たんだけど断られたんだよ」

リヒトとロニーもかぁ。それなら私たちが子どもだから断ったってわけじゃなさそうだ。

「きっと、本当に自分たちで、消火する。どうしようもなさそうだったら手伝う、でいいんじゃない？」

「だな。邪魔にならないように大人しくしてようぜ」

私もその意見に賛成だ。私たちが山火事を鎮火させるのはきっと簡単だけど、ここは人間の大陸。ここに住む人たちが解決出来なければ意味がないのだ。だから、ちゃんと信じて待とうと思った。

職人さんたちが忙しそうに動き回っている。山の上の方に煙が見えるから、火の場所が一目でわかった。心配だなぁ……。いやいや、信じて待っていようって決めたんだからっ！　そうして待つこと数時間。少しずつ火の勢いが弱まってきたという報告が入ってきた。おぉ！　本当に良かった！　と、安心したのも束の間。私たちの下には悪い知らせも舞い込んできた。

「た、大変だ！　反対側でも火事が起きている！」

「なんだって⁉　くそっ、あっちの消火で今は人手が足りない……！」

なんと、別の場所でも山火事が発生したとのこと。そんな……！　今だって職人さんたちが総出で消火活動に向かっているのに！　近くにいた人たちが数人ほど集まって大きな声で話し合っている。

「と、とにかく今はこのままあっちの消火を念入りにやるぞ！　反対側は……ある程度の被害を覚悟しなきゃならん」

「だが、早く消さないと一気に燃え広がって手に負えなくなるぞ⁉」

「じゃあどうしろっていうんだよっ⁉」

だんだん揉め始めちゃった。これは、さすがに放っておけないよね。私たちは互いに目を見合った。うん、やっぱりみんなも同じ気持ちみたい。

「あの！　俺たちにも消火活動を手伝わせてもらえませんか？」

「えっ、いやしかし……」

リヒトが声をかけると、驚いたようにこちらに振り向く皆さん。戸惑ったような眼差しでこちらを見ては、仲間同士で顔を見合わせている。まぁ、見た目はただの子どもと成人したばかりの青年だもんね。

「見学させてくれたお礼だよー。それに、こーんなに危機的状況なのにぼくたちだけのんびりしてられないもん」

「それに、魔術を使うから、危険な目には、遭わない、です」

さらにアスカやロニーが言うと、職人さんたちは迷い始めた。頼んでいいのかどうかを悩んでいるみたいだ。私たちに何かあったら責任が取れないと心配しているのかもしれない。まぁ、大陸間の問題に発展しかねないから慎重になるのはわかる。もう一息ってところかな？

「大丈夫です。私たちを信じてください。それに、後で問題にもならないようにします。ちゃんと父様……魔王には私から伝えますから」

あんまり父様の威光を借りるのは良くないかなって思うけど、こういう時くらいは名前を借りておかないとね。それに、緊急事態なんだから使えるものは遠慮なく使っちゃいます！　案の定、私が魔王の娘だということに気付いた皆さんはようやく前向きに検討し始めたみたいだった。その数秒後、代表の人が口を開く。

「すまねぇが、お願いしてもいいかい？　本来なら自分たちでなんとかすべきとこなんだが、正直なところ獣の手も借りたいくらいなんだ」

「もちろんです！　信じてくれてありがとうございますっ！」

笑顔を心掛けて返事をすると、なぜかウッと呻き声をあげられたけどまぁいい。今は一刻を争うからね！　それからすぐにリヒトが私たちに向かって指示を出す。

「ロニーとアスカは職人たちを手伝ってくれ。反対側の山火事は俺とメグでなんとかするから」

「わかった。気を付けて」

「お、おい、そんな、お前さんたち二人でいいのかい？」

そんな私たちの会話を聞いて、職人さんたちが慌てて声をかけてきた。あー、まぁ、そうですよねー。そこへ、アスカがカラカラと笑いながら説明してくれた。

「この二人、めちゃくちゃすごいんで大丈夫だよー！　どっちか一人でもいいくらい。信じられないなら仕方ないけどさ、もともと反対側は放置する予定だったんだからいいじゃない。ほら、ぼくらは最初の方の消火を急いだ方がいいんでしょー！」

「あ、ああ、そうだな……？」

魔術を見たことがない人にはなかなか信じてもらえないよね。目の前で見たってしばらくポカンとしていたりするし。アスカがグイグイ職人さんの背を押して歩くのはちょっと強引な気がしたけど、今はそれでいいかもしれない。

「よし、行くぞメグ！」

「うん！」

さて、私たちは私たちでしっかり仕事しますか！

ロニーとアスカが皆さんと走り出したのを見送り、私とリヒトは魔術を使ってフワリと空を舞った。上空からの方がどこで火が上がっているのかわかるからね。えーっと、ロニーたちが向かったのと反対側だから。あっ、煙が上がってるのが見える！

「結構やばいな。思っていた以上に火が強くないか？」

「本当だ……でも工房の風上じゃないのが救いかな」

「だな。けど、放っておいたらまずいのは確かだ。いつ風向きが変わるかもわかんねーし」

というわけで、急いで現場に向かいながらリヒトとともに分担を話し合った。水での消火はリヒトにも出来るけど、自然を扱うものは精霊に頼むのが一番。シズクちゃんの力を借りて火を消しつつ、フウちゃんで煙が自分たちの方に来ないように風向きの調整をしてもらう。あとは熱さを感じにくいようにホムラくんにも手伝ってもらおう。

「……アスカが言ってたけど、マジお前一人でどうにかなりそうだよな」

「いやいやっ！　同時に色んな魔術を使うから私が空中で作業できるように補助してもらうとか自分たちの簡易結界とか、これ以上燃え広がらないように広範囲結界を張ったりとかやることはたくさんあるでしょっ」

「まぁそうだけど。でも、もっと成長したらそれらも全部一人で出来るようになりそうだよな！」

簡単に言ってくれるじゃないか。脳内処理が追い付かないから当分の間は出来そうにないんだけどー？　というか、リヒトだってやろうと思えば全部出来ると思うんだけど。自然魔術の方が効率いいだけで。魔力量も十分だし、力業でどうにかしそう。……やめよう。お互い様すぎる。自分たちの規格外さを思い知ると微妙な心境になるからね。今更ですけども！　さて、思考の切り替え、切り替え。

「効率良くいくためには、やっぱりあの方法を使おうかな」

「あの方法？」

普通に自然魔術を使ってもいいんだけど……かねてから試してみたいと思っていたことがあるからね。それと、ずーっと順番待ちでワクワクしているからこういう機会に頼ってあげたいというのが本音です。

「精霊を身体に宿す方法だよ！」

「闘技大会の時のあれか！　え、でもあれってかなり消費するんじゃ」

確かに、通常よりも魔力の消費は激しいよ。ここは人間の大陸で、自然回復も遅いしね。けど、回復薬があるから問題ない。旅の間に飲んだのも一、二本程度だし飲みすぎてもいない。とにかく急いで火を消すためにも一番いい方法なのだ。

「というわけで、今回はシズクちゃんにお願いしたいんだけど。みんな、いいかな？」

急遽、決めたことだから精霊たちが揉めないか、それだけが心配だったんだけど……。意外にもみんな聞き分けが良かった。

『なんと降って湧いた幸運！　主殿、妾（わらわ）はいつでも良いのだ！』

『消火活動ならシズクが適任なのはわかるのよー。残念だけど……』

シズクちゃんは予想通り大喜びとして、ショーちゃんをはじめ他の精霊たちは今の状況をわかっているらしく、渋々ながらも了承してくれた。みんな、すごくいい子っ！　ちゃんと順番に、機会があったらお願いするからね！　改めて心に決めました。うちの子たちはみんな可愛い。

「じゃあ早速。シズクちゃん、来て！」

『御意(ぎょい)なのだ！』

私の呼びかけに応じて、シズクちゃんが私に宿る。その瞬間、涼やかな水の魔力を全身で感じた。まるで水中にいるみたい。だけど、動きが阻害されるようなことも寒いと感じることもなく、むしろ動きやすくて心地好い。それに、なんだか思考がクリアになった気がする。賢いシズクちゃんの性質なんだろうな。フウちゃんの時はウキウキで、ホムラくんの時はやる気に満ち溢れていたし。本当に精霊によって違うみたいで楽しいや。

「全身が水の膜で覆われてるけど……それ、大丈夫なんだよな？」

「もちろん大丈夫。これはシズクちゃんの魔力だからね。じゃあ行ってくるからリヒトも範囲魔術しっかりお願いね」

顔を引きつらせて聞いてきたリヒトに、淡々と返事をするとますます妙な顔をされてしまった。私らしからぬ冷静な対応に驚いたのかもしれない。いや、自分で言ったことだけど失礼だな？　まるで普段の私が落ち着きのない子どもみたいじゃないか。否定は出来ないけれど。

冗談はさておき、急いで火が上がっている場所の上空へと移動する。燃え盛る火の中央辺りにいるのが良さそう。ここからなら満遍なく水での消火が出来るはず。

「シズクちゃん」

『うむ、主殿の考えは手に取るようにわかるのだ』

まさに阿吽(あうん)の呼吸というやつだ。助かります！　私のイメージは消防車の放水。火の範囲に雨を降らせる予定だけど、普通の威力じゃ消せない気がしたからね。魔力を多めに放出し、シズクちゃんと共有する。目を閉じて集中し……再び目を開けると、なんと！　身体に纏っていた水の魔力が鎧（よろい）のような形に変化していましたー！　え、なんだこれ！

『懐かしいのだ。前の契約者がよくこの鎧を纏って戦っていたのだ』

「前の契約者って……イェンナさん、母様のこと？」

そういえば、イェンナさんはかなりの武闘派で、水の鎧を纏って敵をなぎ倒していたって聞いたことがあったなぁ。そっか。これが母様の……。俄然（がぜん）、やる気が出てきた！

「じゃあ、行くよ！　思いっきり！」

『御意なのだ！』

ギュッと胸の前で組んでいた両手を、魔力の解放とともにバッと広げる。手のひらを空に向けて、万歳のポーズ！　それと同時に、ものすごい勢いの水が燃え盛る炎に向かって降り注いだ。わぁ、集中豪雨だー！　我ながらえぐい！　威力が普通の雨程度だったら、もっとこう……なんというか、神秘的な光景に見えたのかもしれないけど、水煙が上がる勢いだからね。目の前に滝が現れたって感じでどちらかというと恐怖を感じる光景になっている。ある意味、神秘的と言えなくもないけど。水の鎧を纏っているのもあって、目撃されたら水の悪魔とか呼ばれないか心配だ。すでに天使と呼ばれている私のライフをこれ以上削（けず）られるのは困る。

そんなどうでもいいことを考えながら、私は火が完全に消えるまでひたすら放水を続けるのでした。早く消えろーっ！

無事に消火活動を終えた私とリヒトは、工房まで戻ってきた。さすがに疲れたので魔力回復薬を飲みながら座り込んでいる私。リヒトが近くでお茶の入ったカップも差し出してくれた。ありがとう、ありがとう。

「メグーっ！」

「お、あっちも帰って来たみたいだな」

しばらくすると元気いっぱいなアスカの声が。その声色だけで、あちらの消火も無事に終わったんだなってことがわかるよ。これで火は全て消せたんだね。一安心だ。でも、人間の力だけで消火が出来るなんてすごいよね。色々と便利な世の中だった日本にいた頃のことを考えても、かなり難しいことだと思うんだけど。そんな疑問をポツリとこぼすと、もともとこの山は火事が起きてもすぐに消せるように木の本数を管理したり各所に水場が用意されていたりと工夫されていたのだ、とリヒトが教えてくれた。別行動で見学していた時にチラッと聞いたらしい。

「でも、俺らが行った方の火の勢いが強かった原因はなんなんだろうな？　きっとこれから調査するんだろうけど」

リヒトが難しい顔でそんなことを言う。まぁ、ね。言いたいことはわかるよ。もしかしたら自然発火したわけじゃないのかも、って考えているんだよね？　正直、私もちょっと思った。だって、こんなにタイミングよく二カ所で火が上がるものかな？　って。人為的な何かを感じるな、って。でも、犯人らしき人を見たわけでもないから迂闊に口には出せない。決め付けても仕方ないし、知ったとしても私たちは手を出せない。あー、でも。火を付けた目的が私たちを害するためだったらその限りじゃないけども。

「そうだね。山の安全は職人さんたちの安全に直結するから、対策が立てられるといいよね」

だから、当たり障りなくそんな風に答えた。今回は、たまたま私たちがいたから良かったって最初は思ったけど、原因が私たちだったらかなり迷惑をかけたってことになる。むむ、なんだかモヤモヤするなぁ。

「お待たせーっ！　メグ、見たよー？　すっごくカッコよかった！　こっちの人たちはみんな釘付けになっちゃったもん」

「えっ、見えてたの⁉」

「僕たちは、メグの姿もハッキリ見えたけど、みんなは水の鎧と、すごい放水くらいしか、見えなかったんじゃないかな？」

う、うわぁ、どうしよう。水の鎧はわかったんだ。距離があるから大丈夫かと思ったのにっ！

うぅ、魔族はやっぱり怖いなんて言われたら……！　なんて不安はいりませんでした。

「天使様！　いえ、戦女神様っ！　本当にありがとうございました‼」

「戦女神って何っ⁉」

むしろ崇め奉る勢いで職人さんたちは私の前に両膝をつき、両手を組み始めてしまった。待って、待って！　これはシャレにならない！　怪しげな宗教の教祖みたいになるからやめてぇ！　慌てて顔を上げてくださいと頼んではみたものの、興奮しているのか皆さんは口々にさっきの光景を語っている。水の女神だの、美しかっただの……。ひぇぇ。

だけどふと、少し離れた位置にいる五、六人だけは恐怖に満ちた目でこちらを見ていることに気付いた。やっぱりそうだよね。怖いって思う人もいるよね、と納得しかけたところで彼らが縛られていることにも気付く。あれ？　そういえばあの人たちは職人さんじゃなさそう。じゃあ一体……。そこまで思ったところで、さっき予想した嫌な考えが過る。ま、まさか。

「あー、あの人たち？　犯人だよ。放火したんだってさー。最っ低だよね！」

や、やっぱりー!?　う、うわぁ、本当に放火だったんだ？　そりゃあ、自らが放った火を思いっきり消火する様子を見たら、次は自分が放水を受けるかもって恐怖するかもしれない。しないけど。

「なんで放火なんて真似したんだろう……」

もしかして、やっぱり私たちのせいなのかな？　そう不安になっているとアスカが呆れたように肩をすくめて教えてくれる。

「なんかね、ここで作られる作品があまりにも素晴らしいから、自分たちの商売がうまくいかないとかなんとか。商売敵ってやつ？　もー、逆恨みもいいとこだよねー？」

「そ、そうだったんだ」

その理由を聞いてほんの少しだけホッとした。けど、もちろん放火は絶対に良くない。工房を潰す気だったなんて。でも、それにしては離れた位置に火を放ったよね？　そこだけはちょっと疑問だけど……。もしかしたら、脅すだけのつもりだったのかも。許されないことに変わりはないけどね。

「何人かで街の憲兵に突き出すっていうから、ぼくらも付き添おうかと思って」

「ん。十分、見学させてもらったし。スカウトは、また改めてってことで」

メグも疲れたでしょ？　と微笑むロニーの気遣いが嬉しい。確かに今日は早めに休みたいと思っていたからね。というか、ここに戻ってくるまでの間に、すでにその方向で話をまとめてきたみたい。仕事が早い。

「仕事の途中で消火に向かったから色々と忙しいだろうしな。じゃ、お言葉に甘えて今日はもう戻ってゆっくり休むか！」

「えー、リヒトはそんなに疲れてないんじゃないのー？」

「酷（ひで）ぇ。これでも補助魔術を頑張ったんだぞ？」

「あはは！　嘘だよー！　リヒトもお疲れ様っ！」

リヒトをからかうアスカの明るい声が響く。ふふっ、緊迫した状況だったからなんだか癒されるな。さすがはムードメーカーのアスカだ。

こうして私たちは街に戻り、その日は早めに休んだのでした。ふー、久しぶりに疲れたぁ！

僕の何より大切な妹

リヒトやメグと別れて、僕とアスカは今も消火活動を頑張っている現場に向かった。辿り着いた先では職人たちが声をかけ合って連携を取りながら火を消している。その甲斐もあってかもうすぐ消えそう。元々、そこまで酷い火事ではなかったのかな。それでも、山火事は一気に燃え広がるから職人たちの対応が早かったのが大きいと思う。

「にしたって、どうも変だな。こんな場所で火事が起きるなんて考えにくいんだが……」

汗を袖で拭いながら職人の一人がそう漏らす。……確かに。この辺りは木と木の間隔が広めに取られている。ちゃんと伐採してしっかり木が育つように、そしてもし一本の木が発火しても燃え移らないようにと充分な対策がなされているように見える。特にここは工房から近くて高温になりやすいだろうから、かなり気を付けていると思うのにな。

「お、おいっ！　ここ見てくれ！」

不思議に思っていると、別の場所で声が上がる。駆け寄ってみると、不自然な焦げ跡が枝に残っていた。これって……！　それを見た人たちが燃えていた木を全て確認しに行くと同じように不自然な焦げ跡がついていた。うん、間違いなさそう。

「放火だったんだ……！　くそっ、それじゃあ反対側の火事もそうなのか⁉」

「おいおい、だとしたらさらに火を付けられるかもしれねぇじゃねぇか！　犯人はどこだっ⁉」

どう考えても人為的。現場に緊張感が走った。一体誰が何のために？　そんな憶測が飛び交っている。不安からか少し苛立(いらだ)っている人も増えてきたみたいだ。これはさすがに放っておけない。許可を取るより先に僕の最初の契約精霊、大地の精霊ヒロに犯人捜しを頼んだ。リヒトたちが向かった方で火が上がったんならまだその周辺にいると考えた方が良い。ヒロにもそう告げて範囲を絞る。魔力を消費してしまうから少しでも節約しないと。でも、僕はリヒトやメグと違って魔力量は人並みしかないから、あとで回復薬を飲むことにしよう。

さて、ちゃんと彼らを落ち着かせないと。まずは冷静に。部外者からの突然の提案を聞けば呆気にとられて一瞬だけでも苛立ちは消えるはず。

「僕らが、犯人を捕まえて来ます。誰がどんな目的で放火したのかは、直接聞けばいい」

ここで予想をあれこれ話しているだけじゃ、なんの解決にもならない。それに、余計に不安が膨れ上がってそうこうしている間にまた別の場所に火を付けられるかもしれないんだから。今は一秒でも早く犯人を捕まえる必要がある。後はヒロからの報告を待って直接向かえば捕獲出来るはず。

案の定、職人たちはポカンとした顔で僕の方に目を向けた。言い争っていた人たちも言葉を止めたから、意識を逸らすことには成功したみたい。だけど、彼らの顔には困惑の色が見て取れる。驚きよりも困惑だ。あれ、どうしてだろう。……あ、そっか。どうやって？　という気持ちなのかも。人間にしてみれば、こんな広い山の中をどこにいるかも何人いるかもわからない人たちを、しかも憲兵でもない一般人が捕まえることは難しい。小さな部隊を編成でもしないと無理、っていうのが常識だもんね。けど、今は説明している時間も惜しい。

「ぼくも捕まえてくるよー！」

どうしようかと一瞬だけ悩んでいる内に、アスカが明るい声で手を上げた。ニコニコと笑う邪気のないアスカを見て、場が和んだのが空気感でわかる。うん、さすが。

「し、しかし、犯人は武器を持っているかもしれないんだぞ？　危険だ！」

なるほど。心配もしてくれているんだ。今は一刻も早く犯人を見付けて捕まえないといけないのに、余所から来た僕たちの心配をしてくれるなんて。見学させてもらった時も思ったけど、ここの職人たちは本当に人がいい。

「ん？　大丈夫だよ。手加減するから」

「へ……？」

けど、アスカはちょっと受け取り方が違ったみたい。たぶん、たとえ腕の立つ人が複数いたとしても人間に負けることはない、という考えしか頭にないからだと思うけど。それでも、数十人もいたら結構手間取るんだから油断はしちゃダメだ。生死問わずなら大丈夫だろうけど、出来るだけ怪我をさせないように複数人を捕まえるのは意外と難しいんだから。

そう伝えようとしたところで調査に出していたヒロからの連絡が脳裏に響く。なるほど、そっちね。ここからなら数十秒くらいで着くかな。僕とアスカなら。

「詳しい話はまた後で。犯人を見付けました。ちょっと捕まえて来ます。アスカ、ついて来て」

「はーい！」

「えっ、あ、えっ……」

彼らの心配が僕たちの身の安全なら問題はない。この大陸では確かに僕らは二人とも魔術をあまり使えない。弱体化しているといってもいい。でも、僕たちの長所は身体能力にある。たとえ魔術で防御が出来なくても、そう簡単に僕らに傷をつけることは出来ないから。でも、それを説明したってなかなか信じてはもらえないことはわかっているんだ。年若い僕らは一見すると弱そうに見えるからね。そのくらいの自覚はある。

だから返事を待たずに移動を開始した。軽い跳躍で近くの木の枝に飛び乗り、木々を伝って目的地まで移動する。一瞬だけ職人たちの呆気にとられた顔が見えたけど……。ね？　言葉で説明するより見た方が早いでしょ？　戻った時に話をするから。でも、驚かせてごめんなさいと心の中で謝罪した。

ヒロの待つ場所に向かい始めて、ものの数秒で人の気配を察知した。数は、六人かな。アスカにも情報の共有をすると、さすがというべきかアスカもちゃんと把握していた。本当に将来が楽しみな子だよね。アスカは僕と同じで努力の人だから、親近感が湧くし応援したくなる。それと同時に負けたくないな、抜かされたくないなっていう思いもあるから……たぶん、僕にとってのライバルになるんじゃないかなって気がしている。今はまだ大人と子どもという差があるからそんな風には思えないかもしれないけれど。

「あ、みーつけた！　ねーロニー？　どのくらいなら殴って平気かなぁ」

と、考えごとをしている間にアスカが物騒なことを言い出したので慌ててしまう。

「ま、待って。殴ったらダメ。加減しても人間は怪我をする、から」

「えーっ⁉　ケガさせないように気を付けるからさー！」

「ダメなものはダメ。だってアスカは、どの程度の力なら平気か、まだ知らないでしょ」

「う、そうだけどぉ。放火をするくらいの悪いヤツらなんだから、試すのにちょうど良くない？　ねー、すっごく気を付けるからっ！　ね？　お願いっ！」

う、心配だなぁ。でも、確かに何ごとにも最初っていうものはある。今ここで力の加減を覚えるっていうのもありといえばありだけど……。でも、万が一大怪我をさせてしまったら大陸間問題になっちゃう。けど、経験したいというアスカの熱意を無下にするのもね。少し考えた結果、条件付きで許可を出すことにした。

「殴る、って考えでやらないこと。小さな子どもと戦いごっこをする感覚で始めて、少しずつ威力の調整をして。とにかく怪我はさせないことが最優先。出来る？」

「！　出来る！　ありがとうロニー！　絶対にその信用は裏切らないからさっ！」

ニコッとすごく嬉しそうに笑うアスカを見ていたら、なんだか過保護に考えすぎていたかもって思った。失敗してしまった時、誰よりもショックを受けるのはアスカだろうからって。

うん、これで良かった。大事に思うあまり成長のチャンスを潰しちゃダメなんだよね。アスカならきっと大丈夫。力任せに攻撃をするしか能がないわけじゃない、ちゃんと手加減だって上手くやれる。僕が信じてあげれば済む話だったんだ。

「じゃあ、あっちの二人をよろしく。僕は残りの四人を捕まえるから」

「わかった！」

あとは簡単な指示だけ出してそれぞれが行動を開始した。魔術を使えば草花の精霊マリムに頼んで捕縛は一瞬で終わるんだけど、魔力は温存したいからね。さっきの探索で頑張ってくれたヒロに魔力を多めに渡してあげたいし。でも、それだってほんの数秒ほどの誤差だ。魔術を使わなくても人間の四人くらいはすぐに捕らえられる。

「放火犯、だね？」

「ヒッ、だ、誰だっ！」

「うわっ、こ、こいつ天使様の近くにいた……！」

ん？　聞き捨てならないセリフだ。今コイツ、天使様って言った？　もしかして、放火した目的のどこかでメグが関わっているの？　急に自分の中でスッと何かが冷えていくのを感じた。

「ねぇ。天使様が、どうしたの」

自分でもビックリするくらい低い声が出た。つい殺気も漏らしてしまったかも。一瞬だけだったけど男たちが青ざめたのがわかった。気を付けよう。

「な、なんでお前なんかに……！」

「正直に言った方がいいよ。言えばすぐ楽になる。言わなかったらしばらくは苦しむ。どっち？」

もちろん、怪我はさせない。アスカに指導しておいて僕が破ったら意味がないから。けど、そんな僕の忠告を彼らはただの脅し文句でしかないと思ったようだった。答えるわけないだろ、と言いながら四人揃って向かってくる。はぁ、まったくもう。

「ぐぁっ……！」

「うっ」

「げぇっ⁉」

「うぁっ！」

そんな四人を立て続けに軽く小突いて地面に転がした。え、受け身もろくにとれないの？　ビックリするくらい戦闘のセンスがない。さて、また暴れられても面倒なので収納魔道具からロープを出して彼らを一人ずつ手際よく縛り上げていく。このロープ、見た目は普通だけど魔術が付与されているから簡単には解けないからね。教えてあげないけど。どうにか逃れようと無駄な努力でもすればいい。

「さて」

「ヒッ」

身動きが取れなくなった男たちの顔ギリギリを狙ってナイフを投げた。彼らは目の前の地面に刺さったナイフを見てさらに青ざめる。

「天使様をどうしようとしたの」

しゃがみ込んで首を傾げながら問いかけたら、男たちは面白いくらいに素直に白状した。やれやれだよ。

なんでも、あと数カ所で山火事を起こしてその騒ぎに便乗してメグを攫い、売り飛ばそうとしたそうだ。へー。なるほどね。どう考えても無理だけど、そういうことを考えるヤツは結構いるんだよね。でも、そのために山に火を放つなんて重罪だよ。

「……身の程を知らないの？」

「ひぃぃっ!!」

苛立ったので追加でもう一本ずつ目の前にナイフを投げつけてやった。四人とも前髪が綺麗に真っ直ぐ切り揃えられてしまったけど、怪我じゃないからいいよね。あ、気を失っちゃった。

「うわぁ、ロニー……結構えぐいねぇ」

「アスカ。そっちも終わったの？」

「うん！　ちゃんと怪我もさせなかったよ！　気絶しちゃったけど」

「……人のこと言えないじゃない」

聞けばアスカはニコニコしながら二人に近付いて、襲い掛かってくる度に背後に現れたんだって。うわ、それはちょっと怖いかも。よく狙ってよ、などと挑発をしながら人差し指で急所に触れていったという。そうして宣言した場所に必ず指を突いた後、手にナイフを取り出して次はここを狙うね、と男性の急所を言ったのだとか。それだけで二人は同時に失神したという。……どう考えても僕よりずっとえぐい。ま、まぁいいか。本当にアスカは末恐ろしいな。

「こいつら、狙いはメグだった」

「えっ、まさか攫って売ろうとしたとか？　……もっと痛めつければよかった」

本当にそうだよね。二人して大きくため息を吐きながら意識のない六人を睨みつける。でも、いつまでもこうしていても仕方ない。捕まえた男たちを肩に担いで職人たちの下へ戻った。

僕らが平然と成人男性を三人ずつ担いで戻ってきたのを見て、職人たちはみんなが揃って口を大きく開けていた。その反応は前にも見たことがあるからもう慣れた。

「こいつら、メグ……えっと、一緒に来ている女の子を狙っていたみたいで」

ドサドサッと男たちを地面に投げ捨てた後、職人たちにもこいつらの目的を隠さずに打ち明けた。黙っていたって目を覚ました犯人たちが脚色しながら僕らのことを話すだろうから、先に説明した方がいいと思って。捕まえた方法もちゃんと伝えたよ。すごく怯えさせてしまったけど。

「ごめんなさい。だから、山火事は僕たちのせい、です」

「ぼくらがここに来たことで起きたんだよね……。皆さんに迷惑をかけることになっちゃって本当にごめんなさい」

僕が謝ると、アスカもすぐに一緒になって謝ってくれた。とても申し訳ないという気持ちと、すぐに協力を申し出て良かったと思う気持ちがある。でもやっぱり悪かったなって気持ちが大きいかな。被害をここで食い止められたのは良かったけど、事件なんか起こらない方がよかったのは間違いないんだから。

「……いや、謝らないでくれ。むしろ、悪かったなぁ。同じ人間として恥ずかしいよ」

「そうさ。お前さんたちは純粋に人間のことを思ってこの大陸に来てくれているってのによ！」

「悪いのは悪いこと考えて行動した犯人だ！　お前さんたちはなーんも悪くねぇ！」

だけど、職人たちはみんなが口を揃えて気にしなくていい、無事でよかった、悪かったと言ってくれた。すごい。本当に出来た人たちだ。とても気持ちのいい性格をしているからこそ、作品も素晴らしいものに仕上がるんだなって思った。

「ありがとう、ございます。それで、あの……自分たちのせいなのに、図々しいお願いになるんですが」

気のいい人たちだから、もしかしたら聞いてもらえるかもしれない。そう思って僕は言葉を続ける。

「後で合流したら、メグ……その女の子には放火の理由だけ伏せてもらいたいんです」

きっとメグは僕ら以上に責任を感じると思う。自分のせいでたくさんの人を危険にさらしてしまったって。もちろん、メグだってきっといつまでも引き摺ったりはしないだろうけど。それでも、知らないままでいてほしかった。こんなヤツらのために心を痛めてほしくないから。

「お前さんは優しいんだなぁ。もちろんだ！　天使様には曇った顔より笑顔でいてほしいもんな！　なぁ、みんな！」

おー!!　と口々に言ってくれるみなさんには本当に感謝しかない。僕とアスカは何度も彼らにお礼を告げた。


僕にとってメグは可愛い妹。出会った時からずっとそう感じていて、今もそれは変わらない。不思議なのはまるで生まれた時からずっと一緒のような感覚があること。子どもの頃に出会っているから、似たようなものかもしれないけど。これほど相性のいい相手っていうのも珍しいと思うんだ。そしてそれはリヒトも。

苦楽を共にしたからこそなのかもしれないけれど、やっぱりこの二人は僕の中で特別な存在になってる。実の家族も鉱山にいるけど、もしかしたら絆（きずな）はこの二人の方は深いかも。愛情もね。だからもう家族という認識なんだ。しかもリヒトとメグは魂を分け合った存在だし。ちょっとだけ妬（や）いたのは内緒だけれど。

「う、おぉ……あれ、天使様、か？」

「す、すげぇ……！　天使というよりも女神様じゃないか？」

「鎧を着ているように見えるなぁ。よくは見えないが、あれは戦女神ってやつじゃねぇか？」

そしてそんな自慢の妹は今、少し離れた位置の上空で何やらすごいことをしていた。

「天使伝説が増えたよねぇ、メグ」

「ん。あれはたぶん、噂が、広まる」

今、僕たちの目には上空で消火活動をしているメグが映っている。水を鎧のように纏って風の魔術で空を舞うメグはまさしく天使だった。いや、職人たちの言うようにもはや女神かも。この危機的状況に舞い降りた戦女神。水の鎧がとても神聖な雰囲気を漂わせていて本当に美しい。

「……いつの間に、メグはあんなに、成長していたんだろう」

そんな妹の姿を見て、僕は今更ながらに気付いた。メグが、大きく成長していたんだなってことに。思えば、旅の間中もずっと僕の中でメグはまだ幼い子どもだったように思う。だけど、そうじゃなかった。メグはもう、あんなにも立派なレディーになっていたんだ。僕の妹が神々しくて、その成長に少し寂しい気持ちが湧く。嬉しい気持ちもたくさんあるのにね。

「ああいう姿を見るとさー、ぼくはいつも自信を失くしちゃうよ。だって頑張っても頑張っても追いつけないって思い知らされるんだよね。ぼくはメグを支える側の男になりたいのにさー」

複雑な気持ちでメグを眺めていたら、アスカがそんなことを言い出して驚く。まるで、僕の心の声を聞いていたみたいでビックリしたんだ。だって、今の僕とまったく同じ心境だったから。

「それでいて、自分はまだまだだーって言うんだよ。実はちょっとだけ……イラッと来る時もあるんだ。嫉妬だってわかってるんだけどねー」

それもよくわかる。メグはもはや異次元の存在っていうか、そんな感覚なんだよね。魔王様や頭領みたいに、絶対に手の届かない位置にいるっていうか。自分だってすごく努力しているのに、いくら頑張っても無駄だったんじゃないかって卑屈になるんだ。もちろん、すぐにそんなことはないって思い直すんだけど。どうしても脳裏に過る。

「けど、きっとメグもそのことで悩んでいるんじゃないかなって思うとさー。絶対に責めらんないなって。むしろ、そういうメグを支えるのがぼくたちの仕事なのかもって！」

アスカの言葉に目を丸くする。メグやリヒトもすごいけど、実はアスカもすごい。いつだって前向きで、自分の醜い感情と上手く付き合っていて。まだ子どもなのに、僕よりずっと大人だなって。この中で僕が一番未熟だな、って……。そう思うからこそ、余計に僕は一人で旅をしたいって思うんだ。己の心を鍛えるために。自信を持ってリヒトやメグの自慢の兄弟でいるために。アスカのライバルでいるために。だけど、これだけは間違いなく言える。

「うん。メグは自慢の妹だから。困っていたら、力になりたい」

たとえ未熟なままであっても、メグのピンチには絶対に駆け付けたい。もし何も出来なかったとしても、側にいて励ましてあげたいって。嫉妬の心も間違いなくあるのに、それだけは譲れないって思うんだ。そのくらい、僕にとってメグは大切な女の子だから。今度は僕がアスカに対して本当の気持ちを伝えると、アスカは目を丸くして僕を見ていた。そんなに驚くようなことを言ったかな？

「ううん、なんていうかさ。ロニーのメグに対する愛の大きさっていうか、深さ？　それを思い知って不思議に思ったっていうか」

「不思議？」

アスカはほんの少し気まずそうに人差し指で頬を掻いている。

「だって、メグはロニーとは血の繋がらない女の子なんだよ？　その、あの、好きになったり、とか、しないの？　ロニーがメグに向ける感情はすごく深い愛だけど、そこには本当に妹としてのものしかないなんて！」

「……番に向ける愛じゃないのか、って話？」

「そう!!」

そう指摘されて、僕の方が驚いた。だって、そんなの考えたこともなかったから。メグが番の対象……？　言われてみてもそれはないなってすぐに否定出来る。

「ないよ。メグは、何より大切な、妹」

「ロニーの場合、それが本当なのがすごく不思議なんだよぉ！」

アスカが頭を抱えて天を仰いだ。なんだか珍しい姿を見ている気がするな。やっぱりアスカは、そう、なんだよね？

「アスカはメグを番と思っているの？」

「う、そうだよ。初めて出会った時からずーっとそう！　メグが気になって気になって仕方なくて、メグのことを考えるといつも心がかき乱されるよ。大好きで、振り向いてほしくて、でも、でもね

「……？」

これまでもきっとそうだろうな、と思っていたけど、今ハッキリ本人の口から聞けたよ。ただ、メグはそうじゃなさそうなのがすごく複雑だ。これぱっかりは当人同士の気持ちの問題だから何も言えないけど。

「ぼくを好きになるより幸せになることがあるなら、そっちを選んでほしいって。メグが一番幸せになる道を選んでほしいって、思う自分がいるんだよ」

でも、いつも笑顔で飄々としているアスカがこんなにも顔を赤くしてメグのことを語る姿を見ていたら、応援したくなった。そっか。アスカ、本気なんだね。

「本当は嫌だよ！　ぼくだけ見てほしいし好きになってほしい！　メグの番にはぼくがなりたい！　まだ諦めたくはないしー！」

「うん、わかってる。何か出来るわけじゃないかもしれないけど……応援、してる」

「え、ほんと？　えへへ、嬉しいな。ありがと、ロニー！」

アスカは心から嬉しそうにはにかんで笑ってくれる。でも、一瞬だけ。ほんの一瞬だけ切なそうに目を伏せたのがなんだか気になった。そのことについて何か言おうと思ったけど……あまり良い言葉が浮かばなくてただ笑みを返すことしか出来なかった。でも、たぶんだけど、これでいいんだと思う。なんでもかんでも言葉にすることが、正解じゃないはずだから。

リヒトとメグの二人と合流し、さっきのメグの活躍を見たよと伝えるとわかりやすくメグは顔を真っ赤にして慌てていた。あんなにすごいことをしたのに、こういうところは普通の女の子だよね。可愛いって思う。

さらに、火事が人の手によるものだったことも伝えた。理由だけはただの職人としての嫉妬ということにしちゃったけどね。約束通り、職人たちも話を合わせてくれた。本当にありがたい。犯人を突き出すのも最後まで手伝わせてもらおう。

「で、本当の理由は？」

「あ、わかっちゃう？　リヒトには敵わないな」

メグは素直に聞き入れてくれたけど、リヒトはそうもいかなかったみたい。まぁ、気付く気はしていたけどね。メグに気付かれないようにコソコソと本当のことを伝えると、リヒトもまた犯人たちを鋭く睨みつけた後にはぁぁ、と大きくため息を吐いた。

「英断だな。メグに知らせることはないだろ」

「ん。知らなくても、問題のないこと、でしょ？」

僕が笑ってそう言うと、リヒトが肩を組んできた。それからありがとな、と呟く。お礼なんていいのに。だって僕らは兄弟で、互いを思い合うのは当たり前なんだからさ。

「メグはさ、生まれた瞬間から大きな運命を背負ってる。膨大な魔力とか、魔王になることとか。あとはあの見た目に性格だから色んなヤツに狙われたりとかさ」

その上、メグは自分より人のことを考えてしまいがちだから、背負わなくていいものまで背負って思い悩む。それはメグの長所だけど、周囲の僕たちは心配で仕方ない。だから、必死になってメグの負担を減らそうって思うんだ。余計な物まで背負わせてしまわないように。

「後は、色恋でも悩むと思うんだよ。思われることも多いだろうしさ。それについては、メグがさっさと自分の気持ちに気付いてくれりゃ解決するんだろうけど」

「えっ、それって、メグにはすでに、番だと思える人がいる、ってこと？」

「なんだよ、ロニー。気付いてねーのか？」

そう言うってことは僕も知っている人ってことだよね。え、誰だろう。僕自身、その手のことには疎いからわかんないや。最初はアスカかなって思っていたけど、どうも違うみたいだし。

「誰よりもメグのことを思って最優先にしている、過保護で最強な人がいるだろ。オルトゥスにさ」

「……あ」

そう言われてようやく気付く。脳裏に浮かぶのは全身黒い服に身を包んだ、とても頼りになる男の人。

「そっか。そっかぁ……。でも、メグは自分の気持ちに、気付いていない……？」

「そ。見守るしか出来ないってのも歯痒いんだけどさ。俺もクロンのことで世話になったし、いつか相談されたら全力で力になろうと思ってる」

僕だって力になれるならなりたいけど、そもそも自覚していないんじゃ仕方ないよね。それに、僕はきっと魔大陸に戻ったらまた旅に出る。メグのピンチには駆け付けるけど、すぐにとはいかない。

「魔王になることもあるし、メグはたくさん悩む、よね。リヒト、絶対に守ってあげて。真っ先に相談に乗って。そして僕にもすぐ知らせて。約束」

「最初っからそのつもりだよ。俺たちは兄弟だからな。ロニーの醸し出す兄の癒しオーラは俺には出せねーし。めっちゃ頼りにしてんだから」

「何それ」

よくわからないオーラのことを言われて思わず噴き出す。けど、ちゃんと約束を守ってくれそうだって安堵した。これでメグはきっと大丈夫。苦しいことがあってもきっと乗り越えてくれるだろうし、支えてみせる。それと同時に、アスカの気持ちを思うとすごく複雑だった。さっき見せた切ない顔は、アスカもこのことを知っているからだって思ったら余計に。

僕はメグの幸せを願ってる。でも、想いが通じなかったアスカの幸せもずっと応援しようって、そう思った。だって今ではアスカも僕にとってはとても大事な家族の一人になっているんだから。

あとがき

皆さまこんにちは。あとがきへようこそ！　阿井りいあです。

さて、十一巻となりました今作は、メグにとって様々な問題が浮き彫りになって重く伸(の)し掛かり始めました。思春期特有のモヤモヤや、身近に迫ったどうしようもない事実。以前までのメグならウジウジ一人で抱え込んで泣いていたけれど、どうにか踏ん張って頑張ろうとしてくれています。まるで我が子のように見守りながらこの先もメグがゆっくり成長していく姿を描いていけたらな、と。読んでくださる皆さまにも一緒になって見守っていただきたいです。

今回の書き下ろし短編は人間の大陸での一幕について書かせていただきました。本当は本編に入れたかったのですが、文字数の関係で泣く泣く削ったエピソードとなっています。後半の旅はサクッと通り過ぎてしまいましたからね！　こんな感じでメグは各地で天使伝説を残していっていますよ、というのが伝わればいいなと。

また、もう一つ書きたかった新しいキャラクターのマキやセトのエピソードはまた別の場所で書きたいと思っていますので、お目にかかる機会がありましたら是非見てもらいたいです。人間との交流はメグたちにとって瞬きほどの時間ですが、紡(つむ)いだ絆は財産となってもらいたい。

寿命の長さが違う種族同士の交流は大変エモいです。個人的な好みです。大好物です。

最後に、本作を出版するにあたりご尽力いただきましたTOブックス様をはじめとした担当者様方、とても素敵なイラストを手がけてくださいましたにもし様、ご協力いただいた全ての皆さまに心からの感謝を申し上げます。

それからいつも応援してくださる読者の皆さまにも変わらぬ感謝の気持ちを。今作もお手に取っていただき誠にありがとうございます。また次の巻でお会いいたしましょう！

特級ギルドの物語が、皆さまに楽しいひとときをお届け出来ますように。

おまけ漫画

コミカライズ第10話（後半）

漫画：壱コトコ

原作：阿井りいあ
キャラクター原案：にもし

Welcome to
the Special Guild

お世話になりまちた！
ペコリ
こちらこそとっても楽しかったわぁっ……
また来てね
あいっ
本当に優しくて良い人たちだったなあ

疲れてないか
お昼寝しちゃったからごめんしゃい
ヘニャ…
お仕事なのに寝ちゃうなんてぇ……
ハッ

お前は子どもだ
寝るのも仕事だと何度も言っているだろう？
今はマスクしてるけど
微笑んでいるのが私にはわかる
それにちゃんと仕事をこなしていただろう
誰かに聞いたんでしゅか？
……連絡をくれた時にな
ジゼルさんかな？
そっか褒めてもらえたんだ

帰ったら
夕飯だな
あい！
結局このまま
ギルさんの抱っこで
オルトゥスまで
帰ることとなり
ギルさんの
買い物で
街を回っていると
なぜか
行く先々で
街の人たちが
握手を求めて来る
いつもは
そうなったら
私を庇う
ギルさんも
今日はむしろ
積極的に
関わらせようと
している節がある
なんで
だろう？
なんだか
濃い1日
だったなぁ
トン

メグ
ドアを開けて
くれないか
いいでしゅ
けど……
なんだろう？
両手が塞がってる
わけじゃ無さそう
だったけど
ギイ…ッ
えっ
わあっ
……！

おかえりなさい！
メグちゃん！
光の粒…

パァ
ようこそオルトゥスへー!!
歓迎会だ
魔術使用のクラッカー!?
歓迎会？

メグちゃんが仲間になったんだもの
今日はメグちゃんいらっしゃいのパーティーよ！
街の人にもメグちゃんのことを知ってもらったほうがいいと思ってね
みんなは呼べないけど来られなかった人たちとは帰りに握手してきただろう？
今日のためにみんなこっそり準備をしてきたのですよ
花屋さんご夫婦も協力者なんです

それは
私の姿を
模しているのだと
ひと目でわかった

ありがと
でしゅ
しゅっごく
うれしー……！
さあ
始めるわよー！
たくさん食べて
いろんな人と
お話ししてね
今日という日は
ずっと
忘れられない
思い出になった
みんなで
食べるご飯
みんなで過ごす
時間のなんと
幸せなことか
この心地良さから
私はもう
抜け出せそうに
ないと思った

数時間前
行った？
行ったわね……

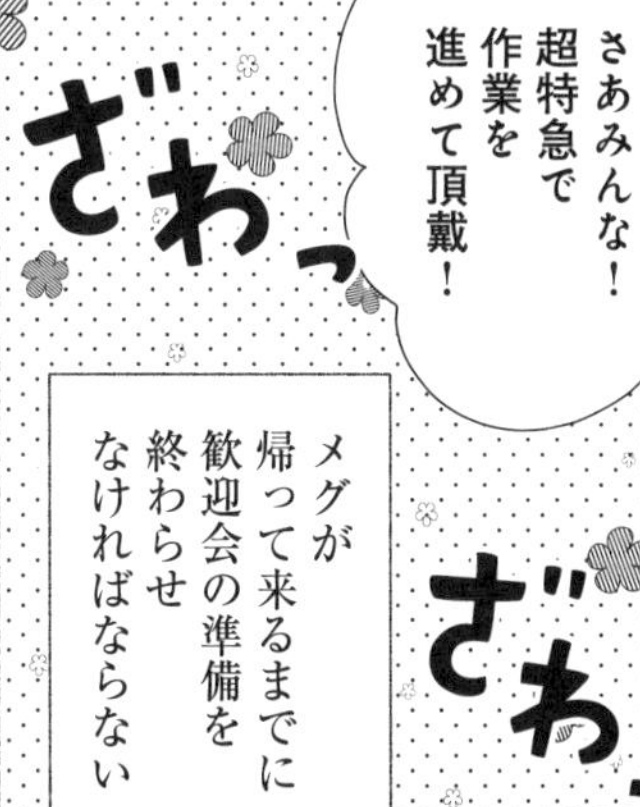
さあみんな！
超特急で
作業を
進めて頂戴！
ざわっ
メグが
帰って来るまでに
歓迎会の準備を
終わらせ
なければならない
ざわっ

花屋の主人には
メグを引き止めて
もらうよう
頼んである
昼食と昼寝
お茶の時間
時間は
十分に
あるはずだ

ギル
メグちゃんの
様子はどう？
バッ
たった今
出て行った
ばかりだぞ
気持ちは
わかるが…
問題ない

影鳥に
話しかけて……
撫でたり
している
影鳥ちゃん♪
キュワッ
影鳥にっ!?
やだ
可愛すぎる
メグちゃん……!
や〜〜〜ん

影鳥は
ギル自身
みたいなもの
なのにねぇ
それを知ったら
顔を真っ赤に
しそうだな
フフッ
メグは影鳥を
使い魔か何かだと
思っている
節がある
撫でられた
感触までも
俺に伝わって
いるんだが……
悪い気は
しないから
構わない
あ、
また撫でられた

サウラを中心に
慌ただしく
準備を進める中
それでも
途切れる
ことの無い
メグの話題
ギル
今メグ
ちゃんは？
数分単位で
尋ねるサウラ
ばっ!!
今は登り坂に
差し掛かった
ところだ
……ひとりで
気合い入れて
掛け声かけてる
いざ
しゅっちゅ
じんー!!
おーーっ!!!
いっ…
癒されるわ
ぶふっ
ひとりで!?
おっもし
れぇなあ
メグのやつ！
ケラケラ
立ってる
だけの人
超絶キュート
なのですよぉ
見たかったの
ですーぅっ！
きゃーっ
どうにか
花屋に
たどり着き
無事にメグが
ライアンとジゼルに
会えたことを
確認した俺は
ほ…っ
ほっと胸を
なで下ろす

ジゼルから連絡が入った後
ライアンも到着し
準備の仕上げにとりかかる
おまたせしました
メグちゃんがお昼寝しはじめたってとこまでギルに聞いてるわ
まだ寝ているのかしら？
メグさんならぐっすりお休みですよとても疲れていたみたいで
メグちゃんはすぐに帰ろうとしなかったかしら
変に気を回して遠慮するのよねぇ
ジゼルは感激屋だから
泣きながらお昼を一緒にと言われてしまい断れなかったみたいで
まさか自分のための花を選んでるなんて思わないだろうね
驚く顔が楽しみだよ
何も知らないメグの反応は

まさに期待を裏切らないものだった
……とうありがとでしゅ
しゅっごくうれしー……！

サプライズは成功だな
未だかつて感じたことのない幸福感が
俺を包み込んで行くのがわかる

メグが
近くを通れば
皆が必ず
声をかける
メグを
受け入れるような
言葉を
その度に
目を潤ませて
喜ぶメグを
見ていると
歓迎会を
開いて
良かったと
心底思う
街の者とも
交流させて
良かったと
ギルしゃん
いっちょに
食べよ！

……ああ
正体が
何であれ
この先
何が
あったと
しても
この子の
心が平穏で
いられるよう

メグがどうか
幸せに
健やかに
過ごせるよう
オルトゥスに居る
全員が
そう願っていた

特級ギルドへようこそ!

～看板娘の愛されエルフはみんなの心を和ませる～

12

著 阿井りいあ
イラスト にもし

2023年発売予定!

ティアムーン帝国物語
小説
第13巻
2023年
4月10日
発売!
シリーズ累計
100万部
突破!
(紙+電子)
ニメ化決定!
帝国物語
式HPへ!
餅月望——著
Gilse——イラスト

原作HP
TVアニメHP

ティアムーン帝国物語
ティアムーン帝国物語
ティアムーン帝国物語
ティアムーン帝国物語
ティアムーン帝国物語
漫画：杜乃ミズ
コミックス
第6巻
2023年春
発売!
2023年TVア
ティアムーン
断頭台から始まる、
姫の転生逆転ストーリー
詳しくは公

リーズ累計100万部突破!（紙＋電子）

COMICS

コミックス第⑨巻
好評発売中!

港町の晩餐会でトラブル発生!?
優秀な次期当主としての噂を
聞きつけた貴族から、
ペイスに海賊退治の援軍依頼が
舞い込んで……?

漫画：飯田せりこ

NOVELS

イラスト：珠梨やすゆき

原作小説1～22巻
好評発売中!

JUNIOR BUNKO

絵：kaworu

TOジュニア文庫第①巻
好評発売中!

甘く激しい「おかしな転生」シ

TV ANIME

2023年7月より TVアニメ放送開始!

CAST
ペイストリー＝ミル＝モルテールン：村瀬 歩
マルカルロ＝ドロバ：藤原夏海
ルミニート＝アイドリハッパ：内田真礼
リコリス＝ミル＝フバーレク：本渡 楓

STAFF
原作：古流望「おかしな転生」
（TO ブックス刊）
原作イラスト：珠梨やすゆき
監督：葛谷直行
シリーズ構成・脚本：広田光毅
キャラクターデザイン：宮川知子
音楽：中村 博
アニメーション制作：SynergySP
アニメーション制作協力：スタジオコメット

アニメ公式HPにて予告映像公開中!

https://okashinatensei-pr.com/

GOODS

オリジナルグッズ続々登場!

おかしな転生
卓上カレンダー2023

おかしな転生
塩ビブックカバー

STAGE

「おかしな転生」舞台化 第2弾決定!

日時：2023年3月8日（水）～3月12日（日）
会場：CBGK シブゲキ!!
（東京都渋谷区道玄坂 2-29-5 ザ・プライム 6階）

オール女性キャスト!

アフタートークイベントあり!

AUDIO BOOK

おかしな転生
オーディオブック
第１巻
朗読：長谷川玲奈

好評発売中!

DRAMA CD

おかしな転生
ドラマCD

大好評発売中!

詳しくは公式HPへ!

特級ギルドへようこそ！ 11
～看板娘の愛されエルフはみんなの心を和ませる～

2023年2月1日　第1刷発行

著　者　阿井りいあ

編集協力　株式会社MARCOT

発行者　本田武市

発行所　TOブックス
〒150-0002
東京都渋谷区渋谷三丁目1番1号　PMO渋谷Ⅱ　11階
TEL 0120-933-772（営業フリーダイヤル）
FAX 050-3156-0508

印刷・製本　中央精版印刷株式会社

ISBN978-4-86699-741-4

Printed in Japan